FAMOUS IN LOVE Blitzlichtgewitter

REBECCA SERLE

FAMOUS IN LOVE

Blitzlichtgewitter

Aus dem Englischen von

Claudia Max

CARLSEN

Von Rebecca Serle außerdem bei Carlsen erschienen:

Famous in Love

Das Gedicht von Emily Dickinson auf S. 7 stammt aus: *Sämtliche Gedichte*, übersetzt von Gunhild Kübler, Carl Hanser Verlag, München 2015, S. 1283 Abdruck mit freundlicher Genehmigung des Verlags.

MIX
Papier aus verantwortungsvollen Quellen
FSC® C014496
www.fsc.org

Deutsche Erstausgabe
Veröffentlicht im Carlsen Verlag
August 2016

Originalverlag: Poppy, an imprint of Little, Brown and Company
Originaltitel: Truly Madly Famously

Aus dem Englischen von Claudia Max
Lektorat: Dennis Wohlfeil
Umschlagbild: Getty Images © Chris Gramly
Umschlaggestaltung: Suse Kopp
Corporate Design Taschenbuch: bell étage
Gesetzt aus der Proforma von Dörlemann Satz, Lemförde
ISBN 978-3-551-31392-8
Printed in Germany

Für meine Schwester Yfat Reiss Gendell.
Es gibt kein Zurück mehr.
Nun steht es zwischen zwei Buchdeckeln.

Ruhm ist ’ne Biene
Hat Gesang –
Hat einen Stachel –
Ah, fliegt auch davon.

– Emily Dickinson

KAPITEL 1

LAX, Los Angeles Airport. Nach fünfzehn Stunden Flug. Trockene Haut. Geschwollene Knöchel. Sonnenbrille auf der Nase, dunkle Augenringe. Das sieht bei niemandem besonders sexy aus, trotzdem wird man so am häufigsten fotografiert. Es ist mir absolut rätselhaft, warum mich irgendjemand so sehen will. Aber so ist es offenbar. Denn jedes Mal, wenn ich aus einem Flugzeug steige, warten draußen mindestens fünfunddreißig Leute, um Fotos von uns zu machen. Die dann überall auftauchen. Meine zerknitterten Jeans und zerzausten Haare gehen weltweit durch die Boulevardpresse.

Meine Kollegen, Rayner Devon und Jordan Wilder, und ich sind mittlerweile mehr als nur Filmstars. Wir sind Superstars. Wir spielen im Megablockbuster *Locked* mit. Augustine, Noah und Ed – die Figuren, die wir verkörpern – kennt einfach jeder. Unsere Dreiecksbeziehung fesselt die ganze Welt. Zwanzig Millionen verkaufte Bücher. Zweihundertfünfzig Millionen Dollar Umsatz am Premierenwochenende. Action-Figuren. Unsere Gesichter sind überall. Auf Werbetafeln am Sunset Boulevard. Auf dem Cover jedes Wochenmagazins.

LOCKED-STARS AUF DEM WEG ZUM RUHM.

RAYGE – TRAUMPAAR PAIGE UND RAYNER.

RAYNER DEVON: PAIGE MACHT SERIE SO ERFOLGREICH

JORDAN WILDER UND RAYNER DEVON BEGRABEN KRIEGSBEIL

RAYGE: TRAUTES HEIM, GLÜCK ALLEIN

Hinter uns liegt eine vierwöchige internationale Pressetour, auf der wir für unseren Film geworben haben. Paris, Hongkong, Singapur, Rom, London. Jeden Abend, manchmal alle vier Stunden eine andere Stadt. In letzter Zeit wusste ich beim Aufwachen häufiger *nicht*, wo ich bin, als umgekehrt.

Aber nun weiß ich es. Nun sind wir zu Hause. Oder zumindest in L. A.

»Wie geht es dir?«, Rayners Stimme klingt warm und nach diesem letzten Flug schmiege ich mich beim Verlassen des Fliegers an ihn.

»Gut«, sage ich. »Ich bin froh, hier zu sein.« Die Tour war ein ziemlicher Hammer. All die kreischenden Fans, all die Energie. Ich kann eine kleine Auszeit gebrauchen. Ich glaube, seit wir bei der Premiere in L. A. über den roten Teppich gelaufen sind, haben wir keine einzige Nacht mehr durchgeschlafen.

Rayner zieht mich enger an sich. Bis wir in unserem Wagen sitzen, wird es die letzte Umarmung sein. Tawny, unsere PR-Frau und Medienberaterin, hat da strikte Regeln aufgestellt – keine Berührungen, solange Kameras in der Nähe sind. Keine Berührungen auf der Straße, weil dort Kameras sein *könnten*. Lasst die Finger voneinander. Manchmal fühle ich mich wieder wie in der Vorschule.

Meiner Meinung nach heizt dieses Versteckspiel den Hype nur noch mehr an. Die Leute wissen, dass wir zusammen sind – ich habe es schließlich bei einer Pressekonferenz verkündet –, aber sie wollen trotzdem unbedingt Fotos von uns, auf denen wir Händchen halten, und sind deshalb ununterbrochen auf der Jagd danach. Rayner postet ständig in den sozialen Netzwerken. Er versucht mich immer wieder davon zu überzeugen zu twittern. Als wir in Rom waren, hat er mir gezeigt, wie es funktioniert. Er bekommt jede Minute Tausende von Tweets, die meisten davon wollen wissen, wie es sich anfühlt, wir zu sein. Ich habe keine Ahnung, was ich darauf antworten soll, schon gar nicht mit mickrigen 140 Zeichen.

Denn wie ist es, wir zu sein? Wie soll ich erklären, wie es sich anfühlt, dass mein Traum, ein Filmstar zu sein, in Erfüllung gegangen ist? Mit Rayner zusammen zu sein? Ich darf zwei Wunschträume gleichzeitig ausleben. Ich darf Augustine sein, Noahs Geliebte, und Paige, Rayners Freundin. Und ich bin dankbar dafür. Aber das ist nur die eine Seite. Es gibt auch die andere, von der ich nicht weiß, wie ich über sie reden soll. Dinge, die ich in Interviews nicht erwähnen darf. Dass ich mir vorkomme, als würde ich in einem Mixer herumgewirbelt. Und nicht mehr weiß, wo mir der Kopf steht. Manchmal frage ich mich, wo Augustine aufhört und Paige anfängt, und es macht mir Angst. Größere Angst als die Blitzlichter und Paparazzi. Es macht mir Angst, darüber nachzudenken, dass ich vielleicht schon gar nicht mehr weiß, wer ich wirklich bin.

Ich weiß nur, dass ich mit Rayner zusammen bin und er kein Problem damit hat. Mit Ruhm, Wunschträumen und allem dazwischen. Er kommt mit dem Scheinwerferlicht nicht nur zurecht, er blüht förmlich darin auf. Und so jemanden brauche ich – jemand, der für mich da ist. Selbst wenn er meine Hand nicht halten darf.

So gern ich an seiner Seite den Flughafen verlassen würde, so wenig bin ich daran interessiert, dass Knutschfotos von uns in dem Lebensmittelladen landen, in dem meine Eltern einkaufen. Ich werde mich deshalb an Tawnys Regeln halten.

Wir laufen nach unten und am Anfang der Rolltreppe löst sich Rayner von mir. Er wird einige Stufen vorgehen, damit man kein Foto von uns zusammen machen kann. Das alte Spiel.

»Der Wagen wird warten. Drei Minuten«, sagt er zu mir. »Es sind immer nur drei Minuten.« Diesen Spruch wiederholt er in jeder Stadt. Er ist sein Mantra. Unser Mantra.

Ich nicke, küsse ihn. Einmal, auf die Lippen.

»Wir sehen uns auf der anderen Seite.«

Unsere Bodyguards tauchen wie aus dem Nichts auf und kurz darauf sind wir bei den Gepäckbändern. Ich trete von der Rolltreppe.

Ich habe keine Ahnung, woher sie unsere Ankunftszeit wissen. Vor allem so früh morgens. Gibt ihnen irgendjemand einen Tipp? Sind unsere Reisedaten irgendwie öffentlich bekannt? Hängen sie jeden Tag hier herum und warten darauf, dass Celebrities aus dem Flieger steigen? Ich senke den Kopf. Ich richte den Blick auf die Füße vor mir. Eins. Zwei. Drei.

Ich höre sie, bevor ich sie sehe. Sie kreischen: »Paige!« Mein Name, abgefeuert wie eine Schrotflinte.

Ich sehe Rayner draußen vor den gläsernen Doppeltüren. Er wirft seinen Rucksack in den wartenden schwarzen SUV und ich atme tief aus.

»Paige! Stimmt es, dass Rayner und Sie verlobt sind?« »Paige! Wie kommt Rayner mit dem Skandal um seinen Vater und Britney Drake klar?« – »Paige! Wo ist Jordan Wilder?«

Nicht reagieren. Das bekommen wir immer wieder eingetrichtert. Wir sollen ein freundliches Gesicht machen, lächeln. Man darf nie zeigen, dass man verunsichert ist. Aber das ändert nichts an meinem großen Bedürfnis, einfach die Wahrheit zu sagen. Und alles klarzustellen.

Nein, wir sind nicht verlobt. Wir haben noch nicht mal über die nächste Woche gesprochen, geschweige denn über den Rest unseres Lebens.

Nicht gut. Rayner kommt nicht gut mit der Tatsache zurecht, dass sein Vater mit seiner Exfreundin schlafen wollte. Danke der Nachfrage!

Und zu guter Letzt: Ich habe keine Ahnung, wo sich Jordan Wilder aufhält.

Jordan, der dritte Eckpunkt unseres berüchtigten *Locked*-Liebesdreiecks, hat London vor einer Woche mit Alexis Gibson verlassen. Alexis spielt Maggie, meine – Augustines – Schwester. Beim ersten Dreh war sie nur ungefähr zwei Tage am Set, im zweiten Film spielt sie jedoch eine entscheidende Rolle und ist deshalb bei der zweiten Hälfte der Pressetour zu uns gestoßen.

Rayner behauptet, Jordan habe schon immer auf Alexis gestanden – sie sei das Mädchen, das er »seit Ewigkeiten zu erobern versucht«.

Nicht dass es mich etwas angeht. Nicht mehr.

»Paige! Werden Rayner und Sie zusammenleben?«

Nate, einer unserer Sicherheitsleute, hält die Tür des SUV für mich auf und schon sitze ich im Wagen. Rayner wartet bereits, aber er versucht nicht sofort, mich zu berühren. Die Paparazzi knipsen immer noch durch die Windschutzscheibe – die einzige, die nicht getönt ist.

Die nächste Frage – ich kann sie nicht hören, aber ich sehe, wie Rayner tiefer in den Sitz rutscht und zusammenzuckt – und dann fahren wir auch schon los.

»Das ging ja«, sagt Rayner, sobald wir außer Sichtweite sind. Ich strecke im gleichen Moment die Hand nach ihm aus, in dem er mich in den Arm nimmt. Seine Hände gleiten von meiner Taille zu meinen Schultern und dann umfasst er mein Gesicht.

»Hey«, sagt er. Er beugt sich zu mir und küsst mich – sein Mund presst sich fest auf meinen. Meine Hände wandern seinen Hals hinauf und wuscheln durch seine Haare.

»Das ging ja«, sage ich. Er zieht mich noch enger an sich. »Ich muss duschen. Ich bin total verschwitzt.«

Sein Mund liegt auf meinem Ohr. Wenn er spricht, spüre ich seinen Atem, warm und aufgeladen, als würde elektrische Spannung übertragen. »Da bin ich anderer Meinung.«

Ich verdrehe die Augen, doch er hält mich weiter im Arm und ich mache keine Anstalten, mich loszumachen. Jeder Tag mit Rayner, jeder Moment, den wir in diesem irrsinnigen Tornado plötzlicher Berühmtheit durchleben, bestätigt mir, dass ich die richtige Entscheidung getroffen habe. Rayner kann mir etwas geben, was ich wirklich brauche. Rayner ist in all dem Wahnsinn wie ein Zuhause für mich. Und Jordan ...

Was könnte ich noch über Jordan sagen, das irgendwie von Bedeutung wäre? Jordan kann nicht mit seinem Berühmtsein umgehen. Ihm ist es noch unangenehmer als mir. Wir hatten eine Veranstaltung ohne Rayner. Es war eine Buchpräsentation von *Locked* auf Maui und Jordan hat mich einfach in der Menge stehenlassen. Wären wir zusammen, würden wir uns vermutlich irgendwo in einem Bunker verstecken. Ich habe zwar nicht das Kleingedruckte meines Vertrags gelesen, aber höchstwahrscheinlich ist das nicht erlaubt.

Sobald die Premiere vorüber war und ich mich für Rayner entschieden hatte, wurden Jordan und ich mehr oder weniger Fremde füreinander. Auf der Pressetour hat er kaum ein Wort mit mir gewechselt und bevor Alexis kam, brachte er jeden Abend ein anderes Mädchen mit ins Hotel.

Meine beste Freundin, Cassandra, behauptet, er spiele nur ein Spiel und versuche, irgendetwas zu beweisen, aber ich weiß nicht. Es scheint ihm irgendwie völlig egal zu sein. Offenbar hat er vergessen, was wir auf Maui zusammen erlebt haben. Vielleicht ist es auch besser, wenn er es vergisst. Das sollten wir beide tun.

Das einzig Gute an der ganzen Sache ist, dass Rayner und Jordan sich wieder vertragen. Ich weiß, wie sehr Rayner, bis er schließlich die Wahrheit über seinen Vater erfuhr, unter dem Gedanken litt, Britney und Jordan hätten ihn hintergangen. Sie sind zwar nicht die allerbesten Kumpels, aber Rayner hat nicht mehr das Bedürfnis, Jordan bei jeder Begegnung eine reinzuhauen. Das ist immerhin ein Fortschritt.

»Sollen wir unterwegs irgendwo frühstücken?«, fragt mich Rayner. »Immerhin ist heute ein besonderer Tag.«

Ich mustere ihn mit hochgezogener Augenbraue. »Rayner. Dusche. Keine Diskussion.«

Er senkt den Blick, nur ganz leicht, aber es reicht, um mich rot werden zu lassen. »Dann also nach Hause.«

Sandy, unsere Managerin, hat in Beverly Hills ein Apartment für mich angemietet, das »zu Hollywoods neuestem It-Girl passt«, aber ich konnte mich bisher nicht überwinden, dort allein zu wohnen. Es ist einfach zu groß und zu leer. Deshalb habe ich, bevor wir die Stadt verlassen haben, bei Rayner geschlafen; meine Eltern wissen nichts davon. Als bei der Premiere das Debakel mit seinem Vater losging und er – schnell – bei seinen Eltern ausziehen musste, hat er ein Haus in Bel Air gemietet, im Stone Canyon.

Vor der Tour haben wir zwei Wochen darin gelebt. Ich fand es genial. Es ist friedlich dort und ruhig und *abgeschieden*, was mir momentan als ein größerer Luxus erscheint als Privatjets, Monaco und ungestörter Schlaf zusammengenommen. Ich habe nicht vor, in nächster Zeit irgendwo anders hinzugehen.

Als der Fahrer den Code eingibt, das elektrische Tor zur Seite gleitet und das Haus – ganz aus Glas und umgeben von Bäumen – sichtbar wird, spüre ich, wie sich mein Körper entspannt.

»Ich kümmere mich um das Gepäck«, sagt Rayner. »Geh ruhig schon vor.«

Ich danke dem Fahrer und laufe den Weg hinunter. Die Tür lässt sich leicht öffnen. Ich lasse meinen Rucksack neben dem Eingang fallen, ziehe meine Schuhe aus, um den Holzboden zu spüren. Zu Hause. Wenn es momentan überhaupt so etwas wie ein Zuhause für mich gibt.

Kaum bin ich drinnen, klingelt mein Telefon. Ich nehme den Anruf an. »Ich bin wieder in L. A.«, sage ich. »Gerade gelandet.«

Die Stimme meiner Mutter klingt fröhlich und klar. »Alle

zuhören, Paige ist wieder zurück!« Halbherziges Gemurmel und Kreischen von meiner Nichte, Annabelle. Ich spüre ein leichtes Ziehen in der Brust. Sie fehlt mir. Sie wächst so schnell und irgendwie fühle ich mich schuldig, dass ich es nicht miterlebe und auch nicht dabei helfe, sie großzuziehen. Als meine Schwester, Joanna, in der Highschool schwanger wurde, war Annabelle unser Gemeinschaftsprojekt. »Wie war der Flug?«

»Lang«, sage ich. »Ich bin froh, wieder hier zu sein. Ich habe dir aus Paris die Postkarten mitgebracht, die du haben wolltest.«

»Oh, großartig«, sagt sie. »Und hast du auch dieses Band für deine Schwester bekommen? Ihre Brautjungfern sollen es alle im Haar tragen.«

»Jaa, Mom.« Bis zur Hochzeit meiner Schwester ist es noch eine Weile hin. Ich bin die Trauzeugin, allerdings übernimmt meine Mutter die meisten damit verbundenen Aufgaben, weil ich nicht da bin.

»Süße, ich habe gerade zu deinem Vater gesagt, dass es vermutlich das erste Jahr ist, in dem wir getrennt sind –«

Ich sehe Rayner mit drei Seesäcken durch die Eingangstür taumeln. »Mom, ich muss auflegen. Rayner verrenkt sich gerade den Rücken.«

»Einen schönen Tag noch!«, sagt sie. »Wir haben dich lieb.«

»Ich hab euch auch lieb«, sage ich und beende das Gespräch.

Ich gehe zu Rayner und nehme ihm einen Sack ab. »Angeber«, sage ich zu ihm.

»Ich tue eben alles, um dir zu imponieren.« Er küsst mich einmal auf den Mund und ich laufe schwer bepackt und glücklich den Gang zum Schlafzimmer hinunter.

Vor der Premiere herrschte totales Chaos, aber während der Tour war das anders. Trotz unzähliger Termine und wenig Schlaf hatten wir so viel Zeit, um einfach zusammen zu sein. Ganz normal, ohne Geheimniskrämerei. Als ich mich bei der Premiere vor all diesen Journalisten für Rayner entschied, habe ich unser Schicksal besiegelt. Und seitdem sind wir uns jeden Tag nähergekommen. Wenn ich daran denke, was wir in letzter Zeit in unseren Hotelzimmern gemacht haben, wird mein Gesicht ganz heiß.

Ich schließe die Tür und ziehe mich auf dem Weg ins Bad aus. Es ist riesig, größer als die Küche bei uns zu Hause. Es gibt zwei Duschköpfe und massenhaft Marmor. Man kann eine halbe Stunde duschen, ohne dass die Spiegel über dem Waschbecken beschlagen – so groß ist der Raum.

Ich stelle mich unter die Dusche und lasse das Wasser über meinen Kopf laufen, wasche die Reise ab, den Flughafen, den letzten Monat. Es fühlt sich so gut an. Ich atme alles aus, was sich in mir aufgestaut hat.

Als ich meine Haare einschäume, denke ich über den heutigen Tag nach. Keine Termine, keine Interviews. Ich habe die Freiheit, alles zu tun, was ich will. Wir können Pizza bestellen und ich kann meine Haare an der Luft trocknen lassen! Allein diese Vorstellung lässt mich in der Dusche kichern.

Ich spüle das Shampoo aus, trockne mich ab, wickle ein Handtuch um meine Haare und ziehe einen flauschigen weißen Bademantel an – ein Geschenk von Rayner. Sogar das Monogramm seines Spitznamens für mich ist aufgestickt: PG. Jeder Fan will wissen, wie er als Freund ist, und hier ist die Wahrheit: Er ist genauso toll, wie man denkt. Es gibt vieles, worüber ich Lügen erzählen muss. Wie lange ich schlafe (am liebsten acht Stunden!), mein Schönheitsprogramm (Masken und Feuchtigkeitscremes), wie ich schlank bleibe (keine Cheeseburger!), aber ich musste noch nie Lügen darüber erzählen, wie wunderbar Rayner ist. Die Welt hat Recht – wenn ich in einem Mixer herumgewirbelt werde, ist er die Aus-Taste. Ich habe solches Glück.

»Rayner?«

Meine nassen Füße erzeugen Schmatzgeräusche auf dem Holzboden. Das Haus ist seltsam ruhig. »Rayner?«

Ich sehe ihn auf der Couch sitzen, die mitten in dem riesigen Wohnzimmer steht. In diesem Haus gibt es kaum Möbel, nur das Allernotwendigste. Genau das liebe ich daran. Überall sonst in unserem Leben ist von allem viel zu viel. Es ist schön, in ein Zuhause zurückzukommen, wo nur das Wesentliche ist, nur das, was wir wirklich brauchen.

Er sitzt über den Couchtisch gebeugt. Ich gehe auf ihn zu, doch bevor ich ihn fragen kann, was los ist, sehe ich den Poststapel vor ihm – alles, was wir in unserer Abwesenheit verpasst haben. Zeitungen, Magazine. Ich ziehe sie ein wenig auseinander. Auf allen stehen Variationen derselben Schlagzeile: *Greg Devon, Studiomanager, vom Thron gestoßen.*

GREG DEVON STREITET ANSCHULDIGUNGEN WEGEN SEXUELLER BELÄSTIGUNG AB.

DEVON – HOLLYWOODS DÄMON.

Und so weiter, und so weiter.

Ich lasse mich neben Rayner aufs Sofa fallen und schlinge die Arme um ihn. Das Handtuch löst sich und meine nassen Haare fallen ihm ins Gesicht. Ich streiche sie zurück und umfasse sein Gesicht, damit er mich anschaut. »Ich bin hier«, erkläre ich ihm sanft. »Wir stehen das gemeinsam durch.« Ich kann mir nicht vorstellen, wie es für ihn ist – seine Familie öffentlich so bloßgestellt zu sehen. Ich weiß, er hasst seinen Vater, das ist nur normal. Gleichzeitig weiß ich aber auch, dass es nicht einfach für ihn ist, zu sehen, wie der Mann, den er geliebt und respektiert hat, fertiggemacht wird – auch wenn er es verdient.

Rayner schiebt seine Hand in meine und drückt sie. »Ich weiß«, sagt er. »Danke. Aber ich will jetzt nicht darüber reden.« Er räumt die Zeitungen beiseite. »Ich werde uns den heutigen Tag nicht verderben.« Er umfasst mein Kinn und dann küsst er mich, zuerst sanft, dann drängender.

»Möchtest du einen Kaffee?«, fragt er, immer noch ein wenig atemlos.

»Gern.«

Er steht auf. Er trägt ein T-Shirt und graue Jogginghosen. Seine Haare sind noch immer verwuschelt vom Flug. Oh, ist er süß.

»Hör auf, mich anzustarren«, sagt er lächelnd. »Wir haben heute eine Menge zu erledigen.«

»Ich will heute gar nichts tun«, sage ich. »Ich will einfach hier mit dir rumtrödeln.«

Er zieht eine Augenbraue hoch und verschwindet in der Küche. »Okay, wenn du an deinem Geburtstag unbedingt auf deine Kosten kommen willst, werde ich nicht widersprechen.«

»Wie?«

Er streckt den Kopf hinter der Wand vor. »Dein *Geburtstag*, PG. Auch als der Tag bekannt, an dem ich aufhören kann, mich wie ein alter Mann mit einer viel zu jungen Freundin zu fühlen. Du solltest dich besser wieder auf die amerikanische Zeit umstellen.«

5. April. Achtzehn.

»Den habe ich total vergessen.«

»Tja, dein Liebster zum Glück nicht.« Rayner kommt zurück und stellt eine dampfende Tasse auf den Couchtisch. Bevor ich weiterdenken kann, streifen seine Lippen meine. Mit der freien Hand streicht er über meinen Rücken und zieht mich näher. Meine Hände wandern zu seinen Schultern.

»Wisst ihr, wenn ich jetzt ein Foto machen würde, könnte ich mich von dem Geld zur Ruhe setzen.« Als ich mich von Rayner losmache, sehe ich Sandy mit verschränkten Armen und einem breiten Grinsen in der Tür stehen. »Hallo, ihr zwei«, sagt sie. »Wir müssen reden.«

KAPITEL 2

Sandy kommt auf uns zu, ein Wirbelwind in Gestalt einer schlanken blonden Frau um die vierzig. Sie mustert uns. »Alles Gute zum Geburtstag, PG«, sagt sie.

Sandy ist Rayners Managerin und mittlerweile auch meine. Ich habe sie vor der Tour angeheuert, aber genau genommen ist sie, seit ich die Rolle in *Locked* bekommen habe, meine Managerin – außerdem meine Mentorin und Freundin. Eigentlich spielt sie für uns alle die Mama.

»Danke.«

»Bevor ihr zwei irgendwelche Pläne schmiedet, müssen wir über die Angebote reden, die für euch beide reinkommen.« Sie sieht mich an und sagt: »Tut mir leid, Kleines, die Räder drehen sich auch am Geburtstag weiter. Du kannst dich glücklich schätzen, dass ich nicht am Flughafen aufgetaucht bin.« Sie sieht Rayner fragend an. »Was hältst du davon, der junge Superman zu werden?«

Er schnappt nach Luft. Ich auch. »Meinst du das ernst?«

»Todernst. Und du?« Sandy lässt ihren Finger durch die Luft kreisen. »Hast du irgendeines der Drehbücher gelesen, die ich dir gegeben habe?«

»Ein paar«, sage ich. Sie hat zwanzig geschickt: Liebeskomödien, ein paar Highschooldramen und ein richtig gutes Drehbuch mit dem Titel *Closer to Heaven.* Es handelt von einem Mädchen, das sein Zuhause mit sechzehn verlässt, um zum Zirkus zu gehen, und das schließlich zur berühmtesten Hochseilartistin der Welt wird. Es ist eines der tollsten Drehbücher, die ich je gelesen habe, was etwas heißen will – es gab immerhin eine Zeit in meinem Leben, als ich locker zehn pro Woche verschlungen habe.

»*Closer to Heaven*«, sage ich. »Ich möchte mit dem Autor sprechen.«

Sandy beißt sich auf die Unterlippe. »Ich habe schon befürchtet, dass du das sagen wirst. Sie haben Billy Zack als Regisseur gewonnen, und er glaubt nicht, dass du in einen Indie-Film passt. Und ansonsten hast du unter zwanzig Scripts nichts Ansprechendes gefunden?«

»Das ist ja irre«, sagt Rayner. »Warum schickst du Paige zwanzig Drehbücher? Ich habe nur drei bekommen.«

»Weil ich weiß, was dir gefällt. Und Paige, du würdest gut daran tun, etwas anderes zu machen. Bei diesem *Closer*-Projekt fließt kein Geld.«

»Ist mir egal«, sage ich. »Es war das einzige, das mir gefallen hat.«

»Wisst ihr, was«, sagt Rayner, streckt die Hand nach mir aus und drückt meine Schulter. »Ich glaube, diese Diskussion solltet ihr ein andermal führen. Wir sind gerade erst nach Hause gekommen. Und heute ist Paiges Geburtstag.«

Sandy nickt. »Aber du musst dich bald für etwas entscheiden«, sagt sie und deutet mit dem Finger auf mich. »Ich bin den ganzen Canyon hochgefahren, um dir das persönlich einzutrichtern.«

»Hey, hast du was von Wyatt gehört?«, fragt Rayner. Wir haben im Internet gelesen, dass Wyatt beim nächsten Film nicht Regie führen würde, vermutlich erklärt das auch, warum er die Pressetour nach der ersten Woche verlassen hat. Er war ein harter Knochen, aber wir mochten ihn, und es ist ein komisches Gefühl, den nächsten Film ohne ihn zu drehen. »Er ruft nicht zurück.«

»Er dreht einen anderen Film«, sagt sie. Sie wirkt resigniert. »Er hat sich nicht einmal bei mir gemeldet. Wir müssen uns mit der Tatsache anfreunden, dass er beim nächsten Film nicht dabei sein wird.« Sie fährt sich mit der Hand über die Stirn und ich weiß, dass es hier nicht nur ums Geschäft geht. Ich hatte schon immer den Verdacht, dass Wyatt und Sandy mehr als eine komplizierte »Freundschaft« verband.

Rayner atmet aus. »Wir wollen bloß mit ihm reden.«

Es ist fast schon seltsam, dass Rayner in Bezug auf Wyatt so anhänglich ist – immerhin sind sie bei den Dreharbeiten ständig aneinandergeraten. Doch am Schluss war Wyatt trotzdem wie ein Vater für uns. Ich weiß, dass Rayner sich auch nicht vorstellen kann, ihn zu verlieren.

Sandy dreht das Handgelenk, um auf die Uhr zu schauen. »Okay, ich mach mich dann mal auf den Weg. Dein Vater hat übrigens angerufen.«

»Nicht das schon wieder«, sagt Rayner.

Sandy stemmt die Hände in die Hüften. »Hör zu, du willst ihn nicht als Vater haben? Gut. Ich glaube, das kann jeder verstehen. Trotzdem ist er nach wie vor dein Produzent.«

Rayner dreht sich um und verschränkt die Arme. »Was soll das denn heißen?«

Sandy setzt ihre beste *Komm schon*-Miene auf. »Was glaubst du wohl?«, fragt sie. Sie zieht ihn auf und er weiß es. Ich sehe, dass er sich ein Lachen verkneifen muss.

»Und du glaubst, das juckt mich?«, fragt er.

Sandy zuckt die Achseln. »Wenn du in diesem Projekt ausgetauscht wirst? Ja, ich denke schon.«

Ist Greg Devon so mächtig? Natürlich ist er das. Er hat uns alle angeheuert, es gibt also keinen Grund, warum er uns nicht auch alle feuern können sollte.

»Rayner, kann ich kurz mit dir reden?«, frage ich.

Rayner folgt mir ins Schlafzimmer. Als wir allein sind, kann ich die Stille des Zimmers fühlen. Es ist, als wäre jemand anders da und nähme uns allen Raum, alle Luft. Er geht zum Fenster.

»Weißt du, sie hat Recht«, sage ich.

Rayner gibt keine Antwort.

Ich gehe zu ihm und lege ihm die Hand auf den Rücken. Er zuckt zusammen, entzieht sich meiner Berührung aber nicht. »Vielleicht solltest du wirklich mit ihm reden.«

»Wie könnte ich?«, fragt er. Seine Stimme klingt ruhig. Mir wird klar: Er ist nicht wütend, er ist traurig.

»Er ist dein Vater«, sage ich. »Egal, was sonst passiert ist, daran ändert sich nichts.«

Er dreht sich zu mir, sein Gesicht ist hart und starr. Seit er nicht mehr Noah spielt, ist er so viel blasser. Im Vergleich zu der Zeit auf der Insel sieht er geradezu gespenstisch aus. »Er hat versucht, mit meiner neunzehnjährigen Freundin zu schlafen«, sagt er. »Wie soll ich ihm das verzeihen?«

»Ich weiß es nicht«, antworte ich wahrheitsgemäß. »Vielleicht kannst du das nicht. Aber du kannst deine Familie nicht für immer ignorieren.«

Rayners Augen sind kalt. »Warum eigentlich nicht?«

»Du hast es doch von Sandy gehört: Er ist auch dein Produzent. Er wird eine Rolle in unserem Leben spielen.« Ich schlinge die Arme um mich. Ich möchte ihn gern berühren, aber ich bin nicht sicher, wie er darauf reagieren wird.

»Vielleicht, vielleicht nicht.« Rayner schüttelt den Kopf und dreht sich wieder zum Fenster.

»Du weißt, dass wir keine Wahl haben. Wenn man uns für den nächsten Film haben will – und das ist ziemlich eindeutig –, müssen wir den nächsten Film drehen.«

Rayner wendet sich nicht um. »Es ist demütigend. Der Gedanke, bei etwas mitzuwirken, das er geschaffen hat, das er möglich gemacht hat? Ich hasse es. Und nun ist vielleicht nicht mal Wyatt dabei. Wer weiß, was das für ein beschissenes Sequel wird.«

»Hey, ich werde darin mitspielen. Und bislang ist meine Erfolgsbilanz ziemlich gut.« Ich versuche, die Stimmung ein wenig aufzulockern, aber ein Teil von mir macht sich Sorgen, dass Rayner eine Möglichkeit findet, aus dem *Locked*-Projekt auszusteigen. Wie in aller Welt soll ich diese Filme ohne ihn drehen?

Es geht um uns beide – vor der Kamera und dahinter. Ich brauche ihn in all den Welten, in denen ich lebe, an meiner Seite.

Rayner seufzt und dreht sich schließlich zu mir um.

»Es tut mir leid«, sagt er. Er umfasst mein Gesicht mit den Händen und zieht mich an sich. Seine Lippen berühren meine, seine Hände wandern über meinen Rücken. Sie fühlen sich verlässlich an, stark, und ich schmiege mich an seine Brust. Die Anspannung der letzten Minuten weicht. »Ich will nicht, dass sich das auf uns auswirkt.« Er löst sich ein wenig und drückt seine Stirn gegen meine.

Ein Klopfen an der Tür sorgt dafür, dass wir die Köpfe heben, aber Rayner hält mich weiter in den Armen.

»Ja?«, fragt er.

Sandy erscheint in der Tür. »Ich breche auf, denkt an die Awards nächste Woche. Die Stylistin kommt morgen mit einer Kleiderauswahl vorbei.«

Die MTV Movie Awards. Ich bin für *Beste Schauspielerin* und *Bester Filmkuss* nominiert ... sowohl mit Rayner als auch mit Jordan. Es ist meine erste Award-Show und Rayner und ich werden hundertprozentig den Preis für den besten Kuss gewinnen. Aber so stolz ich auch bin, neben ihm auf dem roten Teppich zu stehen, so wenig gefällt mir die Vorstellung, ihn vor all diesen Menschen auf der Bühne küssen zu müssen. Vor allem, weil ich weiß, dass Jordan uns aus der ersten Reihe beobachten wird.

»Du machst ein Gesicht, als hätte ich gerade einen Welpen geopfert«, sagt Sandy. »Es ist eine Award-Show – du ziehst dir ein schönes Kleid an, lässt dich fotografieren, siehst ein paar Leuten dabei zu, wie sie singen und tanzen und Dinge sagen, die sie höchstwahrscheinlich schon am nächsten Tag bereuen werden ... Es ist unterhaltsam. Und wenn wir schon beim Thema sind: Amüsiert euch heute gut. Lasst euch nur bitte nicht mit einer Champagnerflasche zwischen den Knien fotografieren.«

»Das sind ja präzise Anweisungen.«

»Man weiß ja nie«, sagt Sandy und winkt zum Abschied.

KAPITEL
3

»Wow«, sagt Rayner. Er lehnt in Jeans, Button-down-Hemd und einem dunkelblauen Blazer an der Schlafzimmertür. Bei seinem Anblick bleibt mir ein bisschen die Luft weg. Er ist so verdammt attraktiv. »Du siehst fantastisch aus!«

Ich blicke an meinem engen schwarzen Kleid herunter – Tawny hat es mir für die Pressetour besorgt und ich habe es behalten, weil es eines der wenigen war, die mir wirklich gefallen haben. Es ist nicht so knalleng wie die anderen Kleider, in die sie mich gesteckt haben. Tawny fand es sexy, aber schlicht – damit ist es genau richtig für heute Abend. Rayner und ich gehen essen, nur wir beide.

Ich habe die Haare zu einem lockeren Pferdeschwanz hochgebunden und trage die Kette mit der goldenen Kaurischnecke, die Rayner mir zum Abschluss der Dreharbeiten geschenkt hat. Ich habe mich sogar ein bisschen geschminkt – in den endlosen Stunden, die ich auf dem Sessel bei Lillianna verbracht habe, der Maskenbildnerin beim ersten Film, habe ich mir das ein oder andere abgeschaut. »Danke.«

»Komm zu mir.«

Er nimmt mich an der Hand und zieht mich zum Bett.

»Rayner ...«

»Ich will dir nur dein Geschenk geben.«

Ich sehe ihn an. Das kleine Kästchen ist aus blauem Samt. Von der Größe her würde ein Ring hineinpassen. Mir schlägt das Herz bis zum Hals. Das würde er nicht tun. Nein, auf keinen Fall. Es ist mir egal, wie viele Klatschzeitungen schon Storys über seinen angeblichen Antrag gebracht haben. Wir sind ja noch nicht wirklich lange zusammen und ich bin erst achtzehn – er würde mich nicht fragen, ob ich ihn heiraten will. Oder?

Er setzt sich anders hin und ich spüre meinen Puls in den Ohren. Er ist zweiundzwanzig. In Hollywood entspricht das fast vierzig.

»Ich wollte warten, bis wir zu Hause sind«, sagt Rayner mit einem Kopfnicken auf das Kästchen. »Ab jetzt darfst du es jederzeit öffnen.«

Ich hole tief Luft. Als ich den Deckel hochklappe, zittern meine Hände. In dem Kästchen liegt ein Ring, aber es ist kein Verlobungsring. Es ist eine goldene Kaurischnecke wie mein Anhänger, allerdings ist diese hier mit winzigen Diamanten besetzt.

Ich atme die ganze Luft aus, die ich angehalten habe. Ich streichle seine Haare. »Der Ring ist wunderschön«, sage ich.

Rayner umfasst meine Finger. »Das freut mich.« Er beugt sich zu mir und küsst mich, aber nur flüchtig. »Komm«, sagt er. Er nimmt den Ring aus dem Kästchen und steckt ihn auf meinen Mittelfinger.

»Passt perfekt«, sage ich.

»Genau wie wir.«

Ich ziehe eine Grimasse und er lacht. »Genau aus diesem Grund schreibe ich meine Dialoge nicht selbst«, sagt er. »Komm, deine Party wartet.«

»Party?«

»PG«, sagt er und streicht mit dem Daumen über meine Wange. »Es ist dein Achtzehnter. Du hast doch nicht etwa gedacht, du würdest um eine Party herumkommen.«

»Bitte sag mir, dass das nicht wahr ist«, antworte ich.

Rayner drückt mir einen hastigen Kuss auf die Wange. »Leider doch.«

In der Limousine stoßen wir mit Champagner an und als wir vor dem Restaurant vorfahren, sorgt er für ein warmes Gefühl in meinem Bauch, das an einen Sonnenuntergang erinnert. Mein Kopf ist leicht und schwerelos, und als wir in die Nacht hinaustreten, schiebe ich meine Hand in Rayners.

Das Via Alloro ist ein italienisches Restaurant in Beverly Hills, wo Rayner gern hingeht. Ich bin aufgekratzt; ich werde an meinem Geburtstag etwas von seinem Leben in L. A. sehen.

Der hintere Bereich ist nur für uns reserviert und nicht überdacht. Es ist eine wundervolle Nacht. Heizstrahler sind angeschaltet, in den Bäumen funkeln winzige Lichter. Überall gibt es verlockende Dinge – Tabletts mit Champagner und kleine Häppchen. Auf einem Tisch entdecke ich eine riesige Torte, auf der in verschnörkelten Buchstaben *Happy Birthday, PG* steht.

»Du übertreibst«, erkläre ich Rayner.

»Wart's ab.« Er nimmt meine Hand und zieht mich ganz nach hinten, wo sich die Leute drängen. Und zwar nicht irgendwelche Leute. Sondern meine. Cassandra und Jake.

»Alles Liebe zum Geburtstag!«, ruft Cassandra und wirft sich in meine Arme. Ich drücke sie fest an mich und atme den vertrauten Duft meiner besten Freundin ein.

»Glückwunsch«, sagt Jake. Er will mich auch umarmen, kommt aber nicht an Cassandra vorbei, die mich einfach nicht loslassen will.

»Tut mir leid, dass ich dich nicht angerufen habe«, sagt Cassandra und tritt kurz einen Schritt zurück. »Ich saß im Flieger.«

Sie grinst mich an. Sie trägt ein Blümchenkleid, Leggings und eine riesige rote Sonnenbrille, die ihr ständig von der Nase rutscht. Ich schaue zu Rayner, der mit verschränkten Armen dasteht und lächelt. »Ich hab's dir doch gesagt, meine Geschenke sind immer die besten.«

Ich werfe ihm einen ungläubigen Blick zu und drücke Cassandra mit einem Quieken noch einmal an mich. »Ich kann es immer noch nicht fassen. Du bist hier!«

»Wie du siehst.«

Ich löse mich von ihr und halte sie dann auf Armeslänge. Sie strahlt und mein Herz fühlt sich an, als würde es jeden Moment zerspringen.

»Schön, dass ich den weiten Weg geflogen bin, um bloß die zweitwichtigste Person zu sein.« Jake klopft mir auf die Schulter, dann breitet er die Arme aus und umschlingt uns beide.

»Ach komm«, murmelt Cassandra in seine Brust. »Was hast du erwartet?«

Jake zuckt die Schultern und lässt uns los. »Vermutlich genau das. Hey, du siehst gut aus.« Er sagt es beiläufig und einen ganz kurzen Moment muss ich daran denken, wie Jake und ich uns bei mir zu Hause im Wohnzimmer geküsst haben. Aber es ist schon so lange her, dass sich die Erinnerung anfühlt, als gehöre sie jemand anderem.

Ich lege ihm die Hände auf die Schultern. »Danke, dass du gekommen bist«, sage ich.

Er schlingt die Arme um mich und obwohl Cassandra und Rayner direkt neben uns stehen, ziehe ich ihn noch fester an mich. Er ist wie ein Bruder. In gewisser Weise sogar mehr als meine richtigen. Joanna und meine Eltern sind zur Premiere gekommen, aber meine Brüder habe ich seit meinem letzten Besuch zu Hause nicht mehr gesehen.

»Erstick ihn ruhig«, sagt Cassandra, als ich Jake endlich loslasse. Ich mustere sie mit einem Seitenblick, aber sie lächelt und wirkt nicht eingeschnappt. »Wahrscheinlich erlaubt er es dir sogar. Er hat wegen dem Flug so was von einem schlechten Gewissen.« Das Wort *Flug* flüstert sie dabei nur.

»Bis du ein Filmstar wurdest, war meine CO_2-Bilanz einwandfrei«, sagt er.

»Tut mir leid.«

Ich spüre, wie Rayner mir eine Hand um die Taille legt. »Wie, du hast die Liegesitze überhaupt nicht genossen? Und die Süßigkeiten?«, fragt er. »Saure Schlümpfe sind doch schließlich dein geheimes Laster, oder?«

Ich drehe mich zu ihm. »Süßigkeiten?«

Rayner zuckt die Achseln. »Ich habe der Crew gesagt, dass sie welche an Bord haben sollen.«

»Du hast die beiden mit dem Privatjet einfliegen lassen?«

Rayner lächelt. »Sie sind schließlich deine besten Freunde.« Ich lasse zu, dass seine Lippen über meine streifen. »Außerdem hätte Jake auf diese Weise ein schlechtes Gewissen gehabt, wenn er nicht gekommen wäre. Ich habe nämlich den Emissionsausgleich gespendet.«

Jake legt einen Arm auf Cassandras. »Deine Eltern lassen sich übrigens entschuldigen«, sagt er.

»Sie stecken mitten in den Hochzeitsvorbereitungen«, fügt Cassandra hinzu. »Und Joanna konnte niemanden finden, der auf Annabelle aufpasst.«

»Wir haben es versucht«, sagt Rayner.

»Dass ihr beide hier seid, genügt mir voll und ganz.« Ich drehe mich zum Tisch um und winke Jessica zu, Wyatts Assistentin, und Alexis – die offenbar auch bei meiner Geburtstagsparty dabei ist.

Ich löse mich von Rayner und hake mich bei Cassandra unter. »Ich muss dich mal entführen«, sage ich.

»Entführen ist nicht nötig. Du kannst nach Belieben über mich verfügen.«

Jake räuspert sich. »Nur eine gewisse Zeit. Ich will nämlich mit dir darüber reden, wie du deine neu erworbene Prominenz für gute Taten nutzen kannst.« Seine Miene wird mit einem Mal sehr ernst. »Du hast jetzt eine unglaubliche Plattform, aber alles, was ich über dich in den Medien finde, sind irgendwelche Klatschartikel darüber, wie dieser Typ küsst«, sagt er und deutet auf Rayner.

Ich erinnere mich an die Story, die vor unserer Tour durch die Presse ging: dass Rayner bei einem unserer Dates ein ganzes Kino angemietet habe. Es stimmte. Ich habe immer noch keine Ahnung, wie sie das herausgefunden haben. Über jemanden, der Rayner bei der Planung geholfen hat? Es zu lesen war komisch. Es war, als hätte der Reporter eine andere Version unseres Abends erlebt. Wir hatten Popcorn, keine Skittles. Wir haben rumgeknutscht, okay. Das meine ich damit: Berühmt zu sein, bedeutet einerseits man selbst zu sein, und andererseits auch wieder nicht. Es ist, als würde man sich selbst zusehen. Es gibt zwei Versionen – die eine, die man kennt, und die andere, die Leute zu kennen meinen, und es ist schwierig, sie auseinanderzuhalten. Man fängt leicht an zu glauben, was über einen geschrieben wird.

»Ich habe ganz viel Infomaterial mitgebracht«, sagt Jake.

Ich werfe einen Blick zu Rayner. Er nickt. »Jake und ich machen uns an die Rettung der Welt. Ihr zwei macht ... was Mädchen halt so machen.«

Ich ziehe Cassandra vom Tisch zu einem sanft wärmenden Heizstrahler. Sobald wir allein sind, bedrängt sie mich mit Fragen. »Wie läuft es mit Rayner? Erzähl mir alles!«

»Es läuft wirklich gut«, sage ich. »Er war unglaublich auf der Tour. Cassandra, du kannst dir echt nicht vorstellen, wie schräg das war.«

Cassandra nickt. »Ich habe Bilder gesehen.«

»Es hat einfach alles übertroffen, was man sich so vorstellt.«

»Beängstigend«, antwortet sie.

»Ich weiß. Aber Rayner ist bei so was ein absoluter Profi. Ganz ehrlich, Cass, ich habe keine Ahnung, was ich ohne ihn tun würde. Er unterstützt mich so –«

»Und er ist heiß«, sagt Cassandra. Sie schnalzt mit der Zunge und zieht die Augenbrauen hoch. Ich sehe zu Rayner hinüber, der Jake gerade ein Glas reicht.

»Und er ist heiß«, stimme ich zu.

Cassandra nimmt meine Hand in ihre. »Ich glaub's einfach nicht«, sagt sie. »Du bist dieser Filmstar.« Ihre blauen Augen blicken in meine. Sie sind hell. Durchdringend. »Ich bin echt stolz auf dich«, sagt sie.

Ich spüre einen Kloß im Hals. Ich drücke sie so fest an mich, dass sie kurz aufschreit.

»Frag mich nach Jake«, sagt sie.

Ich lache. »Entschuldigung! Wie läuft es mit Jake?«

Sie kaut auf ihrer Unterlippe herum. »Super«, sagt sie. »Na ja, er verlangt immer noch von mir, dass ich mich samstags vor irgendwelche Supermärkte stelle und demonstriere, aber es nervt mich nicht mehr. Wir haben Spaß, wenn wir zusammen sind. Kannst du dir das vorstellen?«

»Ja«, sage ich. »Irgendwie schon. Ihr zwei seht wirklich glücklich aus.«

»Ich bin ...« Ihr Blick wandert zu ihm. »Ich glaube, er macht einen besseren Menschen aus mir. Ist das nicht abartig?«

»Nein«, sage ich. »Das ist großartig.«

Sie rümpft die Nase. »Wer hätte gedacht, dass wir beide uns gleichzeitig zum ersten Mal verlieben.«

Liebe.

»Und?«, fragt Cassandra. Sie sieht mich fragend an. »Glaubst du, Jordan lässt sich heute Abend blicken?«

Ich werfe einen Blick auf Alexis. »Keine Ahnung. Meinst du, Rayner hat ihn eingeladen?«

Cassandra zuckt die Achseln. »Du hast doch erzählt, dass sie sich wieder normal benehmen, oder? Vielleicht als nette Geste?«

Ich hatte Cassandra schließlich gestanden, dass auf Maui

zwischen Jordan und mir etwas gelaufen ist. Das war nach der Premiere. Na ja, sie hatte es eigentlich sowieso schon vermutet. Wir waren mit meiner Schwester zusammen, aber als sie kurz rausging, um ihren Verlobten, Bill, anzurufen, hat Cassandra nachgehakt. Ich habe ihr die Wahrheit erzählt: dass ich Gefühle für Jordan hatte, aber eine Entscheidung getroffen habe und glücklich damit bin.

»Ja«, sagte ich. »Gut möglich.«

»Hast du mit ihm geredet, seit du wieder hier bist?«

»Seit heute Morgen? Nein. Er ist …« Ich rede nicht weiter. Ich weiß nicht, wie ich den Satz beenden soll. Was ist Jordan? Wütend? Irgendwo verschollen? Eindeutig über mich hinweg.

Ich denke an Jordans Verhalten bei der Pressekonferenz. Mit wie viel Verständnis und Mitgefühl er mich angesehen hat. Vielleicht sogar mit Liebe. Aber auf der Tour war davon überhaupt nichts mehr zu spüren. Er hat mich wie eine Aussätzige behandelt und jeden Ort gemieden, an dem ich mich aufgehalten habe.

Ich rede noch leiser. »Auf der Tour schien er ziemlich auf Alexis zu stehen.«

Cassandra mustert mich fragend. »Ach was.«

»Du hast sie gesehen, oder?«, frage ich und deute mit einem Kopfnicken zum Tisch. »Außerdem stand er offenbar schon immer auf sie.«

»Tja, vielleicht ist das gut so«, sagt sie. »Du bist schließlich mit Rayner zusammen, oder?«

»Ja«, sage ich. »Natürlich.«

Genau in diesem Moment kommen Jake und Rayner auf uns

zu. »Tut mir leid, wenn wir stören«, sagt Rayner. »Aber du bist der Ehrengast.«

»Wer, ich?« fragt Cassandra und blinzelt ihn an. Ich weiß, dass sie eigentlich mit einem Auge zwinkern will, aber das konnte sie noch nie. »Gut, dann werde ich mal meine Bewunderer begrüßen.«

Wir gehen zu viert zum Tisch. Alexis steht sofort auf. »Herzlichen Glückwunsch«, sagt sie mit ihrem makellosen britischen Akzent. »Du hast mir gefehlt, Schätzchen.«

Ich versuche, nicht nach Jordan Ausschau zu halten, als ich sie ansehe.

»Alexis«, begrüße ich sie. »Wie geht es dir?«

Alexis ist wie immer auf diese unangestrengte Weise cool angezogen. Jeans, hohe Absätze, ein Seidenhemd und ein Kopftuch in einer Kontrastfarbe. An den Ohren und um den Hals trägt sie mit Türkisen besetzten Goldschmuck. Sie ist auch groß – über eins fünfundsiebzig im Gegensatz zu meinen ein Meter fünfzig. Sie hat früher als Model gearbeitet, und zwar richtig professionell. Für Modenschauen und Magazine. Sie ist an vielen Orten in Europa aufgewachsen – Paris, London, Portugal. Aber ich kann sie trotzdem nicht hassen, denn sie gibt sich wirklich Mühe, nett zu mir zu sein. Ich kann es Jordan nicht mal übel nehmen, dass er sie begehrt – wer würde das nicht tun?

Ich komme mir in meinem schwarzen Kleid mit einem Mal sehr, sehr klein vor.

Normalerweise gefällt es mir, klein zu sein, aber es hätte an diesem Abend vermutlich nicht geschadet, wenn ich statt dieser niedrigen Keilabsätze High Heels getragen hätte.

»Super. Und dir? Hoffentlich kein Jetlag?«

»Auch ziemlich gut«, sage ich und nehme von einem der vorbeigehenden Kellner ein Glas Champagner. »Wir haben im Flieger viel geschlafen.«

Ich winke Jessica zu, die sich über den Tisch reckt, um mich zu umarmen, als ich Alexis' Hand auf meiner spüre. »Lass mal sehen!«, sagt sie.

Sie hebt meine Hand hoch und starrt auf den Ring, den Rayner mir gerade geschenkt hat.

Ich schmiege mich enger an ihn. »Er passt zu meiner Halskette.« Ich hebe die Kette an.

»Wunderschön«, sagt sie. »Rayner hat wirklich Geschmack.« Dann ändert sich ihre Stimme. Sie deutet hinter mich. »Wilder«, sagt Alexis über meine Schulter hinweg. »Du bist zu spät.«

Sofort hebe ich den Kopf und im selben Augenblick entdecke ich ihn.

Er kommt auf den Tisch zu. Die chinesischen Laternen leuchten ihn von hinten an und ich muss daran denken, wie ich ihn zum ersten Mal gesehen habe, am Strand auf Hawaii, von Sonnenlicht umrahmt. Damals, als ich ihn noch für ein Arschloch hielt, weil ich überzeugt war, er wolle Rayners Leben zerstören und meines gleich mit. Das war, bevor ich ihn richtig kennengelernt habe. Bevor ich verstand, was er alles verloren hatte und was er wiederhaben wollte.

»Herzlichen Glückwunsch.« Er sieht mich kurz an und ich schwöre, mein Herzschlag setzt aus. Bestimmt fühlt Rayner an der Stelle, wo seine Hand auf meiner Hüfte liegt, das Blut durch meinen Körper pulsen. Ich spüre, wie Jordan mich mustert.

Seine Augen sind wie Finger auf meinem Körper, ich kann sie förmlich spüren.

»Danke«, murmle ich. Es ist die längste Unterhaltung, die wir seit Wochen geführt haben.

Seine Haare, die so dunkelbraun sind, dass sie schwarz wirken, sind verwuschelt, er trägt Jeans und einen grauen Blazer über einem blauen T-Shirt. Als er Alexis einen hastigen Kuss auf die Wange gibt, drehe ich mich weg.

Sie sind zusammen. Du hast einen festen Freund. Du hast kein Recht mehr auf solche Gefühle, erinnere ich mich selbst. Ich übernehme die Initiative.

»Hey, Alexis, Jordan – das sind meine besten Freunde, Cassandra und Jake. Leute, das ist Jordan und das hier« – ich deute auf die Gazelle neben mir – »ist Alexis.«

Cassandra beäugt Jordan viel zu auffällig und ich sehe, dass er ihren Blick erwidert. »Wir haben uns kurz kennengelernt, als ihr zur Premiere hier wart«, sagt er.

»Eine Sekunde lang, bevor der Film losging«, fügt Cassandra hinzu. »Schön, dich zu sehen.«

»Ja, finde ich auch«, sagt Jordan.

»Wie wundervoll«, sagt Alexis und nimmt Jordans Arm. »Jetzt sind wir alle vereint.«

Irgendwie hasse ich sie.

Der Tisch ist rund, Jordan und sie setzen sich, kurz darauf Jake und Cassandra mit Jessica im Schlepptau. Rayner setzt sich ebenfalls. Alexis klopft auf den Platz neben sich, so dass ich zwischen ihr und Rayner sitze. Ich bin nur froh, dass ich nicht auch noch Jordan neben mir habe. Wenn ich mit den beiden zusammen bin, muss ich meine gesamte Schauspielkunst aufbieten und heute Abend bin ich nicht sicher, ob ich das hinbekomme.

»Wird eine Erklärung zur Umweltverträglichkeit von dir verlangt?«, fragt Jake.

Ich höre Alexis in meinem Ohr. »Und was möchte das Geburtstagskind trinken?«

Alexis und ich hatten bisher kaum Gelegenheit, uns richtig kennenzulernen. Auf der Pressetour waren wir zwei getrennte Gruppen – Rayner und ich, Jordan und Alexis.

Aber hier beim Abendessen lassen wir uns auf einen Kennenlernmarathon ein. Ich erfahre nicht nur, dass Alexis überall in Europa aufgewachsen ist, sondern auch, dass ihre Mutter in Los Angeles lebt und ihr Vater ein Sommerhaus in Südfrankreich besitzt und sie »ein entsetzliches Jahr lang« ein Internat in der Schweiz besucht hat. Auch toll: Sie spricht vier Sprachen und hat zwei Alben aufgenommen. Aber nichts davon kommt gegen den Blick an, mit dem Jordan sie beobachtet – fasziniert –, als wäre sie irgendein höheres Wesen.

»Glücklich?«, flüstert mir Rayner ins Ohr, während ich Spaghetti auf meine Gabel drehe.

Ich blinzle und schaue ihn an. Er hat derart lange Wimpern, dass ich sie beinahe spüren kann, wenn er so nah ist. Ich bekomme sofort Gänsehaut. »Mhmmm«, flüstere ich zurück. »Danke. Was für ein schöner Abend.«

Ich spüre seine Hand in meinem Nacken. »Er ist noch nicht vorbei«, flüstert er.

Ich lehne mich zurück und sehe ihn an, offenbar überrascht, denn er lacht – ein sanftes, funkelndes Lachen – und sagt: »Wir gehen nach dem Essen noch aus. Wenn du Lust hast.«

»Ja«, sage ich. »Hab ich.«

Rayner wendet sich wieder dem Tisch zu. Er schlägt mit dem Messer gegen sein Glas und alle verstummen. »Ich möchte einen Toast ausbringen«, sagt er.

Mir wird flau im Magen. Ich beobachte Cassandra über den Tisch hinweg. Sie versucht, mir zuzuzwinkern.

»Alles Gute zum Geburtstag, PG.« Rayner sieht mich an, unter dem Tisch streichelt er meine Hand. Ich schiebe meine Finger durch seine. Ich brauche etwas zum Festhalten. »Ich habe so ein verdammtes Glück, dass du heute geboren wurdest. Danke, dass du für diesen Film vorgesprochen hast und meine Augustine bist.« Er hebt sein Glas und dann küsst er mich. Ich schmiege mich an ihn und schmecke den Champagner auf seinen Lippen, und obwohl ich weiß, dass uns alle anschauen – Alexis und Cassandra und Jake und Jordan –, rede ich mir ein, dass es mir egal ist. Er ist mein Freund. Er küsst mich an meinem Geburtstag. Das ist das Leben, für das ich mich entschieden habe. Ich lebe es bloß.

Wir fahren zu einem Club in der Nähe – vielleicht ist er auch weit weg, ich habe keine Ahnung. Ich genieße die Nacht in vollen Zügen: die Limousine, die irgendwo aus dem Nichts aufgetaucht ist, den Champagner, Rayners kühle Finger auf meinem Oberschenkel, knapp über meinem Knie.

Im Club ist es dunkel, als wir hineingehen. Jordan weicht nicht von Alexis' Seite. Sie haucht einer Gruppe Mädchen Luftküsse zu und zieht Jordan hinter sich her in eine Sitznische. Ich sehe, wie er sich kurz zu uns umdreht, aber dann ist er in der Dunkelheit verschwunden.

Wären Cassandra und Jake dabei, wäre es schwierig gewesen, sie nicht aus den Augen zu verlieren, aber Sandy hat sie zum Haus zurückgefahren. Sie behaupteten, müde zu sein, aber ich weiß, dass Tanzen nicht Jakes Ding ist. Außerdem habe ich den Verdacht, dass sie sich auf eine Nacht zu zweit freuen, ohne Aufpasser. Cassandras Eltern sind ziemlich streng.

»Genieß es«, flüsterte mir Cassandra ins Ohr, als sie ging, und ich habe bloß gelächelt, weil ich genau wusste, was sie meint. Heute Abend ist mein Geburtstag und wir können einfach Rayner und Paige sein. Wir sind nicht auf einem Pressetermin. Wir stehen nicht auf dem roten Teppich. Wir sind einfach wir. Und wenn das bedeutet, dass wir private Partys in Clubs feiern – dann ist das eben so.

Ich spüre Rayners Hand um mein Handgelenk und dann seine Finger auf meiner Hüfte, als er mich auf die Tanzfläche zieht. Die Musik um uns herum dröhnt – eine Elektroversion von irgendeinem Popsong, den ich ständig im Radio gehört habe. Sie ist so laut, dass sie durch mich hindurch vibriert – als wären meine Muskelfasern ein Soundsystem – ich spüre jeden Beat.

Die Menge scheint uns nicht zu bemerken, als wir uns durch die zuckenden Körper bewegen. Ich fühle mich anonym in dieser Masse, es ist wundervoll, berauschend, ich habe das Gefühl, alles sein und tun zu können. Als wir in der Mitte der Tanzfläche stehen, habe ich vergessen, dass wir berühmt sind.

Ich ziehe Rayner an mich und schlinge die Arme um seinen Hals. Er beugt sich zu mir herunter und sucht mit seinen Lippen meine. Ich kralle mich mit den Fingern in seine Schultern. Ich spüre, wie sich seine Muskeln bewegen, als er seine Hände auf meinen Rücken presst und mich fester an sich drückt.

Mein Herz schlägt wie verrückt – es versucht, mit der Musik mitzuhalten und mit seinen Händen, die Muster auf meinen Rücken zeichnen.

Ich höre Rayners Atem in meinem Ohr, seine Finger finden meine. Er stößt einen ungeduldigen Laut aus und dann zieht er mich von der Tanzfläche. Ich mache keine Anstalten, mich umzudrehen, um nach Jordan Ausschau zu halten und zu sehen, ob er Alexis in der dunklen Menge gefunden hat, so wie Rayner mich. Es ist egal.

Die Paparazzi scheinen uns jedenfalls *alle* gefunden zu haben; als wir den Club verlassen, stehen wir einem Meer von Fotografen gegenüber – das Blitzlichtgewitter ist fast so hell wie Tageslicht. Rayner drückt mich an sich und zwei Bodyguards bringen uns schnell in eine wartende Limousine. Ich vergrabe mein Gesicht an Rayners Schulter und schmiege mich in seine Arme.

»Fahren Sie los«, höre ich ihn sagen. Seiner Stimme ist die Anspannung anzuhören, die wir von der Tanzfläche mitgenommen haben.

Wir fahren schnell davon, trotzdem drücke ich mich an Rayner. Wir finden uns auf der Rückbank des Wagens, wie wir uns in dem dunklen Club gefunden haben. Ich bin so hin und weg von Rayner und wie es sich anfühlt, ihm so nahe zu sein, dass ich kaum mitbekomme, als Rayner mich zu Hause durch die Tür trägt.

Beim Betreten des Schlafzimmers zögert er. Wir haben schon vorher in einem Bett geschlafen – hier und auf der Tour –, aber noch nie in diesem Zustand. Nicht mit diesem Knistern in der Luft zwischen uns, die sich wie etwas Lebendiges anfühlt, etwas mit Herzschlag und einem eigenen Puls.

»Es ist okay«, sage ich.

Sein Blick gleitet über mich, das Blau seiner Augen ist wie flüssiger Samt. Er legt mich aufs Bett. »Ich bin so froh, dass wir hier sind«, sagt er. Er schiebt mir das Haar hinters Ohr und dann küssen wir uns. Meine Finger finden den Saum seines Hemdes, ich schiebe es Stück für Stück seinen Oberkörper hoch und dann ziehe ich es ihm aus. Ich sehe seine Brust, die Bewegung seiner Muskeln. Ich habe ihn schon oft ohne Hemd gesehen – zahllose Aufnahmen, Monate am Strand –, und die Vertrautheit, die kleine Kerbe auf der rechten Seite seines Brustkorbs und das Muttermal über seinem Bauchnabel, erfüllen mich mit einer Freude, die ich kaum beschreiben kann. Ich kenne ihn mittlerweile und er kennt mich, auf eine Art, wie es niemand sonst tut oder tun wird. Denn wir erleben das zusammen. Nur wir zwei. Und genau das lässt mich ihn heftiger zurückküssen, drängender.

Seine Hände fahren durch meine Haare, dann gleiten sie meinen Körper hinunter. Ich fühle seine Finger um meine Taille, dann auf meinen Hüften und ich bäume mich seinen Lippen entgegen. Er wendet sich dem Reißverschluss meines Kleides zu und plötzlich wird mir bewusst, dass ich keinen BH darunter trage. Ich habe ihn weggelassen, weil die Träger herausschauten.

Es lässt mich zurückschrecken, nur ganz leicht, aber es genügt, dass Rayners Hände innehalten.

»Alles gut bei dir?«, fragt er mich. Seine Stimme klingt rau und ich spüre seinen Herzschlag unter der Haut; er ist unregelmäßig wie mein eigener.

Ich nicke, aber ich bin nicht sicher. Wenn er mein Kleid öffnet, ist das eine völlig neue Dimension und mit einem Mal habe ich Zweifel, ob ich dafür bereit bin. Es ist, als würde ich mich von außen sehen – und mich beobachten. So wie es alle anderen tun. Und ich möchte nicht, dass sie das hier sehen. Ich will nicht, dass sie es wissen. Plötzlich fällt mir etwas ein, auf das ich vor Monaten am Set durch Jessica gekommen bin, als sie mir Fan-Fiction über Rayner und mich vorgelesen hat. Nicht über Augustine und Noah, sondern über Rayner und mich. Sie meinte es als Scherz, aber jetzt stürmt alles wieder auf mich ein. Die Absätze, in denen wir genau so zusammen waren wie jetzt. Die Sätze fallen mir einer nach dem anderen wieder ein, sie türmen sich auf meiner Brust auf, bis ich ihr Gewicht körperlich spüren kann. Es ist, als würden wir uns in der Fantasie von jemand anderem befinden. Ich dachte, wir wären in dieser Nacht allein, aber das sind wir nicht. Die ganze Welt ist mit uns im Bett.

»Was ist mit dir?«, fragt Rayner. Ich sehe die Besorgnis in seinen Augen und das nimmt den Druck ein wenig von mir. »Was ist denn?« Er legt mir die Hand auf die Wange. »Rede mit mir.«

Aber ich weiß nicht, was ich sagen soll. Wie kann ich ihm erklären, dass sich dieser Moment mit ihm anfühlt, als würden wir die Erwartungen der Öffentlichkeit erfüllen?

»Ich habe Angst«, sage ich, weil es so ist.

»Vor mir?«

Ich schüttle den Kopf. Ich spüre, wie mein Gesicht heiß

wird, und bestimmt fühlt seine Hand auf meiner Wange es auch. Meine Augen füllen sich mit Tränen und ich beiße mir auf die Lippe, um sie am Fließen zu hindern. Ich komme mir so dumm vor mit ihm in diesem Bett, so klein – ich weiß nicht, warum ich mich nicht einfach fallenlassen kann. Mein Hirn abschalte und aufhöre nachzudenken.

»Hey«, sagt er. »Das ist okay.« Seine Hand wandert von meiner Wange zu meiner Schläfe, auf die er seinen Daumen legt. »Wir haben alle Zeit der Welt. Wir brauchen nichts zu überstürzen.«

»Ich weiß«, flüstere ich.

»Gut«, sagt er. Er zieht uns nach hinten, bis wir an den Kissen lehnen. Er schlingt den Arm um mich und legt meine Hand auf seine Brust. »Entspann dich einfach«, sagt er. »Schlaf ein bisschen.« Er fährt mit der Hand durch meine Haare und ich spüre, wie sein Herzschlag langsamer wird, genau wie meiner.

KAPITEL 4

Am nächsten Morgen fahren wir ins Beverly Glen frühstücken. Das ist ein kleines Einkaufszentrum in der Nähe des Bel-Air-Hauses, wo Promis häufig hingehen, weil dort niemand Aufheben um sie zu machen scheint. Es liegt versteckt in den Bergen – bloß ein paar Boutiquen, ein Restaurant, ein Friseursalon und ein Starbucks.

Während Rayner uns allen Kaffee und Eier und Muffins und French Toast holt, plappert Cassandra darüber, wie toll es am Abend zuvor war. »Zum Glück sind keine Paparazzi hier«, sagt sie. »Meine Haare sind überhaupt nicht in Form.«

Jake sieht mich an und verdreht die Augen. Ich lache. »Wann geht euer Flieger?«

»Zu früh.« Cassandra schmollt. Sie blättert in unserer Ecke ein paar Zeitungen durch und quietscht plötzlich los. Ich sehe eine Geschichte über uns. Ein Foto zeigt uns beim Verlassen des Clubs, um meine linke Hand ist ein roter Kreis. Die Überschrift lautet: RAYNER SCHENKT PAIGE EINEN RING, DER ETWAS VERSPRICHT.

Ich blicke auf meine Hand. Woher wissen sie, dass er mir diesen Ring geschenkt hat? Ich will nach der Zeitung greifen, aber Cassandra liest schon vor: »Rayner hat seiner geliebten Paige, oder ›PG‹, wie er sie zärtlich nennt, einen Ring geschenkt, der etwas verspricht. ›Sie sind zu jung, um sich zu verloben‹, verrät uns eine Quelle. ›Aber Rayner wollte Paige wissenlassen, dass er es ernst meint. Er betet sie an.‹«

Betet sie an. Ich beiße die Zähne zusammen. Noch ein persönlicher Moment, der an die Öffentlichkeit gelangt ist und dann verdreht wurde. Ein Ring, der eine spätere Verlobung versprechen soll? Ich schaudere, als ich an die letzte Nacht denke und an das, was fast passiert wäre, dann aber nicht stattgefunden hat, weil alles, was wir tun, dermaßen ins Rampenlicht gezogen wird.

Ich entreiße Cassandra die Zeitung und werfe sie in die freie Sitznische hinter uns. Einfach ignorieren lautet das Motto. »Nicht vor dem Kaffee«, sage ich.

»Zu jung, um sich zu verloben, soso?«, fragt Cassandra und spitzt den Mund.

»Hör auf damit«, sage ich und verpasse ihr unter dem Tisch einen Tritt. »Das ist doch alles bescheuert.«

»Ja, aber sie haben Recht«, sagt Cassandra. »Rayner betet dich wirklich an.«

Jake beugt sich vor. »Alles okay mit dir?«

»Klar«, sage ich und lächle ihn an. »Ich lasse mich nur von diesem Schwachsinn ganz verrückt machen.«

Jake zuckt mit den Achseln und Rayner kommt mit unserem Frühstück an den Tisch. Wir essen, aber ich spüre Jakes Blick. Irgendetwas daran gibt mir das Gefühl, dass er mich durchschaut. Als wüsste er, dass ich auf eine Art ganz und gar nicht okay bin. Was mir daran am meisten Angst macht: Wenn er es sehen kann, wer noch?

Wir frühstücken, danach müssen wir zum Haus zurück, damit Cassandra und Jake packen können. »Ich wünschte, du würdest bleiben«, sage ich zu Cassandra. Wir stehen zu viert vor dem Haus. Die Jungs laden das Gepäck in die wartende Limousine.

»Ein paar von uns müssen immer noch zur Schule gehen«, sagt sie, den Arm um mich geschlungen. »Aber ich ruf dich an, sobald ich gelandet bin.«

»Tu das.«

»Soll ich euch wirklich nicht fahren?«, fragt Rayner.

»Ich habe lieber keine Kamera im Gesicht, wenn ich mir bei der Sicherheitskontrolle die Schuhe ausziehen muss«, sagt Jake.

»Und überhaupt, warum kriegen wir auf dem Rückweg keinen Privatjet?«, fragt Cassandra. Sie verpasst Rayner einen Rippenstoß. Es gefällt mir, sie zu beobachten. Man sieht, dass Cassandra ihn wirklich mag.

»Sie ist ganz schön fordernd«, zieht Rayner Jake auf.

»Mann, du hast ja keine Ahnung, *wie* fordernd.«

Rayner geht zum Fahrer und erklärt ihm etwas, Jake schaut mich fragend an. »Kommst du mal kurz«, sagt er.

Ich gehe ein paar Schritte mit ihm, bis wir außer Hörweite sind, und hoffe, dass er mir nicht noch mehr Fragen stellen wird. »Danke, dass ihr gekommen seid«, sage ich. »Ich habe mich total gefreut.«

»Wir hatten nicht viel Zeit, um miteinander zu reden«, sagt er.

»Ich weiß. Tut mir leid, aber deine Freundin nimmt mich ziemlich in Beschlag.«

Er lacht. »Ich kann mir vorstellen, dass das alles nicht einfach ist. Ich möchte dir nur sagen, dass ich für dich da bin. Und zwar egal, wann du mich brauchst, okay, Pat?«

Er verzieht das Gesicht zu einem müden Grinsen und mit einem Mal lächle auch ich. Patrick ist immer Jakes Spitzname für mich gewesen, aber seit ich Portland verlassen habe, hat er ihn nie wieder benutzt.

Er umarmt mich. Ich muss mich dabei auf die Zehenspitzen stellen.

»Du bist gewachsen«, stelle ich fest.

Er lacht. »Tja, vermutlich haben sich selbst bei uns ein paar Dinge verändert.«

Ich blicke ihrem Wagen hinterher, bis er auf die Straße biegt, dann gehe ich wieder ins Haus. Das Telefon klingelt.

»Gehst du ran?«, frage ich Rayner.

Er zieht den Kopf aus dem Kühlschrank, um mich anzusehen. »Ich wusste nicht mal, dass wir hier eine Festnetzleitung haben«, sagt er.

Ich finde das Telefon auf der Arbeitsfläche. Irgendein Bang-&-Olufsen-Modell, das so viel wiegt wie eine Münze und bei dem man nicht weiß, wo oben und unten ist. In welches Ende soll ich sprechen?

»Schätzchen«, flötet Alexis, als ich abnehme. Ihr Akzent fließt wie Honig durchs Telefon.

»Hey«, sage ich. Ob Jordan bei ihr ist? Liegt er mit bloßem Oberkörper auf der Couch, während sie mit mir telefoniert?

»War echt schön gestern Abend. Sag das bitte Rayner.«

Ich schaue zu ihm hinüber. Er sieht mich fragend an und will wissen, wer es ist. »Danke, Alexis. Werde ich tun.«

»Ich rufe an, weil ich dich fragen wollte, ob du Lust hast, mit zu Georgina zu kommen.«

Georgina ist Alexis' beste Freundin. Sie spielt die Hauptrolle in dieser bekannten Serie über Außerirdische auf CW. *Elsewhere.* Im wirklichen Leben ist sie mit ihrem Filmpartner, Blake, zusammen, in der Serie sind ihre Figuren allerdings nur heimlich ineinander verknallt. *Elsewhere* macht übrigens ziemlich süchtig. Ich habe die erste Staffel während der Tour im Flugzeug verschlungen.

»Heute?« Ich spähe zu Rayner. Er lächelt mir aufmunternd zu. »Gern«, sage ich. »Ja. Das passt.«

»Dann hol ich dich in einer Stunde ab«, sagt sie. »Bel Air, richtig? Ich freu mich auf dich.«

Ich lege auf und schaue zu Rayner. Er kommt mit einem Apfel in der Hand auf mich zu.

»Ich dachte, wir könnten heute Nachmittag ein bisschen Zeit miteinander verbringen«, sage ich. »Nur wir beide.«

»Das würde ich gern«, sagt er. »Aber ich kann nicht. Ich muss mich um ein paar Sachen kümmern.«

»Sachen.« Ich nicke. Er meint seinen Vater. »Du weißt, dass du mit mir über *Sachen* reden kannst«, sage ich.

Rayner beißt in den Apfel. »Ich weiß. Aber ich will dich da raushalten.«

Ich schüttle den Kopf. »Aber ich will nicht rausgehalten werden. Das geht mich auch was an.«

»Nein, tut es nicht. Ich möchte nicht, dass dein Name in diesen Schlagzeilen neben meinem auftaucht. Es ist schlimm genug, dass ich in die ganze Sache mit meinem Vater verwickelt bin. Ich werde dich da nicht auch noch mit reinziehen.« Er sieht müde und niedergeschlagen aus. Mir fallen zum ersten Mal die Ringe unter seinen Augen auf.

»Rayner ...«

Er hält die Hand hoch. »Mehr gibt es dazu nicht zu sagen.« Dann schiebt er mir eine Haarsträhne hinters Ohr. »Triff dich mit den Mädels. Und überlass das andere mir.«

Zwei Stunden später bin ich in Georginas Strandhaus in der Malibu Colony. Ich rekele mich auf einem Liegestuhl und versuche, ein bisschen zu schlafen, aber Georgina erzählt Alexis und mir von Blake. Sie scheint sauer zu sein, dass er an diesem Wochenende nicht bei uns in L. A. ist.

»Er hockt immer nur in Atlanta«, erzählt sie uns müde. »Für ihn zählt nur die Rolle. Du hast so ein Glück, dass Rayner hier ist, Paige.«

Ich gebe ein unbestimmtes Brummen von mir.

»Warum ist mein Glas leer?«, fragt Alexis. Sie steht in einem weißen Bikini und einem Hut mit superbreiter Krempe vor uns und nimmt mir die Sonne.

»Machst du nicht gerade so eine Entgiftungskur mit Saft?« Georgina steht auf und schenkt Alexis ein, dabei tropft Champagner auf den Boden.

»Hauptsache, es ist flüssig«, sagt Alexis und macht es sich in dem Liegestuhl neben mir gemütlich.

Georginas Haus ist beeindruckend. Alexis hat mir erzählt, dass ihr Geld aus Werbeverträgen stammt. »Außerdem hat ihre Mutter *Charlie's Angels* oder so geschrieben«, sagte sie, als Georgina ins Haus ging, um Nachschub zu holen.

Wenn wir schon bei Werbeverträgen sind, ich habe außer

Seven, mit denen ich bereits zusammenarbeite, noch eine Menge anderer Angebote. Burberry, Lancôme, sogar Chanel. Tawny und Sandy drängen mich, Lancôme zuzusagen – weil sie angeblich am zugänglichsten sind. Außerdem versucht die Marke, eine jüngere Klientel zu erreichen.

Ich schließe die Augen und lasse mich vom Meeresrauschen einlullen. Cassandra ist nicht da und ich brauche Freunde in L. A. Das sagt jedenfalls Sandy. Und Rayner. Alexis scheint mir ein guter Anfang. Wenn man mal von der Nebensächlichkeit absieht, dass sie die Nächte vermutlich in irgendeinem Spitzennegligé neben Jordan verbringt. Ich kneife die Augen fester zusammen, um das Bild zu verdrängen.

»Hab ich nicht!«, kreischt Alexis.

Ich öffne die Augen, Alexis starrt Georgina mit offenem Mund an. »Du hast was nicht?«, frage ich.

»Man riecht es förmlich«, sagt Georgina, ohne sich um mich zu kümmern.

Alexis schüttelt den Kopf.

»Was?«, frage ich noch einmal und versuche mitzubekommen, worum es geht.

»Heißen Sex die ganze Nacht mit Jordan Wilder«, sagt Georgina und trinkt ihr Glas aus.

Mir wird flau im Magen.

»Ich plaudere keine Bettgeschichten aus«, sagt Alexis. »Denn wenn ich es tun würde, kämst du nicht damit klar.« Sie wendet sich von uns ab und ich muss mich sehr konzentrieren, um meine geballten Fäuste wieder zu lockern.

Georgina zupft ihre Ponyfransen zurecht. »Ich bin jedenfalls froh, dass er Britney nicht mehr hinterhertrauert.«

»Er hat Britney nie hinterhergetrauert«, sage ich.

Georgina wirft Alexis einen Blick zu, so nach dem Motto *Was hat sie denn plötzlich?* »Okay, wenn du meinst.«

»Hast du mit Britney gesprochen?«, fragt Alexis Georgina.

»Seit der Greg-Geschichte? Natürlich nicht. Die Presse schlachtet das total aus. Laura würde einen Anfall kriegen, wenn ich auch nur in Britneys Nähe käme.«

Laura ist Georginas PR-Managerin. Und dem Ton nach zu schließen, in dem sie über sie spricht, auch ihr Gehirn. Georgina tut nur, was Laura gutheißt.

»Du bist wirklich eine tolle Freundin«, sagt Alexis.

»Du weißt, dass ich immer zu dir halten würde. Aber Britney hat nie zu uns gestanden. Ich sehe einfach nicht ein, warum wir es für sie tun sollten.«

Alexis antwortet nicht und Georgina springt in den Pool, wo sie sich am Rand festhält und mit den Beinen strampelt. Ich würde gern mehr Fragen über Britney stellen, aber da ich nicht zu eifrig wirken will oder als sei ich eifersüchtig auf Rayners Ex, halte ich lieber den Mund.

Ich streife meinen Kaftan ab. Darunter trage ich den Bikini, den ich mir auf Hawaii gekauft habe – er ist orange mit roten und goldenen Blumen. Er erinnert mich daran, wie ich immer frühmorgens vor dem Dreh schwimmen gegangen bin. Wenn die Sonne gerade aufging und das Wasser noch kühl war und ich den Tag ganz allein und mit dem Horizont vor mir beginnen konnte.

Ich sehe Jordan an diesem Strand. Ich verdränge das Bild.

»Paige wird bei den MTV Movie Awards dabei sein«, erzählt Alexis und wechselt das Thema.

»Deine erste Award-Show. Wie aufregend«, sagt Georgina und bespritzt mich mit Wasser. »Es ist so ein Affentheater.«

»Es ist bereits ein Affentheater, wenn ich zu Starbucks gehe«, sage ich.

Georgina lacht. »Manche Leute müssen dafür zahlen, um solche Presse zu kriegen«, sagt sie.

»Zahlen?«

Alexis mischt sich ein. »Einige Leute in Hollywood schon – alle an diesem Pool natürlich ausgenommen.« Die Mädchen lachen über den Spruch. »Aber manche Leute erzählen den Fotografen, wann sie wohin gehen, um sicher zu sein, dass Bilder von ihnen geschossen werden.«

»Warum?«

»So bleibt man im Gespräch«, sagt Georgina und taucht unter. Sie kommt wieder an die Oberfläche. »Nimm es mir nicht übel, Paige, aber du musst an deinen Paparazzibildern arbeiten. Jedes Mal, wenn ich dich in einer Klatschzeitung sehe, ziehst du ein Gesicht, als wolltest du jemanden umbringen.«

»Ich weiß«, sage ich. »Ich strenge mich ja schon an.« Die Presse nennt mich manchmal schon »PG wie Pressegorilla«. Es ist nichts, worauf ich stolz bin. Ich habe bloß das Gefühl, dass ich ihnen mein Leben zur freien Verfügung überlasse, wenn ich für sie lächle, wenn ich mitspiele. Wie viel bin ich den Leuten schuldig? Auf wie viel Zugang zu meinem Leben haben sie ein Anrecht?

»Kommst du für die Awards nach L. A. zurück?«, fragt Alexis Georgina.

Georgina stemmt sich aus dem Pool und lässt sich neben mich fallen, sie schließt die Augen und hält ihr Gesicht in die

Sonne. »Ja, klar. Obwohl ich absolut keine Lust habe, den Preis als bestes Filmpaar ohne Blake entgegenzunehmen. Ich werde wie eine Idiotin da oben stehen.«

»Wie schafft er es, sich immer aus allem rauszuhalten?«, fragt Alexis.

»Weil er es von Anfang an so gemacht hat«, antwortet Georgina. Sie hebt den Kopf und schaut mich an. »Denk immer dran: Was du am Anfang tust, wird in der Mitte von dir verlangt werden. Und die Mitte ist lang. Die Mitte ist die Hauptsache.«

Alexis schenkt mir nach. »Paige hat keine Wahl. Außerdem«, sagt sie und winkt ab, »hast du Rayner an deinem Arm – du bist die amtierende Königin von Young Hollywood. Genieß es, solange es währt.«

Solange es währt. Das ist die eine Sache, die einem niemand verrät: Jeder Moment des Ruhms, den man voller Angst erlebt, ist eine überdeutliche Erinnerung daran, dass das Blitzlichtgewitter eines Tages vorübergehen wird. Ich sollte eigentlich Erleichterung dabei empfinden, aber das ist nicht der Fall.

Ich sehe mich mit Rayner aus einem Wagen steigen und über einen Teppich laufen, wie wir es auf der Tour so oft getan haben. Schreiende Menschen. Die Welt wird bei jeder noch so kleinen Bewegung von uns hysterisch, bei jedem Lächeln, das wir einander schenken. Ich glaube, daran kann man sich nie gewöhnen. Da müsste man vermutlich schon verrückt sein.

»Ja, wir sprechen über neue Projekte«, setze ich an.

»Wunderbar!«, sagt Alexis. »Erzähl.«

Georgina seufzt. »Du glückliches Luder.«

Ich sehe sie fragend an. Alexis springt ein. »Du darfst ihr nicht böse sein, dass sie eifersüchtig ist.«

»Beim Fernsehen ist es gnadenlos«, fährt Georgina fort. »Ich habe pro Jahr ungefähr drei Wochen frei.«

Alexis beugt sich zu ihr und tätschelt ihr den Kopf. »Das wissen wir, Schätzchen.« Dann wendet sie sich wieder zu mir. »Paige, was hast du gesagt?«

Ich zucke die Achseln. »Keine Ahnung. Es gibt alle möglichen Angebote.« Mein Herz schlägt schnell. Ich will nicht undankbar klingen. »Ich bin wirklich in einer glücklichen Position. Aber die eine Sache, die ich wirklich machen will –«

»Von der raten sie dir ab«, sagt Georgina.

»Ja!«, rufe ich und setze mich auf.

»Das ist ziemlich normal«, sagt Georgina. »Sie wollen, dass du jetzt einer ganz bestimmten Bahn folgst. Was meint Rayner dazu?«

Alexis winkt ab. »Rayner hört nur auf sein Management.« Sie schaut mich an. »Oder?«

Ich nicke. »Ja. Und er will, dass ich das auch tue.« Rayner und ich hatten viele Diskussionen darüber, dass ich dem Rat von Sandy und meiner Agentin folgen soll. »Das ist ihr Job«, erklärt mir Rayner immer. »Überlass das ihnen.«

»Na ja, für ihn hat es funktioniert«, sagt Alexis. »Aber wenn du mich fragst, hätte er schon vor langer Zeit auf diesem Level sein sollen.«

»Ja, aber sein Vater war nicht der Produzent von *Die Tribute von Panem.*« Georgina wirft mir einen Blick zu. »Sorry«, sagt sie. »Rayner ist talentiert. Das weiß jeder.«

»Vermutlich versuche ich gerade herauszufinden, wofür es sich zu kämpfen lohnt«, sage ich.

Alexis legt den Arm um mich. »Dafür hast du uns. In diesem

Geschäft ist es wichtig, dass du Leute hast, denen du Sachen erzählen und denen du vertrauen kannst.«

Vertrauen. Ich bin nicht sicher, ob ich das habe.

»Cassandra und Jake machten einen netten Eindruck«, sagt Alexis zu mir.

Ich setze mich noch ein wenig aufrechter. Ihre Stimme hat einen Unterton, der mir nicht gefällt. »Sie sind meine besten Freunde.«

Alexis wirft einen Seitenblick zu Georgina, die sich auf die Lippe beißt. »Dinge ändern sich, wenn man berühmt wird«, sagt Georgina.

Ich erwidere nichts, habe aber das Gefühl, meine Freunde in Schutz nehmen zu müssen. Ich verschränke die Arme vor der Brust.

»Wir sagen bloß, dass du vorsichtig sein sollst«, fährt Alexis fort. »Du würdest dich wundern, an wen sich die Presse alles heranmacht. Menschen, die keine Ahnung haben, wie es läuft, wittern plötzlich ihre Chance –«

»Das Einzige, was Jake von mir will, ist, dass ich mehr Geld für Wohltätigkeitsorganisationen spende«, unterbreche ich sie. »Vielleicht hatten deine Freunde keine Ahnung, aber du kennst meine nicht.«

Georgina zuckt die Achseln. »In einer Stunde geht's zum Flughafen«, sagt sie. »Ich muss noch duschen. Ihr zwei könnt gern bleiben.«

Alexis wirft ihr einen mitfühlenden Blick zu. »Nur noch zwei Jahre«, sagt sie.

Georgina atmet aus. »Ich weiß. Ich kann es kaum erwarten. Ich habe Blake schon gesagt, wenn er sich die Verlängerungsverträge auch nur anschaut, ist es aus mit uns. Ich kann keinen außerirdischen Teenager mehr spielen. Selbst zwei weitere Jahre sind lächerlich. Ich kriege schon die ersten Falten.«

Ich betrachte ihr makellos gebräuntes, makellos zurechtgemachtes Gesicht. War sie nicht im Pool? Warum sieht sie immer noch so perfekt aus? »Ich sehe keine Falten«, sage ich. »Außerdem sollte ich mich auf den Heimweg machen.« Das Gespräch hat einen schlechten Nachgeschmack bei mir hinterlassen und ich will zu Rayner.

»Vergiss es«, sagt Alexis. »Wir fahren zum Robertson Boulevard.«

»Ich weiß nicht –«

»Wie man ein anständiges Foto macht? Aber ich, und ich werde es dir beibringen.« Alexis und Georgina schauen mich an. Ich spüre, wie ihr Blick vom abgeblätterten Lack auf meinen Fußnägeln zu meinen Haaren wandert – die mit einem Gummi zu einem Pferdeschwanz zusammengebunden sind. Ich ziehe ihn schützend über meine Schulter.

»Sie werden über dich herfallen, egal, wie sehr du ihnen aus dem Weg gehst«, sagt Georgina. »Du kannst es aber ebenso gut zu deinem Vorteil nutzen.«

Georgina fährt los und Alexis und ich gehen im Ivy Mittag essen, das ist dieses schicke Restaurant auf dem Robertson Boulevard, wo Promis sich offenbar zeigen, um fotografiert zu werden. Charles Rider sitzt mit dem Mädchen, für das er seine Frau verlassen hat, zwei Tische weiter. Er war zwanzig Jahre lang einer der wichtigsten Drahtzieher in Hollywood, trotzdem machen sich die Paparazzi kaum die Mühe, auch nur so zu tun, als würden sie ihn erkennen. Sie haben bloß Augen für uns.

Alexis lächelt kein einziges Mal.

»Mach ein Hohlkreuz«, sagt sie. »Das lässt die Taille schmaler und die Oberweite größer aussehen. Und nicht mit den Zähnen lächeln. Das sieht nie gut aus.«

Ich tue wie befohlen. Ich nehme mein Wasserglas. »Stopp«, sagt Alexis. »Halte das Glas an den Mund. Und jetzt stell es ab und leck dir über die Lippen.« Ich höre die Blitzlichter. »Gut. Mit der Hand durch die Haare fahren.« Alexis schüttelt ihre Mähne. Ich folge ihrem Beispiel, allerdings mit wesentlich weniger Erfolg.

»Und jetzt rede einfach«, ermutigt mich Alexis. »Sei ganz normal.«

Normal. Ich blicke auf meinen klein geschnittenen Salat, irgendetwas, das nicht auf der Karte stand, Alexis hat es für mich bestellt. Ich beginne zu verstehen, dass es ein L. A. hinter L. A. gibt – eines mit Gerichten, die nicht auf der Speisekarte stehen, mit Hinterzimmern und Geheimtüren. Mit Dingen, die nur für ein paar Auserwählte – *uns* – zugänglich und sichtbar sind.

»Versuche ich doch schon«, sage ich durch die Zähne.

»Kiefer locker lassen«, sagt Alexis. »Daher kommt nämlich dein Spitzname. Du siehst aus, als wolltest du dich auf mich stürzen.«

»Vielleicht will ich das ja«, sage ich.

Sie lächelt mich an. »Stell dich nicht so an. Sie können uns nicht hören.«

Sie hat Recht. Sie sind nah genug, um Fotos zu machen, aber nicht nah genug, um etwas zu hören.

»Wir hatten bisher wirklich keine Gelegenheit, uns kennenzulernen«, sagt sie. »Ich dachte, ein Mädchengespräch könnte uns beiden ganz guttun.«

»*Jetzt?*«

»Warum nicht?« Sie zwinkert mir zu. »Es ist eine gute Übung für dich. Du musst lernen, allein klarzukommen, wenn Rayner dich nicht unter seine Fittiche nimmt. Versteh mich nicht falsch; er ist eine gute Beigabe, aber du musst dich nicht als Doppelpack verkaufen.«

Die Bemerkung macht mich wütend. Sie hat kein Recht, darüber zu urteilen, wie ich mit meiner Beziehung umgehe. Und das Letzte, worauf ich Lust habe, sind irgendwelche Mädchengespräche vor der Nase der Paparazzi. Hier zu sitzen und mit Salat zwischen den Zähnen fotografiert zu werden und dabei mit ihr über superheißen Sex mit Jordan Wilder zu reden? Nein danke.

»Du weißt, dass ich mit Britney befreundet bin«, sagt sie, bevor ich Gelegenheit habe, ihr zu antworten.

Ich verschlucke mich an meinem Wasser. Sie blickt auf. »Ich kenne sie schon ewig. Ungefähr seit ich zwölf bin.«

Obwohl sie in *Locked* meine jüngere Schwester spielt, ist Alexis in Wirklichkeit ganze vier Jahre älter als ich. Aber allmählich begreife ich, dass das in Hollywood nicht viel zu bedeuten hat. Freundschaften werden nicht von dem biologischen Alter bestimmt, sondern von dem, das man spielt.

»Warst du auch bei *Backsplash* dabei?«, frage ich. Das war die Fernsehshow, in der Rayner und Jordan und Britney als Kinder mitgespielt haben. Dort haben sie sich kennengelernt und angefreundet.

Alexis schüttelt den Kopf. »Nein, aber ich kannte sie schon.

Ich kannte sie, als sie zusammen waren.« Sie schaut mich an, aber ich werde nicht ganz schlau aus ihrem Gesichtsausdruck.

Ich denke an Georginas Kommentar. Von wegen Britney habe nicht zu ihnen gestanden.

»Sie ist kein schlechter Mensch«, fährt Alexis fort. »Na ja, manchmal ist sie auch kein besonders guter.«

»Es muss schwer sein«, sage ich, nehme mein Messer und streiche abwesend Butter auf ein Stück Brot. »Ich kann mir nicht vorstellen, wie man so etwas in aller Öffentlichkeit durchstehen kann.«

»Wie geht es Rayn?«

»Du meinst mit seinem Vater?«

Alexis nickt.

»Ich bin nicht sicher«, setze ich an. Ich bin bei diesem Thema immer so vorsichtig gewesen. Aber ich weiß, dass er momentan nicht er selbst ist. Rayner hat mich immer von allen schlimmen Dingen fernhalten wollen, doch nun scheint er zu glauben, mich vor sich selbst schützen zu müssen. Was hirnrissig ist. Wir haben uns nur vor aller Welt zusammengetan, damit wir uns unterstützen und gegenseitig helfen können. »Er hat mir in letzter Zeit nicht viel erzählt«, sage ich verhalten.

Alexis schiebt die Sonnenbrille in die Haare. Ihre Augen sind golden und dezent mit Eyeliner betont. »Das ist sicher hart«, sagt sie.

»Ich weiß nicht, wie er darauf kommt, das allein regeln zu müssen«, sage ich. »Er hat sich in den Kopf gesetzt, mein Image zu schützen oder so was.« Ich zucke die Achseln. »Keine Ahnung.«

»Ich verstehe, was du meinst«, sagt Alexis. Sie legt nachdenklich den Kopf schief. »So tickt Rayn eben. Für ihn stehst du immer an erster Stelle.«

»Ich will nicht an erster Stelle stehen«, sage ich. »Ich will einfach nur mit ihm zusammen sein.«

Alexis lächelt. »Das solltest du ihm sagen.«

»Hab ich.« Oder etwa nicht? Ich winke ab. »Ach, ich will nicht darüber reden.« Und dann hole ich tief Luft. *Frag einfach, Paige. Du schaffst das.* »Und wie läuft es mit Jordan?«

Alexis scheint froh, wieder über sich reden zu können. Sie wirft den Kopf zurück. »Super!«

Ihre Begeisterung tut weh.

»Er ist ein netter Typ«, sage ich und überlege, ob mich mein Gesichtsausdruck verraten wird. Ich will morgen keine PAIGE ZICKT-Schlagzeile auf Fansugar. Vor allem nicht, weil der Sinn dieser ganzen Aktion darin besteht, mein Image zu verbessern.

Sie lacht. »Netter Typ? Er ist unglaublich. Vor allem nach dem, was er mit seiner Familie durchgemacht hat. Er ist so stark. Und natürlich – die Chemie zwischen uns ist ... na ja, du weißt schon ... garantiert wie bei Rayner und dir, wette ich!«

Ich weiß. Ich weiß, wie es sich anfühlt, von Jordan gesehen zu werden, im Mittelpunkt seines Universums zu stehen, und sei es nur für einen Augenblick. Nackt. Verzehrend. Vielleicht hatte es nichts mit Jordan und mir zu tun. Vielleicht war es nur Jordan, wie er mit jedem ist.

Ich esse noch eine Gabel Salat.

»Wie dem auch sei.« Alexis spießt ein Stück Spargel auf. »Ich brauche einen Espresso.« Sie hebt die Hand, um einen Kellner heranzurufen, und zieht, bevor ich irgendetwas erwidern kann, eine Platin-Kreditkarte hervor.

»Ich würde mich freuen, wenn wir Freundinnen sein könnten«, sagt sie ziemlich unvermittelt.

»Ich dachte, das sind wir schon.«

Sie räuspert sich. Als sie mich anschaut, wirkt sie nachdenklich. »Ich bin mir nicht sicher, ob du mich magst.«

Ich öffne den Mund und will ihr antworten, aber sie hält die Hand hoch. »Ich habe damit überhaupt kein Problem. Momentan. Du brauchst nichts zu sagen. Ich weiß, wie komisch es ist, so abrupt wie du in dieses Universum geschleudert zu werden. Ich möchte nur, dass du weißt, dass ich dich mag. Ich glaube, dass du ehrlich bist, und das kommt in dieser Stadt nicht oft vor.«

Ich stütze die Ellbogen auf den Tisch. Ich würde sie gern fragen, ob sie selbst ehrlich ist, aber ich sage bloß: »Dafür sollte ich mich wohl bedanken.«

»Darf ich dir dann etwas sagen, als deine Demnächst-Freundin?«

Ich sehe sie an. Die Haare perfekt luftgetrocknet. Weiße Jeans und ein eng anliegendes Top, das sich wie angegossen um ihren schmalen durchtrainierten Körper schmiegt. Ich möchte sie gern hassen, aber ich schaffe es nicht. »Ein guter Satz fängt nie mit ›Darf ich dir dann etwas sagen?‹ an.«

Sie lächelt. »Ich glaube, du solltest anfangen, mehr Spaß zu haben. Tritt aus Rayners Schatten. Du lebst einen Traum und manchmal benimmst du dich, als wäre es ein Albtraum.«

Ich überlege, mich zu verteidigen, aber wozu? »Ist das so auffällig?«

»Du hast die Schlagzeilen gesehen.«

Ich nicke. »Ich habe ein Covershooting für *Vanity Fair*«,

erzähle ich ihr. »Und ein Interview mit *Elle.* Und die ganzen Vorbereitungen für die Awards ...« Ich hätte niemals gedacht, dass all diese Sätze eines Tages mal aus meinem Mund herauskommen würden.

Ihre Stimmung scheint sich im gleichen Tempo zu heben, wie sich ihre Stirn glättet. Sie kippt den Espresso herunter, den der Kellner vor sie gestellt hat, und unterzeichnet ebenso schwungvoll den Kreditkartenbeleg. »Und?«

»Hilfst du mir dabei, ein paar Outfits auszusuchen?«

Sie strahlt über das ganze Gesicht. »Oh, PG«, sagt sie. »Ich dachte schon, du fragst nie.«

KAPITEL 5

Ich komme mit mehr als zehn Einkaufstüten nach Hause. Kitson, Reiss, Nanette Lepore. Kleider, himmelhohe High Heels und eine Bomberjacke aus Leder, bei der Alexis darauf bestanden hat, sie sei »zum Anbeißen«.

Ich male mir schon aus, wie ich Rayner die Sachen vorführen werde. Ihn interessiert Mode. Ich bezweifle, dass er es zugeben würde, aber ich weiß, dass er einen Personal Shopper hat. Im Haus tauchen immer wieder Kleidungsstücke auf; er probiert sie an, behält einen Teil, der Rest geht zurück.

»Rayner?«

Keine Antwort, aber sein Wagen steht in der Auffahrt. Er muss zu Hause sein.

»Rayner?«

Ich höre seine Stimme aus dem Schlafzimmer – unerwartet lebhaft und wütend. Er steht am Fenster und hält das Telefon ans Ohr und bevor ich mich bemerkbar machen kann, brüllt er hinein.

»Du hörst mir wohl nicht zu, deshalb noch mal klar und deutlich: Ich weiß, dass ich einmal getan habe, was du von mir verlangt hast, aber damit ist jetzt Schluss. Darum geht es hier nicht mehr.«

Er schweigt einen Augenblick. Durch die knisternde Stille höre ich die Stimme am anderen Ende der Leitung. Sein Vater. Ich bin nicht sicher, ob ich mich abwenden soll; Privatsphäre ist momentan ein so kostbares Gut ... auch Rayner hat ein Anrecht darauf. Aber ich klebe an der Tür und halte vor Anspannung die Luft an.

»Ich schwöre, wenn du dich ihr auch nur bis auf einen Kilometer näherst, bringe ich dich um, so wahr mir Gott helfe.«

Er legt auf und knallt das Telefon so hart auf den Tisch, dass ich zurückzucke. Mein Atmen verrät mich. Als Rayner aufblickt, wandelt sich seine Miene sofort von Wut zu Überraschung.

»Tut mir leid«, platze ich heraus und lehne mich an die andere Seite des Türrahmens. »Ich konnte dich nicht finden und als ich hereinkam –«

Er erstarrt einen Moment. Nicht einmal seine Hand bewegt sich. Aber seine Augen wenden sich schnell von mir ab. »Es tut mir leid, dass du das mit anhören musstest.«

Ich möchte auf ihn zugehen, ihn umarmen, aber er wirkt irgendwie unnahbar. Diese Geschichte mit seiner Familie ist schwerwiegender, als ich gedacht habe, und zum ersten Mal geht mir durch den Kopf, dass sie vielleicht wichtig genug ist, um zwischen uns zu stehen. »Schon in Ordnung«, sage ich. »Droht er deiner Mutter?«, frage ich.

»Was?«

»Du sagtest, wenn er sich ihr auch nur bis auf einen Kilometer nähern würde ...« Meine Stimme versagt.

Rayner starrt auf den Boden. »Ah, ja.«

Ich schweige einen Moment und überlege, ob ich nachhaken soll. »Mir war nicht klar, dass es mittlerweile so schlimm ist.« *Mir war nicht klar, dass wir Dinge voreinander verheimlichen,* möchte ich eigentlich sagen, aber ich spreche es nicht aus.

Er gibt keine Antwort und als er sich in einen Sessel fallen lässt, präsentiere ich reflexartig meine Tüten. »Ich war shoppen«, sage ich und versuche eine andere Taktik. Vielleicht hilft es, ihn abzulenken. »Mit Alexis. Willst du meine Beute sehen?«

Er wirft mir einen abwesenden Blick zu. »Vielleicht später.«

Ich schaue auf den Schreibtisch und bemerke die Papiere. »Was tust du da?«

Er atmet lange aus. »Ich habe versucht, die Scheidungsunterlagen meiner Mutter durchzuarbeiten.«

»Oh, Rayner.« Ich gehe zu ihm, streichle seinen Hals.

Er schüttelt den Kopf. »Plötzlich tauchen Leute aus der Versenkung auf. Sein ehemaliger Assistent, ein Studioleiter.« Er reibt sich die Augen. »Es ist zu viel. Ich kann meine Mutter verstehen.«

»Wann hat sie sich dazu entschlossen?«

Er zuckt die Achseln. »In den letzten Tagen? Ich weiß es nicht, Paige. Ich war anderweitig beschäftigt.« Ich spüre, wie er unter meinen Fingerspitzen wegzuckt. Rayner ist sonst nie so kurz angebunden mit mir.

Ich denke an die Tour, an meinen Geburtstag letzte Nacht. »Wir haben gearbeitet«, sage ich, unsicher, ob das so stimmt. Habe ich ihn anderweitig beschäftigt?

»Ja, aber hier geht es um meine Familie.«

Meine Augen brennen und ich wende mich zum Gehen, als ich seine Hände spüre. Im nächsten Moment zieht er mich auf seinen Schoß.

»Es tut mir so leid«, sagt er, seine Wange an meine gepresst. »Ich will bloß ...«

»Schon gut«, sage ich. »Du brauchst dich nicht zu entschuldigen.«

»Ich liebe dich«, sagt er plötzlich.

Das weiß ich. Ich weiß es seit der Premiere, vielleicht schon länger, aber es in diesem Moment zu hören, auf diese Art, ist neu. Wir haben es nie ausgesprochen. Nicht so direkt. Ohne dass etwas zwischen diesen Worten stand.

Er streichelt über meinen Rücken. »Du brauchst nichts darauf zu erwidern«, flüstert er. »Ich wollte bloß ... Ich wollte bloß, dass du es weißt.«

»Ich liebe dich auch«, sage ich. Automatisch, ohne nachzudenken.

»Wirklich?«

Ich nicke. Ich umfasse sein Gesicht mit den Händen. »Rayner, natürlich liebe ich dich.«

Dann küsst er mich, öffnet meine Lippen mit seinen.

In diesem Augenblick denke ich daran, wie er am Telefon reagiert hat. »Was verlangt dein Vater von dir?«, frage ich.

Rayner umschlingt mich fester. »Etwas, das ich nicht zu tun bereit bin«, sagt er.

Ich fahre ihm mit den Fingern durch die Haare. Er schließt die Augen und zieht mich enger an sich. »Ich will dich nicht verlieren«, sagt er plötzlich.

Ich drehe sein Gesicht wieder in meine Richtung. »Warum

sagst du so etwas?«, frage ich. »Natürlich wirst du mich nicht verlieren. Rayner, ich bin hier bei dir.«

Er vergräbt den Kopf an meinem Hals. Ich schlinge die Arme um ihn und küsse ihn an jeder Stelle, die meine Lippen erreichen. »Ich liebe dich«, wiederhole ich.

Ich denke an diesen Moment auf den Klippen von Ho'okipa vor vielen Monaten. Wir haben einander ein Versprechen gegeben. Dass wir füreinander da sein würden. Ich weiß nicht, warum er nach all dieser Zeit noch immer nicht versteht, dass dieses Versprechen auf Gegenseitigkeit beruht.

Am nächsten Morgen haben wir einen Probedurchlauf für die MTV Movie Awards. Rayner und ich treffen um sechs Uhr morgens ein und werden eingewiesen, wie wir uns auf der Bühne verhalten sollen. Jordan ist ebenfalls da und die beiden sind nett zueinander, beinahe freundschaftlich. Irgendwann bringt Rayner Jordan sogar eine Tasse Kaffee und Jordan lässt einen Kommentar darüber ab, dass Rayner sich noch daran erinnert, wie er ihn mag – schwarz (wie sonst).

Ich sitze bei Alexis, die den Morgen damit verbringt, Georgina in irgendeinem Drama mit Blake Ratschläge zu erteilen. Wenigstens knutscht sie nicht mit Jordan herum.

Als sie uns endlich nicht mehr wie kleine Schachfiguren über die Bühne schieben, muss Rayner gehen.

»Ich dachte, wir essen zusammen zu Mittag?«, frage ich ihn.

»Mom braucht mich«, sagt er und zieht mich für einen hastigen Kuss an sich. »Bist du so weit? Ich bring dich erst nach Hause.«

Eine der Produzentinnen schüttelt den Kopf. »Wir brauchen Paige noch zwanzig Minuten. Tut mir leid, ihr zwei.«

Rayner schaut auf seine Uhr. »Verdammt. Soll ich dir den Wagen hierlassen?«

Ich winke ab. »Nicht nötig. Ich werde mir ein Taxi rufen.«

Rayner wirkt nicht überzeugt. »Sicher?«

»Ja«, sage ich und drücke ihm einen Kuss auf die Lippen. »Geh ruhig.«

Nachdem sie festgestellt haben, dass Alexis nicht mehr da ist, brauchen sie mich in Wirklichkeit nur noch fünf Minuten. Das hätte ich ihnen auch vorher sagen können. Sie ist vor einer Stunde mit Georgina weggegangen. Ich bekam folgende Nachricht von ihr: *Sorry. Wir verbrennen gerade Blakes Kram. Heute Abend schon was vor?*

Eigentlich war geplant, dass Alexis und ich gemeinsam präsentieren, aber nun tauschen sie uns gegen zwei andere aus. Von mir aus. Eine Sache weniger, über die ich mir in der Award-Nacht Gedanken machen muss.

Ich will mir gerade einen Wagen rufen, als ich sehe, dass Jordan noch da ist und sich mit einem der Moderatoren unterhält. Er bemerkt mich und entschuldigt sich. Ich tippe auf meinem Telefon herum und bin total nervös.

»Rayner schon weg?«, fragt er.

»Ja, er musste ...« Ich rede nicht weiter. »Familienangelegenheit.«

Jordan nickt. »Ich kann dich heimfahren, wenn du möchtest.« Es ist als Frage gemeint, aber seine Stimme hebt sich nicht am Satzende.

Ich stecke mein Telefon ein. »Das wäre super.«

Jordan schiebt die Hände in die Hosentaschen. »Klar. Wollen wir was essen gehen?«

Wie auf Kommando beginnt mein Magen zu knurren. Es ist Mittag, ich bin seit fünf Uhr wach und habe bisher nur ein trockenes Croissant vom Catering gegessen.

»Gern«, sage ich. »Ich bin kurz vorm Verhungern.«

Jordan bedeutet mir mit einem Kopfnicken, ihm zu folgen. Wir schleichen den Gang hoch und dann hinten um die Sitzreihen herum zur Rückseite des Theaters, wo sein Pick-up geparkt ist. Ich steige ein und er fährt sofort zügig los.

»Wo wollen wir hingehen?«, frage ich, als hätten wir endlose Möglichkeiten, als könnten wir zum Beispiel einfach ins Nobu spazieren und dort am Fenster essen.

»Ich hab da eine Idee«, sagt Jordan. Er mustert mich von der Seite, dann wendet er sich wieder dem Verkehr vor uns zu. Ich öffne mein Fenster und lasse die Hand heraushängen. Mir fällt der Morgen ein, als wir mit seinem Auto den Haleakala hochgefahren sind, wie die Luft immer kälter wurde und ich mich in sein Sweatshirt gekuschelt habe. Mir kommt es vor, als wäre es Jahrzehnte her, aber trotzdem ist die Erinnerung da, genau hier. Auf der Mittelkonsole zwischen uns.

Wir halten vor einem mexikanischen Restaurant namens *El Cholo*, es liegt zwischen einer Tankstelle und einem Mini-Markt. Jordan parkt und wir gehen durch die schweren Metalltüren. Der Gastraum ist groß, aber niemand beachtet uns. Irgendwann kommt ein Mann und klopft Jordan auf den Rücken.

»Santiago«, sagt Jordan. »Wie geht's?«

»Lange nicht gesehen«, sagt Santiago.

»Hallo«, unterbreche ich sie.

»Das ist Paige«, sagt Jordan und deutet auf mich.

Santiago lächelt freundlich und zieht mich an sich, um mir einen Kuss auf die Wange zu drücken. »Schön«, sagt er. Jordan zieht die Augenbrauen hoch.

»Sie ist schon vergeben«, erwidert er. Es liegt keine Ironie in seiner Stimme.

»Wie bedauerlich«, sagt Santiago. »Aber ich habe den perfekten Tisch für euch. Hier lang.« Santiago führt uns durch den Hauptraum zu einer Sitzecke im hinteren Teil. »Guacamole kommt gleich.«

»Danke«, sagt Jordan.

»Du kommst wohl öfters hierher?«, frage ich, als Santiago davoneilt.

»Von Zeit zu Zeit«, sagt Jordan und schaut mir in die Augen.

»Und was kannst du empfehlen?«, frage ich und blättere die Speisekarte durch. Ich spüre meinen Herzschlag unter dem T-Shirt. Der Stoff verhüllt nur dürftig, was es in mir auslöst, so nah, so allein mit Jordan zu sein.

»Die grünen Tamales«, sagt Jordan. »Vertrau mir ausnahmsweise mal.«

Santiago kommt mit der versprochenen Guacamole zurück, nimmt unsere Bestellung auf, und ich stürze mich auf den Korb mit den Chips. Jordan lächelt mich an. »Vorsicht«, sagt er. »Nicht dass du erstickst. Ich bin echt nicht in der Stimmung für Wiederbelebungsmaßnahmen.«

»Wäre ja nicht das erste Mal.«

Ich schüttle den Kopf und denke an den Tag auf Maui, als er mich vor dem Ertrinken gerettet hat. Ich war zu weit hinausgeschwommen und er hat mich aus dem Meer gezogen und mehr oder weniger ins Leben zurückgeholt.

Jordan trinkt einen Schluck Wasser. Warum musste ich das sagen? Dämlich.

»Und wie geht's dir so?«, fragt er. Im Licht sehe ich die Narbe unter seinem Ohr – sie erinnert mich an so viele Dinge. Sie scheint mir zuzuzwinkern, als würden wir ein Geheimnis teilen.

»Ziemlich gut«, sage ich. »Na ja, das ist alles ganz schön abgefahren.«

»Oh, ja.«

»Irgendwann werde ich mich vermutlich daran gewöhnen.«

Er zuckt die Achseln. »Vielleicht.« Er zieht seine Sonnenbrille aus dem Hemd und legt sie auf den Tisch.

Ich spiele mit der Serviette herum. Es ist wie bei der ersten Begegnung mit Jordan. Als ich ihm jedes Wort aus der Nase ziehen musste, um die Unterhaltung am Laufen zu halten. »Wie geht's dir?«, frage ich.

»Gut«, sagt er. »Ich verbringe viel Zeit mit meiner Schwester.«

»Ach ja? Wie geht es ihr?«

Jordan lacht. Sein Lachen sorgt dafür, dass sich mein Körper entspannt. »Sie kommt auf die Highschool«, sagt er.

»Oje.«

»Aber sie weiß, wenn sie sich mit Kerlen einlässt, bevor sie dreißig ist, kriegt sie lebenslänglich Hausarrest, es ist also alles im Lot.«

»Klingt vernünftig.«

»Was ist mit deiner Schwester? Mitten in den Hochzeitsvorbereitungen?«

Er erinnert sich also. »Oh, ja«, sage ich. »In letzter Zeit schickt sie mir ständig irgendwelche Bestellungen.«

»Das sind die Tücken des Berühmtseins«, sagt Jordan.

»Wohl eher die Tücken des Schwesternseins.«

Jordan lacht. »Freust du dich überhaupt nicht darauf?«

»Doch, schon.« Ich bin unentschlossen, ob ich nach Hause fahren soll. Wie wird es sein? Das letzte Mal war ich vor Erscheinen des Films bei meiner Familie. Ich bin einfach nicht mehr sicher, ob ich noch dort hingehöre, und ich weiß nicht, wie es sein wird, wenn ich wieder bei ihnen bin. »Es ist bloß seltsam. Das eine Leben mit dem anderen in Einklang zu bringen.«

Jordan reibt sich das Kinn. Er schweigt einen Moment, dann schaut er zu mir, sieht mich wirklich an. »Und wie geht es dir damit, wieder hier zu sein? Mal abgesehen davon, dass du auf dem Robertson Boulevard gestalkt wirst, meine ich.«

Ich denke an die inszenierten Paparazzifotos mit Alexis. Hat er sie gesehen?

»Ich weiß nicht«, sage ich. »Gut, schätze ich mal.«

Ich weiß, dass er wissen will, wie es mit Rayner und mir läuft, aber ich bin unsicher, ob ich mit ihm darüber reden kann. Was soll ich sagen? *Super, Jordan. Rayner hat mir gestern Abend gesagt, dass er mich liebt. Danke der Nachfrage!*

»Ich war gestern mit Georgina und Alexis unterwegs«, erzähle ich stattdessen. Ich bete innerlich, dass er mir nicht mehr über Alexis erzählt. Ich glaube nicht, dass ich es ertragen kann, aus seinem Mund etwas über die Chemie zwischen ihnen zu hören.

Aber er reagiert nicht und liefert auch keine Informationen. Stattdessen beugt er sich vor, nimmt einen Tortilla-Chip und fragt, was er wissen will; ich kann mich nicht herausreden. »Wie geht es Rayner?«

Ich denke über meine Optionen nach. Ich könnte ihm erzählen, dass es Rayner bestens geht. Und teilweise würde das sogar stimmen. Aber Jordan macht sich Gedanken um Rayner. Ich weiß, dass er fragt, weil ihm wirklich etwas daran liegt. Und nach all den Lügereien will ich unbedingt ehrlich zu ihm sein. Wenn wir Freunde sein wollen, kann das hier ein guter Anfang sein.

»Es nimmt ihn ganz schön mit«, gestehe ich. Ich erzähle ihm nichts von der Scheidung oder von gestern Abend, von der hitzigen Auseinandersetzung mit seinem Vater.

»Es ist hart«, sagt Jordan. »Er tut mir leid.«

Ich sehe eine Vene an seinem Hals pochen und weiß, dass er es ehrlich meint. Jordan hat sein eigenes Familiendrama. Er weiß, was es bedeutet, mit so einer persönlichen Geschichte in der Öffentlichkeit zu stehen.

Wenn sie bloß miteinander reden könnten. Sie gehen mittlerweile freundlicher miteinander um, aber es ist nicht zu übersehen, dass Jordan immer noch Distanz hält. Und ich fühle mich verantwortlich dafür. Es ist meine Schuld, dass sie keine Freunde sind. Aber ich habe keine Ahnung, wie ich das wieder in Ordnung bringen kann.

»Er will nichts mit seinem Vater zu tun haben«, sage ich.

Jordan nickt. »Greg hatte immer ziemlich großen Einfluss auf ihn. Rayner hat grundsätzlich getan, was sein Vater verlangt hat, und zwar egal was.« Er sieht mich an, als er das sagt, und die

Eindringlichkeit seines Blicks lässt mich schweigen. Es ist, als versuche er, auf diese Weise zu kommunizieren – etwas auszudrücken, das Worte nicht vermögen. »Wunder dich nur nicht, wenn sich das Blatt wieder wendet.«

»Wie wendet?«

Jordan seufzt und umfasst sein Wasserglas mit beiden Händen. »Wenn er wieder Gregs Sohn wird.«

»Jordan, Britney war seine Freundin. Ich kann mir nicht vorstellen, wie er ihm das je verzeihen könnte.«

Jordan räuspert sich. Er hat einen leichten Bartschatten, der ihn erwachsener aussehen lässt. Es ist merkwürdig: Rayner ist drei Jahre älter als Jordan, aber Jordan kam mir immer erwachsener vor. Rayner hat noch etwas kindlich Unschuldiges.

»Er ist sein Vater«, sagt Jordan.

Ich denke an Jordans eigenen Vater – die Narbe auf seinem Gesicht, die öffentlichen Kämpfe um Geld. Jordan wird ihm niemals verzeihen. Er wird seinen Vater nie wieder in sein Leben lassen. Und einen Moment lang bin ich nicht sicher, was besser ist.

»Vielleicht«, antworte ich, weil ich nicht weiß, was ich sonst sagen soll.

Unser Essen kommt. Dampfende Teller mit Tamales. Sie schmecken so gut, wie sie aussehen.

»Und wie geht es weiter?«, fragt er. Eine Sekunde lang denke ich, er meint uns beide, doch dann stellt er es schnell klar. »Hast du schon für irgendwelche anderen Projekte unterschrieben?«

»Es gibt eines, das ich gern machen würde«, sage ich zwischen zwei Bissen. »*Closer to Heaven*.«

Zum ersten Mal an diesem Tag sehe ich Jordan wirklich lächeln. »Geiles Drehbuch«, sagt er. »Sehen sie dich als India?«

Ich nicke. »Na ja, nicht so ganz. *Ich* sehe mich als India.«

»Du solltest es machen.«

»Ja, ich weiß. Sandy scheint es nicht übermäßig toll zu finden. Und sie sehen mich nicht in der Rolle.« Ich nehme noch einen käseüberbackenen Bissen.

Jordan sieht mich an, als hätte er mich nicht verstanden. Er lehnt sich zurück und kneift die Augen zusammen. »Das ist ein Witz, oder?«

»Nein«, sage ich. »Sie finden mich zu kommerziell oder so.« Ich zucke mit den Achseln. »Ich habe um ein Treffen mit den Drehbuchautoren und dem Regisseur gebeten – wir werden sehen, was passiert.«

»Wir werden sehen?« Jordan schüttelt den Kopf. »Paige, das ist deine Karriere. Nicht die von Sandy, nicht die von deiner Agentin oder von Tawny. Wenn du das machen willst, musst du dich selbst darum kümmern.«

Ich schlucke. Rayner behauptet, ich hätte Manager, damit sie Entscheidungen für mich fällen, aber das sage ich nicht. Es fühlt sich dumm an, Rayner nachzuplappern, vor allem Jordan gegenüber.

Er sieht mich an. Durchdringend. »Willst du das Projekt machen?«

Ich beobachte seinen Kiefer. Die Linien seines Gesichts. »Mehr als irgendwas sonst«, sage ich.

»Dann kämpfe darum«, sagt Jordan. »Zeig ihnen, dass du es kannst. Akzeptiere kein Nein.« Er beugt sich weit vor und reflexartig lege ich die Hände auf den Tisch, neben seine Ellbogen. Ich möchte meine Finger um seine Handgelenke legen, seine Arme berühren. Ich verspüre das Bedürfnis, ihn anzufassen – als hätten meine Finger ein Eigenleben.

Jordan betrachtet meine Hände und richtet sich auf. »Wir sollten uns auf den Weg machen«, sagt er.

Die dezente Zurückweisung tut weh. Ich will protestieren – nur noch zehn Minuten –, aber ich weiß, dass es keinen Unterschied machen würde. Es gibt so vieles, was ich ihm sagen möchte, was er aber nicht hören soll.

»Wartet Alexis auf dich?«, frage ich. Es klingt vorwurfsvoll und ich hätte mich ohrfeigen können.

»Wir gehen heute Abend zur Premiere des neuen Scorsese«, sagt er und weicht der Frage aus.

»Wie schön.«

Unsere Blicke begegnen sich. Wir wissen beide, dass ich lüge.

Er schaut mich noch einen Moment an – lange genug, dass ich ihn am liebsten fragen möchte, wie wir an diesen Punkt gelangen konnten. An dem wir kaum etwas von uns preisgeben. Ich kann mich daran erinnern, dass ich ihm einmal näher war als irgendjemand anderem. Und jetzt –

Auf der Rückfahrt redet Jordan kaum und als er mich zu Hause absetzt, steigt er nicht aus.

»War schön, dich zu sehen«, sagt er.

»Dann sehen wir uns vermutlich bei den Awards, oder?«

Jordan nickt. Es wirkt etwas traurig. »Bester Filmkuss«, sagt er. »Richtig.« Wir sehen uns an. »Wenigstens werden wir nicht gewinnen«, fügt er hinzu. Und dann ist er weg.

KAPITEL 6

Die MTV Movie Awards rücken näher. Wir sind sechsmal nominiert: beste Schauspielerin, bester Schauspieler für Rayner und Jordan, bester Film, bester Filmkuss – zwei Mal, falls es jemandem entfallen sein sollte. Mir bestimmt nicht. Die Vorstellung, mit Rayner vor Jordan und dem Rest der Welt auf der Bühne herumalbern zu müssen, lässt mich die Limousine nach Fluchtmöglichkeiten absuchen.

Ich sitze in einem silbernen Kleid und Leoparden-High-Heels auf dem Rücksitz und habe keine Ahnung, wie ich heil ins Theater kommen soll. Ich habe versucht, die Stylistin davon zu überzeugen, mich flache Schuhe tragen zu lassen, aber die Unterhaltung bestand im Wesentlichen aus dem Wort: *Nein.*

Tawny schnattert in ihr Handy und Sandy ist in ein Gespräch mit Rayner vertieft. Er sitzt neben mir, seine Hand liegt in meiner. Mir ist bewusst, dass ich sie ein bisschen zu fest umklammere. Zum einen, weil ich nervös bin, zum anderen, weil ich ihn die ganze Woche noch nicht so lange gesehen habe.

Er hat oft bei seiner Mutter übernachtet. Es macht mir Sorgen, wie ängstlich ich ohne ihn bin. Früher waren die seltenen

Gelegenheiten, bei denen ich allein zu Hause war, der Himmel auf Erden für mich. In Portland hätte ich meine gesamten Ersparnisse geopfert, um eine Nacht allein in unserem Haus zu sein. Und nun? Nun denke ich an die Paparazzi, die mich aufspüren könnten. Ich denke an die Millionen von Fans im Internet, deren Glück davon abzuhängen scheint, dass Rayner und ich zusammenbleiben. Allein zu sein fühlt sich an, als sei ich in ihren Augen gescheitert.

»Sie hat ihm gesagt, er soll sich damit abfinden, aber er weigert sich«, sagt Rayner zu Sandy. Sie reden über Greg.

Durchs Fenster betrachte ich das näher kommende Theater. Die Fans drängen sich in Schlangen davor. Lichter und Lärm und irgendwo – Jordan.

Alexis und ich waren vor einigen Tagen in Georginas Strandhaus. Georgina war nicht da: Sie dreht gerade in Atlanta. Wir lagen am Pool herum und sind am Strand spazieren gegangen. Ich habe Alexis ein bisschen von Rayner erzählt und sie hat zugehört. Ich war überrascht, fast beunruhigt, wie einfach es war, mit ihr zu reden. Ich bin immer noch nicht sicher, wie weit ich ihr vertrauen kann, aber sie ist nun mal meine einzige Freundin hier. Sosehr meine täglichen Telefonate mit Cassandra dafür sorgen, dass ich auf dem Teppich bleibe, es gibt Dinge, die sie einfach nicht verstehen kann, ganz egal, wie viel Mühe ich mir gebe, sie ihr zu erklären.

»Denk daran, dass die Kamera oft auf dich gerichtet sein wird. Zupf also nicht an deinem Kleid herum und achte darauf, dass dein Gesichtsausdruck neutral ist.«

Ich brauche einen Moment, bis ich mitbekomme, dass Sandy mit mir redet. Ich nicke. »Ja«, sage ich. »Alles klar.«

»Okay«, sagt sie. »Mittlerweile bist du ja ein alter Hase.« Sie zwinkert mir zu.

Ich weiß, dass die Kamera ständig zu uns schwenken wird. Die Zuschauer werden beobachten, wie wir reagieren – auf die Preise, aufeinander. Ich habe mir Videos von uns auf YouTube angeschaut – zusammengestelltes Material von der Pressetour und dem Film –, sie versuchen zu einer Auswahl von Coldplay-Songs eine Art Liebesgeschichte zu erzählen. Ein paar davon sind irgendwie süß. Als hätte ich sie selbst aufgenommen.

Und natürlich ist es Tradition, dass sich die Gewinner des besten Filmkusses auf der Bühne küssen. Wir haben schon ein bisschen dafür geübt. Rayner wird mich um die Taille fassen und hochheben und kurz bevor sich unsere Lippen berühren, wird er mich von der Bühne tragen. Die Leute sollen mehr wollen, lautet unsere Devise.

Mein Handy klingelt, ich lasse Rayners Hand los. Auf dem Display leuchtet Alexis' Name auf.

»Hey«, sage ich. »Wir sind nur noch ein paar Blocks entfernt. Bist du schon da?«

Ich höre ein rasselndes Husten. »Schätzchen«, krächzt sie.

»Gott. Du hörst dich an wie der Tod. Alles in Ordnung?«

Ihre Stimme klingt heiser und schwach durch das Telefon. »Ich bin total krank. Ich schaffe es heute Abend nicht.«

Ich spüre, wie sich alles in mir anspannt. Alexis hat versprochen, auf dem roten Teppich neben mir zu laufen. Sie sollte bei uns dreien sitzen.

»Es tut mir leid«, fährt sie fort. »Aber du hast ja deinen Freund.« Noch mehr Husten. Dann kommt kein Laut mehr aus dem Telefon und ich warte darauf, ihre Stimme zu hören.

»Alexis?«

»Entschuldigung. Ja. Ich wäre lieber bei den Awards. Ich stehe auf so was. Aber es geht einfach nicht. Grüner Schleim ist nicht unbedingt ideal für meinen Ruf.«

Ich schüttle den Kopf. »Klar. Ruh dich aus. Wir werden dich vermissen.«

»Wir telefonieren morgen«, sagt sie und legt geräuschvoll schniefend auf.

»Alles okay?« Rayner schaut von meinem Gesicht zum Telefon.

»Alexis ist krank. Sie wird nicht kommen«, sage ich und schiebe meine Hand in seine.

Tawny legt die Handfläche auf das Mikrofon ihres Handys. »Jordan«, flüstert sie.

»Sie wollten sowieso nicht zusammen reingehen«, sagt Rayner zu ihr. Dann zu mir: »Oder?«

Ich zucke die Achseln. »Keine Ahnung. So was erzählt mir Jordan nicht.«

Rayner räuspert sich. »Ihr habt beim Mittagessen nicht darüber geredet?«

Er sieht mich an, als er das fragt, und ich spüre, wie sich meine Hand in seiner in Blei verwandelt.

Ich atme langsam aus. »Du meinst nach dem Probedurchlauf?« Ich habe Rayner erzählt, dass Jordan mich nach Hause gebracht hat. Er hat nicht gewirkt, als würde es ihm etwas ausmachen. Es ist ja auch nichts passiert.

Aber Rayner macht mir in diesem Moment keine Vorwürfe. Am Ende der Dreharbeiten vermutete er, dass Jordan und ich etwas miteinander hätten, aber als Jordan ihn über seinen Vater aufgeklärt hat, war das Thema erledigt. Und ich muss Rayner hoch anrechnen, dass er mein Verhältnis zu Jordan seitdem nie wieder angesprochen hat. Manchmal verstehe ich nicht, wie er in der ganzen Sache so großzügig sein kann.

Er dreht den Kopf hin und her. »Ich dachte, zu dir wäre er vielleicht offener. Was sie angeht, ist er mir gegenüber ziemlich zugeknöpft.«

»Glaub mir«, sage ich. »Er erzählt mir nichts, was er dir nicht auch erzählen würde.«

Unsere Limousine fährt langsamer und in meinem Magen breitet sich das vertraute Gefühl von Nervosität, Aufgeregtheit und Panik aus. Es ist toll, Fans zu treffen und ihre Liebe und Leidenschaft für *Locked* zu spüren. Es ist bloß beängstigend, so vielen auf einmal zu begegnen. Rayner lässt meine Hand los. »Bist du bereit?«, fragt er.

»Ja«, sage ich und versuche mein schönstes und strahlendstes Lächeln aufzusetzen.

»Könnt ihr zwei euch bitte ein bisschen Mühe geben und nicht so eine Scheißleidensmiene ziehen?«, fragt Tawny vom anderen Ende des Wagens.

Wir sehen sie beide an. Tawny ist ein Quälgeist, aber normalerweise eher nervig aufgekratzt als belehrend. Und sie benutzt keine Schimpfwörter. Ich bin verblüfft.

»Du siehst aus, als würdest du an mehreren ansteckenden Krankheiten leiden«, schließt sie.

Rayner mustert mich. »Ich finde, du siehst heiß aus«, sagt er. »Aber ich bin auch kein Profi.«

Tawny wirft ihr Handy auf den Sitz. »Ich glaube, es ist Zeit für ein paar öffentliche Liebesbekundungen.«

Sandy verschränkt die Arme. Sie klopft ans Fahrerfenster. »Wir brauchen noch einen Moment«, sagt sie. Und zu Tawny: »Hast du eine Idee?«

Tawny beugt sich vor. Sie ist so dünn, dass ich ihre Venen pulsieren sehe. »Es waren harte Wochen. Deine Aktien stehen schlecht, Rayner. Die Sache mit deinem Vater war nicht gut für dein Image.«

Rayners Kiefer spannt sich an. »Mein Image? Tut mir leid, dass ich dich nicht um Rat gefragt habe, bevor mein Vater versucht hat, meine Ex flachzulegen.«

Sandy und ich schauen uns an, so nach dem Motto *Holla*, aber Tawny geht nicht darauf ein. »Du hättest mich aber um Rat fragen sollen, bevor du ihn vor einem der neugierigsten Reporter der Welt bloßgestellt hast.«

Ich halte die Hände hoch. »Okay«, sage ich. »Was sollen wir tun?«

»Zeigt der Welt, dass ihr zusammen seid. Und dass du zu deinem Freund stehst. Er hat es nötig.«

Ich schaue Rayner an. »Willst du –«

»Ich könnte ihn umbringen«, sagt er.

»Ich weiß. Aber hey, er ist nicht hier. Sondern nur wir beide. Was willst du tun?« Ich lege meine Fingerspitzen auf seine Schulter.

Sein Gesicht wird weicher. Er beugt sich zu mir und streichelt meine Wange. »Möchtest du meine Hand halten?«

Ich nehme seine Finger und schiebe sie durch meine. »Gern«, sage ich.

Sandy räuspert sich. »Spart euch das für die Kameras auf«, sagt sie. »Und jetzt raus mit euch.«

Die Fans drehen jedes Mal durch, wenn wir aus dem Wagen steigen; dass wir auch noch Händchen halten, bringt sie vollends zum Rasen. Wir geben ihnen, was sie wollen, und sie flippen restlos aus. Ich habe das Gefühl, dass mir von dem Kreischen irgendwann die Trommelfelle platzen werden. Aber es ist so viel besser mit Rayner an meiner Seite. Mit seiner Hand in meiner bin ich selbstbewusst. Mehr in meinem Element als seit langem. Ich gebe Autogramme. Ich posiere für Fotos. Ein paar Mädchen fangen zu heulen an und Rayner und ich umarmen die ganze Gruppe.

Wir laufen den roten Teppich hinunter. Ich entdecke Josh Horwart, einen Journalisten von MTV, der uns schon in London interviewt hat. Ich mochte ihn sehr und ich weiß, dass viele Celebrities mit ihm befreundet sind. Er ist einfach richtig cool. Es gibt nur sehr wenige Journalisten, die einen wie ein normales menschliches Wesen behandeln und nicht wie einen Käfer im Glas – aber er gehört eindeutig dazu.

»Hey, ihr zwei«, begrüßt er uns, als wir an ihm vorbeilaufen. »Wie geht's?«

»Hey, Josh«, sagt Rayner. »Ziemlich gut.«

Josh stellt keine Fragen zu Rayners Vater oder unserer Beziehung. Er fragt, ob wir aufgeregt sind, *Locked* bei unserer ersten Preisverleihung zu repräsentieren.

»Du vergisst den MTV Movie Award, den ich für *Backsplash* gewonnen habe«, sagt Rayner.

»Stimmt. Wofür gleich noch mal? Als heißester Jüngling?«

Ich lache. »Dafür ist er heute Abend wieder im Rennen.«

Rayner legt den Arm um mich. Die Menge kreischt. »Sie ist bloß sauer, weil sie nicht nominiert wurde.«

Ich tue, als würde ich ihm einen bösen Blick zuwerfen, und wir verabschieden uns von Josh.

Wir ziehen unsere gewohnte Routine durch. Die restliche Strecke auf dem Teppich läuft ähnlich.

E!Online: Wie haben Sie sich heute auf die Awards vorbereitet?

Rayner: Basketball und eine Dusche.

Ich: Ich habe ein bisschen mehr Aufwand betrieben, um so auszusehen.

Rayner: Glauben Sie ihr kein Wort. Sie wacht so auf.

Ich stupse ihn an; er küsst mich auf die Wange.

Sobald wir auf unseren Plätzen sitzen – genau in der Mitte, erste Reihe –, wird Rayners Strahlen merklich schwächer. Ich habe es früher schon erlebt. Er hat so eine hohe Wattzahl auf dem Teppich – lacht und strahlt ununterbrochen –, aber wenn es vorbei ist, erlischt er. Er bestellt sofort einen Jack Daniel's und eine Diet Coke. Der Kellner fragt mich, ob ich auch etwas möchte. Ich will schon den Kopf schütteln, dann sage ich Champagner. Ich erwarte, dass sie es mir verweigern. Sie wissen ja, dass ich noch nicht einundzwanzig bin (es gab endlose Geschichten in der Boulevardpresse über den Altersunterschied zwischen Rayner und mir), aber man bringt mir anstandslos ein Glas.

Als die Show beginnt, ist mir ein wenig schwindlig und ich fühle mich leicht und etwas benebelt. Dafür bin ich entschieden weniger nervös. Genau in diesem Moment setzt sich Jordan auf den Platz neben mir. Seine Schulter streift meine. »Tut mir leid, ich bin zu spät«, flüstert er.

Er ist so nahe, dass ich ihn riechen kann – eine warme Mischung aus Meer und Land. Salzwasser und Erde und auch

Zimt. Das ist neu. Vermutlich Alexis' Einfluss. Ich male mir aus, wie sie ihm ein teures Parfüm schenkt. Meine Wangen fangen an zu glühen und ich verdränge das Bild aus meinem Kopf. Alexis ist meine Freundin. Jordan ist mein Freund. *Hör auf, Paige.*

»Tut mir leid, dass Alexis krank ist«, flüstere ich.

Jordan gibt keine Antwort.

Rayner nimmt meine Hand.

Ich spüre sie beide neben mir. Ich glaube, ich werde mich nie daran gewöhnen, Jordan auf einer Seite zu haben und Rayner auf der anderen. Es kommt mir vor, als ob mein Herz in der Mitte zerspringen will, damit beide eine Hälfte haben können. Ich weiß, dass die Kamera festhalten wird, wie Rayner und ich uns berühren. *Total verliebt.*

Jeremy Brown, einer der Moderatoren (er hat in dieser Mockumentary über eine verrückte Familie aus dem Mittleren Westen mitgespielt), wird auf dem Jumbotron, der Riesenleinwand, eingeblendet. Er steht vor einem offensichtlich mittels Greenscreen projizierten Strand. Überall Palmen und Sand. Sie werden *Locked* durch den Kakao ziehen. Das haben sie uns bei dem Probedurchlauf nicht gezeigt; wahrscheinlich haben sie es einstudiert, nachdem wir alle weg waren.

Blanke Angst und Rayners Hand greifen nach mir. Die Kamera wird die ganze Zeit auf uns gerichtet sein. »Wenn du nervös wirst, einfach lächeln«, hat Tawny gesagt. »Glücklich zu sein hat noch nie dem Ruf geschadet.« Sie hat mich gemustert, als sie das sagte. Ich weiß, dass sie von der missmutigen Ausstrahlung, die ich in den Klatschzeitungen zur Schau trage, genervt ist.

Ich versuche es. Ich fühle mich wie eine Spielverderberin.

In der ersten Szene laufen Penelope und Ryan, die Stars einer Hexenshow bei Disney, über eine Bühne. Penelope trägt einen Kokosnuss-BH.

»Ich weiß überhaupt nicht, was ich tun soll«, sagt sie. »Für wen soll ich mich entscheiden? Den verrückten Typen, der will, dass ich mit ihm auf einer einsamen Insel lebe, wo man nicht mal HBO empfangen kann, oder für den, der gerade mit einem Privatjet gekommen ist, um mich zu retten? Jeder hat seine Nachteile.«

»Wir stehen direkt neben dir; du kannst einfach mit uns reden«, sagt Ryan. Er ist wie Noah angezogen, Rayners Figur in *Locked*, und zwar bis hin zur Leinenhose. »Voice-over ist nicht nötig.«

»Jetzt mal ernsthaft, ihr zwei, ich habe gerade keine Zeit für irgendwelche Dreiecksgeschichten. Wir müssen los. In ungefähr zehn Minuten soll ich die MTV Movie Awards moderieren«, sagt Jeremy.

Penelope blickt auf ihre Uhr. »Genau genommen solltest du sie *jetzt* moderieren.«

Jeremy und Penelope wechseln panische Blicke, aber Ryan verschränkt bloß die Arme. »Immer mit der Ruhe, Jeremy, für dich gilt Inselzeit.«

Jeremy schaut Penelope an und deutet mit dem Daumen auf Ryan. »Was findest du bloß an diesem Typ?«

Penelope schaut zum Publikum, dann hebt sie Ryans Shirt. Sie deutet auf sein perfektes Sixpack.

»Alles klar«, sagt Jeremy.

»Wo steht dieser Jet?«, fragt Penelope. »Ist er hier?«

Jeremy fasst Penelope an den Hüften. »Ja, er ist hier. Können wir endlich zu quatschen aufhören und einsteigen?«

Ryan stellt sich zwischen die beiden. »Sie liebt mich – sie bleibt. Das ist doch bloß ein Trick von dir, damit sie mitkommt.«

»Funktioniert aber«, sagt Penelope verträumt.

Ryan schaut ins Publikum, dann zu Penelope. »Was soll's. Ich komm auch mit.«

»Schön, von mir aus. Wer mitkommen will, jetzt oder nie.« Eine Gruppe in Stammestracht eilt auf den Helikopter zu.

»Zu den MTV MOVIE AWARDS!«, schreit Jeremy.

Die Leinwand wird schwarz und alle beginnen zu applaudieren. Dann erscheinen die drei auf der Bühne.

Jeremy winkt dem Publikum zu. »Herzlich willkommen bei den MTV Movie Awards!«, ruft er. Neben ihm lächelt Penelope. Sie strahlt – total aufgeregt und glücklich dort oben zu stehen. Ryan wirkt etwas gelangweilt.

»Wir werden Sie heute durch den Abend führen und wir versprechen, es wird lustig. Aber erst mal muss ich jetzt ein paar Leute ärgern.« Jeremy blickt direkt zu uns herunter. »Heute sind so viele von unseren Lieblingsschauspielern hier. Rayner Devon sitzt in der ersten Reihe!«

Rayner nickt ihm zu.

»Sorry für die Anfangsszene, Rayner«, sagt Penelope.

Jeremy unterbricht sie. »Er darf mit Paige Townsen nach Hause gehen. Er braucht dir nicht leidzutun.«

Die ganze Halle tobt. Ich würde mich am liebsten unter meinem Sitz verkriechen und sterben. Ich sehe Rayner neben mir lachen und lächle. Ich lege die Hand auf die Stirn und schüttle den Kopf.

»Im Ernst. Applaus für das Trio. Die Stars von *Locked*, Ladies und Gentlemen!«

Jubel und Klatschen. Ich sehe Jordans Gesicht auf der Leinwand – wie er versucht zu lächeln. Es wirkt nicht sehr überzeugend.

Sie rufen noch ein paar andere Leute auf und dann geht es mit der Preisverteilung los.

Grant Fisher gewinnt als bester Bösewicht. Apple Harrison ist die beste Schauspielerin. Sie verleihen den Preis für den besten Schauspieler. Rayner und Jordan sind beide nominiert und als die Kamera zu Jordan schwenkt, sehe ich, dass er leicht lächelt und den Kopf schief legt.

Dann ist Rayner dran. Er erscheint neben mir auf der Leinwand – ruhig und cool und gesammelt.

»Und der MTV Movie Award geht an ...«

»Rayner Devon! Für seine Darstellung von Noah in *Locked*.«

Rayner steht neben mir auf und ich erhebe mich ebenfalls, um ihn zu umarmen. Zum Glück küsst er mich nicht. Nur eine kurze Umarmung, dann läuft er zwei Stufen auf einmal nehmend auf die Bühne. Er haucht der Schauspielerin, die den Preis hält, einen Kuss zu und greift nach dem Mikrofon.

»Ihr meint es wirklich gut mit mir. Das ist unglaublich.«

Tosender Applaus. Er könnte in diesem Moment wirklich alles sagen. Er könnte aus einem Geschichtsbuch vorlesen und die Leute würden trotzdem jubeln.

Er lächelt sein Grübchenlächeln und schüttelt den Kopf. »Ganz ruhig«, ermahnt er die Menge. »Ich will nur sagen, dass es eine große Ehre für mich ist. Ehrlich. Wir machen das für euch, und dass es euch gefällt, ist das Größte für uns.«

Ich denke schon, er ist fertig und wird dem Publikum noch kurz zuwinken und von der Bühne gehen, aber er hält die Hand vor die Augen und späht nach unten. »PG?«, fragt er.

Die Zeit bleibt stehen. Ich spüre, wie jeder Muskel in meinem Körper erstarrt und auf den Schlag wartet.

»Es ist zu grell hier oben«, sagt er. »Aber ich möchte meiner genialen Schauspielerkollegin Paige Townsen danken.« Die Schreie werden hysterisch. Ich nehme undeutlich wahr, dass sich meine Lippen zu einem Lächeln verziehen. »Ohne sie würde ich nicht hier oben stehen, ich denke, das wissen wir alle. Danke!«

Das Licht wird schwächer, als er von der Bühne geht, aber ich habe immer noch das Gefühl, mich neben meinem Körper zu befinden. Und ich schaffe es auch nicht wieder hinein, als die Scheinwerfer auf uns schwenken, weil Rayner wieder an seinem Platz ist und meine Hand nimmt. Die Kameras sind auf uns gerichtet. Auf der Bühne wird Tevin Black vorgestellt, irgendein Comedy-Schauspieler, der mit Rayner befreundet ist. Er wird den besten Filmkuss verleihen.

Und weiter geht's. Wir werden noch mal auf die Bühne müssen – dieses Mal zusammen. Bester Kuss. Sie zeigen zuerst die anderen Paare und am Ende schließlich die beiden Kussszenen aus *Locked*, die eine mit Rayner und die andere mit Jordan.

Sie verkünden meinen Namen, ich stehe bereits und schaue zu Rayner. Lass uns das einfach durchziehen und hinter uns bringen. Meine Hände hängen wie taub herunter und mir ist übel.

Aber dann geschieht etwas total Verrücktes. Sie rufen nicht Rayners Namen auf. Sondern Jordans.

Ich drehe mich zu ihm um, er sitzt da und sieht verwirrt aus. Doch dieser Gesichtsausdruck verschwindet in Sekundenschnelle. Er steht auf und legt mir die Hand auf die Hüfte. »Komm«, flüstert er mir ins Ohr. »Gehen wir.«

Ich drehe mich nicht zu Rayner um. Er ist ein Profi. Falls es ihn überrascht, wird er es sich nicht anmerken lassen.

Bei einer Preisverleihung auf der Bühne zu stehen, ist eine der surrealsten Erfahrungen, die man machen kann, und ich habe in letzter Zeit wirklich einige gemacht. Man weiß, dass Tausende von Menschen vor einem sitzen – und Millionen zuschauen –, aber man sieht niemanden. Das Licht ist zu grell. Es ist, als würde man auf ein Meer aus Energie blicken. Die Luft knistert vor Licht, Funken, *Wahnsinn.*

Wir gehen auf die Bühne und nehmen unsere Preise entgegen, sie sehen wie die Pappbecher im Kino aus und sind mit goldenem Popcorn gefüllt. Sie sind schwerer, als sie im Fernsehen wirken. Jordan grinst mich von der Seite an und nimmt das Mikrofon. »Vielen Dank«, sagt er. »Ich glaube, damit haben wir nicht gerechnet.« Er wirkt hier oben weniger selbstsicher als Rayner. Jordan ist anders. Jordan hat mir mal erzählt, dass es ihm nicht um das Berühmtsein geht, sondern um die Arbeit. Das haben wir gemeinsam. Keiner von uns beiden weiß, wie er damit umgehen soll. Deshalb ist es auch so ätzend, zusammen hier oben zu stehen.

Aber die Menge will nicht, dass wir reden. Sie wollen auch nicht, dass wir eine Show abziehen. Sie stimmen einen Sprechgesang an. *Kuss. Kuss.*

Jordan sieht mich noch einmal an. Er strafft die Schultern, nur ganz leicht. Plötzlich scheint alles leiser zu werden. Fast vollständig zu verstummen. Ich höre die Menge als entferntes Tosen – weit, weit weg. Es ist, als würde ich vor einem Footballstadion stehen. Der Lärm scheint nichts mit uns zu tun zu haben.

Meine Füße bewegen sich auf ihn zu. Ich denke an jenen Tag am Strand auf Hawaii. Daran, wie er mich im Regen in diesem Strandzelt auf sich gezogen hat. Daran, wie wundervoll und schrecklich es sich angefühlt hat – wie der Anfang und das Ende von allem, alles zur gleichen Zeit. Das Erwachen der Welt in einem einzigen, strahlenden Moment. Doch nicht einmal dieser Moment bleibt. Hier oben scheint alles schwerelos. Es ist, als wären wir unter Wasser.

Ich weiß nicht, wie lange es gedauert hat – vermutlich bloß Millisekunden –, aber nun stehe ich vor ihm. Und er sieht mich auf eine Art an, wie er es schon lange nicht mehr getan hat. Er sieht mich auf eine Art an, über die ich nicht nachzudenken wage, nicht einmal in meinen Träumen.

»Was meinst du?«, sagt er ins Mikrofon, die Augen noch immer auf mich gerichtet.

Ich habe keine Ahnung, was mein Gesicht tut, aber mir ist bewusst, dass ich mich auf ihn zu bewege. Mir ist bewusst, dass sich der Moment in die Länge zieht – die Luft zwischen uns ist noch aufgeladener als rings um uns herum. Als wären wir in einem Strudel, der uns aneinanderpresst. Ich kann nicht sagen, was uns so zueinander zieht – wir selbst oder die Rufe und Schreie des Publikums.

Seine Hände wandern zu meiner Taille. Ich halte ihm mein Gesicht entgegen. Ich sehe ihm in die Augen. Sie sind voller Fragen, aber ich antworte nur auf eine. Ich strecke die Arme aus und lege die Hände um seinen Hals und dann ... küssen wir uns.

Seine Lippen landen hart auf meinen und ich öffne sie für ihn. Meine Hände finden seine Haare – und schieben sich hinein. Ich will ihn überall berühren. Ich will mit den Fingerspitzen über sein Gesicht fahren. Ich möchte mir den Augenblick zwischen seinen Herzschlägen für alle Zeiten einprägen. Ich will ihm so nahe sein, dass, selbst wenn dieser Moment vorüber ist, noch genug übrig bleibt.

Das darf ich nicht und die schiere Qual, es zu wollen – ihm so nahe zu sein, aber ihn nicht einfach an mich ziehen und meine Lippen auf seine pressen zu können –, bricht durch die Oberfläche. Jede Regung, die ich unterdrückt habe. Jedes Mal, wenn ich den Kopf an seine Schulter hatte legen wollen. Meine Hand auf seine Wange. Jede intime Geste, die ich unterdrückt und dorthin zurückverbannt habe, wo sie herkam, kommt mit einer Heftigkeit zurück, die an Vergeltung grenzt. Die Erde scheint sich aufzutun von der schlichten Erleichterung, ihn küssen zu dürfen. Ich werde nicht mehr damit aufhören können.

Ich spüre, wie ich die Arme ausstrecke, um ihn noch näher an mich zu ziehen. Um meinen Oberkörper an seinen zu pressen, bis sich unsere Körper überall aneinanderschmiegen, kein Zentimeter Abstand mehr zwischen uns ist, aber er weicht zurück und lässt mich los.

Sein Rückzug lässt mich ins Leere greifen, seine Hände halten mich an den Schultern und in seinen Augen liegt eine Warnung – *nein*.

Ich sehe, wie sich seine Brust hebt und senkt. Er sieht

mir kurz in die Augen und dann dreht er sich zurück zur Menge. Plötzlich ist der Lärm wieder zu hören, als würde ein Fernseher losdröhnen, nachdem man ihn stumm geschaltet hat. Es wird gejohlt und geschrien. Jordan spricht. »Tja, ich hoffe, ihr habt gekriegt, was ihr wolltet. Danke noch mal.«

Dann liegt seine Hand auf meinem Arm und führt mich hinter die Bühne.

Dort stürzen sich ein paar Leute auf uns, aber ich schüttle bloß den Kopf und dränge mich an ihnen vorbei. *Nur eine Minute. Nicht jetzt.* Ich folge Jordan in eine Ecke.

»Mein Gott«, sagt er leise. »Was zum Teufel war das denn?«

Ich weiß, dass tausend Menschen um uns herumstehen, einige lauern schon und warten darauf, uns wie kleine Schachfiguren zum nächsten Ort zu schieben.

»Was das war?«, frage ich. »DU hast mich geküsst.«

Er schüttelt den Kopf. »Wir haben den Preis für den besten Filmkuss gewonnen – also küssen wir uns. Das ist eine Tradition. Ich wollte nicht vor dem versammelten Amerika mit dir rumknutschen. Du –« Er sieht mich an. Legt eine Hand an die Stirn und presst sie dagegen.

»Warum hast du es dann getan?« Ich verschränke die Arme. Mit einem Mal fühle ich mich nackt in diesem Kleid. Wut flammt in mir auf. »Warum hast du dich nicht einfach entschuldigt, ihnen gedankt und bist von der gottverdammten Bühne gegangen, Jordan?«

Er lässt die Hand sinken. Seine Augen suchen meine. Er erwidert nichts, aber ich sehe es, direkt unter der Oberfläche. Er sieht fast so elend aus, wie ich mich fühle.

»Jordan ...«, setze ich an, dieses Mal sanfter, aber da deutet ein Mädchen mit Headset in unsere Richtung und Rayner kommt auf uns zu. Er stellt sich hinter Jordan und legt ihm eine Hand auf die Schulter.

»Ihr zwei liefert erstklassiges Fernsehen.«

»Tradition«, murmelt Jordan.

Rayner zieht mich an sich und drückt mir einen flüchtigen Kuss auf die Wange. »Glückwunsch«, sagt er.

In seiner Stimme liegt keine Bitterkeit, kein Sarkasmus und einen Moment lang nervt mich das noch mehr als Jordan, der mich anschnauzt, weil ich seinen Kuss erwidert habe. Ist es Rayner egal? Hat er es überhaupt bemerkt?

»Hey«, sagt Rayner. Er deutet mit dem Kopf zur Tür. »Ich möchte dich jemandem vorstellen.«

»Meinst du nicht, wir sollten zu unseren Plätzen zurückgehen?«, frage ich. Ich merke, dass meine Stimme zittert. Wenn Rayner diesen Kuss belanglos fand, ging es den Zuschauern vielleicht ebenso. Ich erinnere mich an den Zusammenschnitt der lustigsten Szenen, den sie am Ende der Dreharbeiten auf Hawaii gezeigt haben. Es gab eine lange Kussszene von Jordan und mir, und Rayner hat sofort kapiert, dass zwischen uns etwas lief. Wie sauer er war. Aber jetzt – nichts.

Der Champagner ist mir zu Kopf gestiegen, aber ich versuche, rational zu denken und Ordnung in meine Gedanken zu bringen. Erstens: Ich sollte mich freuen, nicht mit einem verrückten, eifersüchtigen Soziopathen zusammen zu sein. Zweitens: Rayner hat die ganze Jordan-Geschichte unserer Beziehung zuliebe auf sich beruhen lassen. Wozu will ich sie wieder hervorkramen? Warum sollte ich ihn verletzen wollen? Der Kuss war nur Teil meiner Arbeit.

Ich spähe zu Jordan hinüber, aber er beachtet mich nicht. Er beobachtet jemanden, der zu uns herüberkommt. Als ich seinem Blick folge, sehe ich ein Mädchen, das ungefähr so groß ist wie ich. Dunkle Haut, rabenschwarze Haare und durchdringende grüne Augen. Sie trägt ein neonblaues Lederkleid und himmelhohe Stilettos, aber sie bewegt sich so selbstverständlich, als könne sie einen Marathon in ihnen laufen. Vielleicht wird sie das sogar tun.

Sie bleibt vor uns stehen und ihre Augen richten sich auf mich. Ihr Blick ist zögernd, als sie mich mustert – erst die Füße und dann – langsamer Schwenk – höher und höher und höher. Ich weiß sofort, wer sie ist. Die Erkenntnis lässt mich einen Schritt zurückweichen. Die Macht, die sie hat: das Mädchen vor mir. Sie brachte Rayner und Jordan dazu, einander zu hassen. Sie verlangte leidenschaftliche, bedingungslose Loyalität. Sie war der Anfang von so vielen Dingen.

»Paige«, sagt Rayner und seine Hand deutet von ihr zu mir. »Das ist Britney Drake.«

KAPITEL 7

Britney lächelt mit dem Mund, ihre Augen sind für Gefühle jedoch zu beschäftigt. Sie mustert mich, aber sie gibt mir nicht die Hand.

»Ihr habt da draußen ja ganz schön was geboten«, sagt sie und ihr Blick wandert zu Jordan. »Ich war beeindruckt, Wilder.«

Ihre Stimme ist tief und kehlig. Wenn sie spricht, klingt es, als würde sie ein Instrument spielen – ich spüre die Schallwellen in mir.

Ich räuspere mich. Ich sehe, worauf dieses Geplänkel abzielt, und ich werde es nicht zulassen. Ich bin nicht hier, um irgendeinen Wettkampf auszutragen. »Britney«, sage ich und versuche, so natürlich wie möglich zu klingen. »Schön, dich endlich kennenzulernen.«

»Ja. Will jemand einen Schluck?«, fragt sie und wendet sich, einen kleinen strassbesetzten Flachmann schwenkend, zur Gruppe.

Ihr Lächeln hat sich in ein höhnisches Grinsen verwandelt. Ich spüre sofort, wie gönnerhaft sie auf mich herabsieht.

Sie mustert Rayner, der neben mir steht, und instinktiv

schmiege ich mich enger an ihn. Er schaut mich an und lächelt. Wenn er sich unwohl fühlt, zeigt er es zumindest nicht. Ich weiß, dass er sich schon vor diesem Abend mit Britney getroffen hat. Ich weiß auch, dass er sie gesehen hat, wenn wir getrennt waren. Es hatte nichts mit Liebe zu tun. Das hat er mir jedenfalls versichert und ich glaube ihm. Rayner würde mich nicht anlügen.

»Die Nummer hier wird immer öder. Wir können ja noch den besten Film abwarten und dann abhauen. Ich gebe eine After-Show-Party im Roosevelt«, sagt Britney, bevor sie mich wieder ansieht. »Du kannst natürlich auch gern kommen, Paige.«

Ihr Seitenhieb wird mir erst bewusst, als ich wieder klarer denken kann. Ich will eigentlich nur nach Hause und schlafen. Mit Rayner zusammen sein. Ein bisschen Zeit haben, einfach *ich* zu sein.

»Wilder?«, fragt Britney. »Bist du dabei?«

»Nee, ich hau ab.«

Britney schiebt die Unterlippe vor. »Pah.«

»Eilst du zum Krankenlager der schönen Alexis?«, fragt Rayner.

Jordan lacht. »So was in der Richtung.«

Ich lasse Britney nicht aus den Augen. Mir ist sehr bewusst, dass sie mich beobachtet. Ich habe keine Ahnung, was für ein Verhältnis Jordan mittlerweile zu Britney hat. Sind sie immer noch eng befreundet? Reden sie miteinander? Hat er ihr von Alexis erzählt? Hat er ihr von mir erzählt?

»Tschüs, Brit«, sagt Jordan. Er winkt uns zu.

Rayner wendet sich zu mir. »Roosevelt?«, fragt er.

»Rayn«, gurrt Britney, bevor ich antworten kann. »Du hast es versprochen.«

Rayner sieht mich immer noch an. Ich nehme seine Hand. Und ich sorge dafür, dass Britney es sieht. »Klar«, sage ich, ohne sie aus den Augen zu lassen. »Was immer du willst.«

Eine Stunde später fahren Rayner und ich vor dem Roosevelt Hotel vor. Ich kauere mich in den Sitz, als wir scharf nach links in eine Seitengasse abbiegen, um den Haupteingang, wo die Paparazzi lauern, zu umgehen. Wir werden in die Hoteltiefgarage gelotst und von zwei massigen Bodyguards durch eine Geheimtür in einem Bücherregal geführt, dann einen Gang mit alten Hollywood-Fotografien hinunter in ein großes Varieté. Rote Samtbänke, gedämpftes Licht von Kronleuchtern, riesige Leinwände und in der Mitte eine Bühne, auf der Frauen mit Affen tanzen. Um dem Ganzen noch die Krone aufzusetzen, bringen die Kellnerinnen Flaschen an die Tische, indem sie scheinbar durch die Luft fliegen.

»Das ist ja abgefahren«, sage ich.

»Ziemlich verrückt, oder?«, sagt Rayner. »Aber irgendwie ganz lustig. Es ist Britneys Lieblingsbar.«

»Wie geht es ihr denn?«

Rayner schüttelt den Kopf. »Für sie ist es noch schlimmer«, sagt er. »Sie ist ständig in der Presse und es geht immer nur um Greg.«

»Habt ihr darüber geredet?«

»Ein bisschen«, sagt er. »Wenn es hart auf hart kommt, übertreibt sie es gern.«

Ich denke an Britney und wie sie bei der Preisverleihung

backstage ihren kleinen Flachmann herausgeholt hat. Die skrupelloseren Klatschzeitungen hatten Geschichten über ihr Alkoholproblem gebracht und dass sie die Nächte durchfeierte ... ich hatte es für Übertreibungen gehalten. Wie das angebliche Date von Rayner und mir im Kino oder den »Vorverlobungsring«. Aber enthielten diese Geschichten vielleicht auch einen Funken Wahrheit? Vielleicht hat Britney wirklich Probleme.

»Sie möchte, dass wir Freunde sind«, sagt Rayner. Ich denke an den Blick, mit dem Britney mich hinter der Bühne gemustert hat. Freunde. Klar. Ganz sicher will sie das von Rayner.

»Und was willst du?«, frage ich.

Rayner läuft weiter und zieht mich hinterher. »Nicht mehr darüber reden«, sagt er.

Ich entdecke Britney, die im VIP-Bereich tanzt, ganz vorn, in der Mitte. Sie lässt langsam die Hüften kreisen und lehnt sich an die Schulter von Ryan, einem der Moderatoren. Er hat die Hand auf ihrem Po und von Zeit zu Zeit presst er die Lippen auf ihren Hals. Sie hält einen Drink in der Hand.

Rayner lässt mich los. Ich sehe ihn an, aber seine Augen sind auf sie gerichtet. »Hey«, sage ich und berühre ihn an der Schulter. »Tanz mit mir.«

Ich denke an meinen Geburtstag. Wie wir auf der Tanzfläche zusammengefunden haben. Wie nahe ich mich ihm gefühlt habe. Ich will, dass es wieder so ist. Es ist doch noch gar nicht so lange her.

»Komm, wir bestellen uns was zu trinken«, sagt er, als hätte er mich nicht gehört.

»Okay.«

Er führt mich zum VIP-Bereich. Sofort erscheint eine Kellnerin. »Können wir eine Flasche Moët und einmal Ketel One bekommen?«, fragt Rayner.

Ich setze mich auf ein Zweiersofa und Rayner rutscht neben mich. Es erinnert mich daran, wie sie uns bei dem Pressetermin in London in Position gebracht haben – ich warte nur noch darauf, dass jemand unter dem Seil durchkriecht und uns interviewt.

Ich zupfe am Saum meines Kleides herum. Mit einem Mal fühle ich mich unwohl, mit ihm allein zu sein. Vorhin, mit den anderen, war alles gut. Aber jetzt, wo wir – in gewisser Hinsicht – allein sind, scheint die Nacht irgendwie mehr Bedeutung zu gewinnen: Britney und Jordan und die Preisverleihung. Und die letzten schweigsamen Tage. In diesem Moment fühle ich mich in seiner Welt wie eine Fremde. Nicht wie seine Freundin.

»Sie ist hübsch«, sage ich und beobachte Britney beim Tanzen.

»Bist du eifersüchtig?«

Ich sehe ihn an. Sein Blick ist ausdruckslos, nicht zu deuten. Ich weiß nicht, ob er mich provozieren oder trösten will.

»Nein«, lüge ich. Es ist nicht nur Eifersucht, sondern auch noch etwas anderes. Ich traue ihr nicht über den Weg.

»Gut.«

Er dreht sich genau in dem Moment weg, als die Kellnerin mit unseren Flaschen angeflogen kommt. Er nimmt den Wodka, schenkt sich ein großes Glas ein und fügt einen Spritzer Soda hinzu. Dann lässt er den Champagnerkorken knallen. »Bitte«, sagt er. Er reicht mir ein gefülltes Glas und ich kippe es in drei Schlucken herunter.

»Langsam«, mahnt er.

Ich drehe mich zu ihm. »Warum?«

Er fährt sich mit der Hand übers Kinn. »Okay. Du bist offenbar wegen irgendetwas sauer.« Er wirkt müde, genervt. Ich habe plötzlich das dringende Bedürfnis, nicht in seiner Nähe zu sein.

»Das sagt gerade der Richtige.« Ich schüttle den Kopf.

»Ist das deine Art zu fragen, ob ich sauer bin, weil du dich mit Jordan vor aller Augen abgeschlabbert hast?«

»Und wie du sauer bist.«

»Warum sollte ich?« Er provoziert mich. »Es war bloß ein Gag, oder? Eine Show.«

»Gott, Rayner, ja. Vorhin hast du ganz normal reagiert.«

Rayner trinkt noch einen Schluck Wodka. »Tut mir leid, wenn ich im Gegensatz zu euch nicht darauf stehe, eine Show abzuziehen.«

Ich sehe ihn fragend an. Wut steigt in mir auf und ich weiß, wenn ich bleibe, sage ich etwas, das ich später bereuen werde. »Vergiss es«, sage ich. »Vergiss die ganze Sache einfach.«

Ich schenke mir noch ein Glas ein und stehe auf. Als er meinen Arm berührt, schüttle ich ihn ab. »Unterhalt dich doch mit Britney«, sage ich. Ich weiß, dass es albern und kindisch ist, aber ich fühle mich auch albern und kindisch. Ich gehe.

Auf einem anderen Sofa entdecke ich Georgina. Sie unterhält sich mit zwei Mädchen, die ich nicht kenne, aber sie winkt mir, zu ihnen zu kommen.

»Glückwunsch«, sagt sie. War sie nicht gerade noch total geknickt wegen Blake? Sie macht nicht den Eindruck. »Habt ihr heute Abend eigentlich jeden Preis abgeräumt?«

Ich halte mein leeres Glas hoch. »Würdest du?«

Sie mustert mich von oben bis unten und ist beeindruckt. »Setz dich.« Während sie mir einschenkt, stellt sie uns vor. »Das sind Christina Hayden und Tailor Coolridge.«

»Hi«, sage ich und nehme Georgina mein Glas ab.

Ich habe keine Ahnung, wer sie sind, und es ist mir auch egal. Ich will nicht wissen, für welchen Sender sie arbeiten oder wer ihr Agent ist oder ob sie die Rolle der Julia bekommen. Alle sind auf die verdammte Rolle der Julia aus. Ich will einfach den heutigen Abend vergessen: Rayners Distanziertheit und Britneys abschätziges Grinsen und vor allem – Jordans Lippen.

»Du siehst aus, als hättest du einen beschissenen Abend«, sagt Georgina.

»Liegt vielleicht daran, dass es so ist«, sage ich und stürze das nächste Glas hinunter.

Der Raum beginnt sich ein wenig zu drehen. Die Kanten werden verschwommener, verlieren sich und ich kann nur mit Mühe erkennen, wo die Dinge aufhören. Georgina betrachtet mich, als wisse sie nicht genau, wie sie mit der Situation umgehen soll.

»Mein Freund ist sauer auf mich«, sage ich. »Und vielleicht wieder in seine Ex verknallt. Dieser Teil ist noch nicht ganz klar.«

Christina schnaubt. Georgina verpasst ihr einen Rippenstoß. »Sollen wir Alexis anrufen?«, fragt sie.

»Wozu?«, frage ich. Ich kämpfe gegen Schluckauf an. »Sie liegt wahrscheinlich mit Jordan im Krankenbett.«

Ich kneife die Augen zusammen und schüttle den Kopf.

Ich bin kurz davor, mich richtig reinzureiten. *Reiß dich zusammen.* »Ignorier mich einfach«, sage ich. »Ich glaube, ich bin betrunken.«

»Glaubst du?« Georgina lacht. »Komm«, sagt sie. »Wir tanzen.«

Tailor nimmt mich am Ellbogen und wir gehen mit Georgina an der Bühne vorbei.

Ich habe nichts zu Abend gegessen und der Champagner fühlt sich in meinem Magen an wie flüssiges Gold. Er fließt durch meine Adern und wärmt mein Blut. Alles scheint weicher. Als hätte die Welt weniger Wucht.

Georgina dreht und windet sich wie die Mädchen auf der Bühne und ich fange ebenfalls an zu tanzen – der Champagner sorgt dafür, dass sich meine Arme elegant und geschmeidig anfühlen.

Ich weiß, dass wir beobachtet werden, aber es ist mir egal. Tawny würde mich vermutlich vor Handykameras warnen oder davor, dass mein Kleid hochrutscht und meine Oberschenkel entblößt, dass das Getränk in meiner Hand eindeutig alkoholisch ist – wovor auch immer. Das ist nicht ihr Leben. Rayners auch nicht. Es ist mir wirklich egal, was irgendjemand über mich sagt. Sollen sie doch schreiben, dass ich hier Party mache. Vielleicht sollte ich das eben einfach tun.

Ich bewege mich zur Musik und lasse die Enttäuschung davontrudeln. Ich tanze mit geschlossenen Augen und in dem flackernden Dunkel überkommt mich eine selige Gleichgültigkeit. Mein Körper war wochenlang in ständiger Bereitschaft und nun lässt er einfach los. Die Anspannung fließt heraus, im Takt der Musik. Ich drehe mich, versunken in Schweiß und

Rhythmus und dem wummernden Bass meines Herzschlags, bis mich jemand am Handgelenk packt.

Ich öffne die Augen. Rayner steht vor mir, sein Gesichtsausdruck erinnert mich an den Blick, mit dem er seinen Vater bei der Premiere angesehen hat. Er ist wütend. Mehr als wütend.

»Wir gehen«, sagt er. Er muss es mir ins Ohr schreien. »Jetzt.«

Ich ziehe meine Hand weg. »Nein«, sage ich. »Ich finde es gut hier.« Ich drehe mich wieder zu Georgina um, aber sie tanzt in einer Gruppe von Leuten auf der anderen Seite der Bühne. Wie habe ich mich allein so weit wegbewegt?

Rayner nimmt seinen Nasenrücken zwischen Daumen und Zeigefinger. »Du bist betrunken«, sagt er. Er schaut sich um, ob uns jemand beobachtet. Es macht mich bloß noch wütender.

»Und?«

»Ich muss dich nach Hause bringen«, sagt er mir ins Ohr, seine Stimme ist leise und nüchtern.

Ich reiße mich von ihm los. »Du *musst* mich nach Hause bringen? Du bist nicht mein Vormund, Rayner.«

Er macht große Augen. »Das weiß ich«, sagt er. »Du bist meine Freundin.«

Ich gebe ein Geräusch von mir, das irgendwo zwischen Husten und Schnauben liegt.

»Du kannst dich aufführen, wie du willst«, sagt Rayner. »Aber du wirst es nicht hier tun. Nicht, wo es jeder sehen kann. Wenn du mich zu Hause anschreien willst, von mir aus, aber wir gehen jetzt.«

Er streckt erneut den Arm nach mir aus und dieses Mal mache ich einen großen Schritt rückwärts und pralle gegen jemanden. Ein paar Leute drehen sich um. Überall sind plötzlich Augen.

»Hör auf, mir vorzuschreiben, was ich zu tun habe.«

Rayner schüttelt den Kopf. »PG ...«

»Nein«, sage ich. »Ich bleibe hier.«

Er atmet aus. Senkt die Stimme. »Ich kann dich nicht hierlassen, Kleines.«

Ich öffne den Mund und will widersprechen, da legt mir Georgina ihr Kinn auf die Schulter. Seit wann steht sie neben uns? »Ich pass auf sie auf, Süßer«, sagt sie. »Mach dir keine Sorgen.«

Rayner schaut von Georgina zu mir. »Es wäre mir lieber, du würdest mitkommen«, sagt er.

»Du musst nicht den Beschützer raushängen lassen«, zieht ihn Georgina auf. »Ich tu ihr schon nichts.«

Rayner schaut mir in die Augen. Sein Blick ist durchdringend. »Wie du willst«, sagt er. Er zieht sein Portemonnaie heraus und drückt mir einen Geldschein in die Hand. Dann dreht er sich um und geht.

»Daddy ist böse«, sagt Georgina und wirbelt mich herum. »Das gibt Ärger.«

Ich versuche, die Augen zu verdrehen, aber da ich sie kaum noch offen halten kann, funktioniert es vermutlich nicht.

»Ist er immer so beschützermäßig drauf?«

Ich nicke. Aber ich habe ein ungutes Gefühl. Früher gefiel mir das an Rayner. Es war das, was uns zusammengebracht hat. Dass er mir das Gefühl von Sicherheit geben wollte und in dieser fremden neuen Welt auf mich aufgepasst hat.

Britney ist nirgendwo zu sehen. Mir ist bewusst, dass sie

vielleicht zusammen gegangen sind, aber ich kann nicht einschätzen, was das bedeuten würde. Ich bin zu betrunken – vom Champagner, von der Musik und davon, dass Georgina mich über die Tanzfläche wirbelt. Vergiss es. Vergiss ihn. Vergiss alles.

Ich kann mich nicht mehr erinnern, wie ich auf dem Boden der Lobbytoilette gelandet bin. Es scheint alles so schnell passiert zu sein, aber vielleicht ist es auch schon Stunden her. Ich kauere in einer Kabine, die Knie an die Brust gezogen. Ich habe das wenige, was wir gegessen haben, erbrochen. Einen Cupcake? Ich weiß es nicht.

Ich hole mit zittrigen Fingern mein Telefon aus der Clutch. Es entgleitet mir und schlittert über den Boden der Toilettenkabine. Ich hole es zurück und starre auf das Display. Ich werde Rayner nicht anrufen. Ich weiß, ich sollte es tun; ich weiß, dass er kommen würde. Er würde mir wahrscheinlich nicht mal Vorwürfe machen. Zumindest nicht mehr in dieser Nacht. Er würde mich ins Bett bringen und mir sagen, dass alles gut wird. Aber ich bin noch nicht so weit, ihm wieder gegenüberzutreten. Und Alexis ist krank. Also scrolle ich zu J und lasse mein Telefon die einzige Nummer wählen, von der ich weiß, dass ich sie unbedingt meiden sollte.

Er nimmt beim ersten Klingeln ab.

»Wo bist du?«, fragt er. Nicht mal eine Begrüßung.

»In der Lobby des Roosevelt«, sage ich. »Auf der Toilette.« Ich schließe die Augen.

»Ich komme. Bleib, wo du bist.«

Er ist schnell da. Er klopft leise an die Kabinentür, hinter der ich zusammengekauert sitze und hoffe, dass mich niemand findet. »Paige?«, fragt er. »Ich bin's.«

Ich komme heraus und halte mir den Kopf. Bevor ich ihn anzuschauen wage, höre ich ihn ausatmen. »Oh Mann«, sagt er. »Was ist passiert?«

Ich hebe langsam den Blick vom Boden. »Wir hatten Streit«, sage ich. Und dann: »Bring mich bitte einfach heim.«

Jordan blickt zur Tür. Ich spüre seine Nervosität. Ich habe mir keine Gedanken gemacht, wie wir hier herauskommen sollen. »Wir müssen durch die Lobby, um hinten rauszugehen«, sagt er. »Sie lauern draußen und wenn sie sehen ...« Ich folge seinem Blick auf mein zerknittertes Kleid, die strähnigen Haare und das vermutlich verschmierte Make-up ... Ich bin nicht nur betrunken – ich sehe auch betrunken aus. In unserer Welt ist das noch schlimmer.

»Zieh das über.« Er legt mir seinen Hoodie um die Schultern. Ich schiebe die Arme hinein und ziehe den Reißverschluss hoch.

Jordan stülpt mir die Kapuze über den Kopf. »Komm«, sagt er.

Er nimmt mich an der Hand und zieht mich durch die Tür. Als wir aus der Toilette kommen, schauen uns ein paar Leute an, aber ich halte den Kopf gesenkt. Ich glaube nicht, dass sie uns erkennen. Jordan legt seinen Arm um mich und wir schaffen es nach draußen. Ich lehne mich erst mal an die Tür des Nebeneingangs und atme tief aus. Alles dreht sich. Ich habe das Gefühl, ohnmächtig zu werden oder mich übergeben zu müssen. Vielleicht beides. Jordan wendet sich zu mir und fasst mich an den Hüften. Ich spüre den Druck seiner Finger. Er drückt mich gegen die Tür, um mich aufrecht zu halten. »Tief einatmen«, sagt er mir ins Ohr. »Der Wagen kommt gleich.«

Ich halte mich mit den Händen an seinen Schultern fest. Ich spüre die Muskeln – hart und angespannt, wie Knoten in einem Seil. Meine Hände fangen an, sie zu streicheln.

»Paige ...«, sagt Jordan. Seine Stimme ist zittrig, rau, aber sie enthält eine Warnung.

Der Wagen wird vorgefahren und Jordan hilft mir beim Einsteigen. Es ist sein Pick-up. »Zieh den Kopf ein«, weist er mich an, bevor er die Tür zuschlägt. »Nur bis wir hier weg sind.«

Als wir am Haupteingang vorbeifahren, höre ich die Paparazzi Jordans Namen rufen. Ich sehe die Blitzlichter – weit weg und aus großem Abstand. Ich bleibe unten, geduckt zwischen Sitz und Handschuhfach. Mein Kopf liegt auf meinen Knien.

»Du kannst jetzt hochkommen«, sagt Jordan nach einigen Blocks.

Ich klettere auf den Sitz. Ich sehe seine Fingerknöchel weiß auf dem Lenkrad liegen. Ich fühle mich gedemütigt. Ich schiebe die Hände in die Taschen von Jordans Hoodie und lehne den Kopf ans Fenster. Das Glas ist kalt. Ich presse meine Wange dagegen. Mein Atem hinterlässt schemenhafte Muster.

Wir reden nicht, während Jordan den Pick-up über Nebenstraßen zu mir nach Hause lenkt. Zu dem Haus, das ich mit Rayner bewohne.

In der Einfahrt steht nur der Mietwagen. Rayners Range Rover ist nicht da. Ich hatte irgendwie erwartet, dass er hierher zurückkommen und auf mich warten würde, aber vermutlich ist er zu seiner Mutter gefahren.

Jordan löst seinen Sicherheitsgurt und dreht sich zu mir. »Okay«, sagt er.

Ich nehme die Hände aus den Jackentaschen. »Danke, dass du mich hergebracht hast«, sage ich.

»Kein Thema.« Ich bemerke seinen Blick auf den geparkten Wagen und das dunkle Haus.

»Er ist nicht da«, sage ich.

Jordan gibt keine Antwort, sondern steigt aus. »Ich bring dich noch bis zur Tür.«

Irgendwann zwischen Hoteltoilette und hier habe ich die Schuhe ausgezogen, ich halte sie in der Hand, als ich auf den Eingang zuwanke. Ich taste unter der Matte und finde den Schlüssel. Jordan steht hinter mir, als ich die Tür aufstoße.

Es ist so ruhig in dieser Nacht. Das Haus hat sich immer wie ein sicherer Ort angefühlt, wie eine Oase, aber nun ist die Stille ohrenbetäubend. Sie schreit danach, mit Furcht einflößenden Dingen gefüllt zu werden.

Ich werfe die Schuhe beiseite. Ich drehe mich wieder zu ihm. »So sieht es aus«, sage ich. »Hier wohnen wir.« Betrunken und dämlich.

Jordan sieht mich fragend an. »Ich weiß«, sagt er.

Ich presse die Hand auf meinen Hals. Wieder spüre ich einen Brechreiz.

»Hey«, sagt Jordan. »Komm.«

Er führt mich den Flur zum Schlafzimmer hinunter. Ich bleibe in der Tür stehen und beobachte, wie er an mir vorbei zum Bett geht. Er wirft die Dekokissen auf den Boden und schlägt die Bettdecke zurück. »Komm«, sagt er. »Das sollte gehen.«

Ich gehe zu ihm und knie mich aufs Bett, ich kann mich nicht aufrecht halten, also lasse ich mich gegen die Kissen fallen und sinke in den weichen Stoff.

Jordan kommt zu mir herüber. Er zieht die Decke über mich und als seine Hand über meinem Oberkörper ist, halte ich sie fest und fahre ihm durch die Haare.

»Du bist betrunken«, sagt er.

»Warum hast du mich geküsst?«, frage ich.

»Paige.« Er setzt sich neben mich. »Es war eine Preisverleihung. Wir haben den Preis für den besten Kuss gewonnen.«

Ich schüttle den Kopf. »Du bist so wütend auf mich. Du versuchst, es nicht zu zeigen, aber ich spüre es. Jedes Mal, wenn wir zusammen sind. Als ob du mich hassen würdest. Du warst so kalt auf der Tour. An meinem Geburtstag hast du kaum ein Wort mit mir gesprochen. Selbst beim Mittagessen war es nicht wie früher. Und heute Abend ...«

Ich sehe, wie sich seine Brust hebt, aber nicht senkt. Er atmet tiefer ein. »Ich hasse dich nicht«, sagt er, aber sein Tonfall verändert sich nicht.

»Warum bist du heute Abend gegangen?«, frage ich. »Du hast mich nicht mal angeschaut.«

Er holt wieder Luft. Ich kann die Anstrengung förmlich spüren. »Ich schaue dich nicht an ...«, sagt er. Er verschränkt die Arme, meine Finger liegen in meinem Schoß, ich warte darauf, dass er weiterspricht. »Ich schaue dich nicht an, weil ich sonst das Gefühl habe, meinen Job nicht auf die Reihe zu kriegen. Ich denke an die nächsten drei Jahre, Paige. Daran, dass ich mit dir auf Maui sein, mit dir drehen und dich mit ihm sehen werde, und dann möchte ich am liebsten weglaufen. Weglaufen vor einem Job, den ich liebe. Dich anzuschauen weckt den Wunsch in mir, alles hinzuschmeißen.«

Ich spüre, wie mir die Tränen in die Augen steigen. »Es tut mir so leid, Jordan.«

»Darum geht es nicht«, sagt er. »Du denkst, ich verstehe es nicht. Ich verstehe es. Aber was soll ich tun?« Er streckt zögernd die Hand aus, als sei er nicht sicher, ob ich sie wegschlagen werde. Und dann liegt seine Hand auf meiner Wange. Ich spüre seine Fingerspitzen – kühl und zart. Erleichterung. »Ich kann dich nicht haben. Schlimmer, ich darf dich nicht mal wollen.«

Ich bleibe ganz still liegen. Sein Daumen gleitet über meine Wange und hinunter zu meinen Lippen.

»Was glaubst du, wie es für mich ist?«, flüstere ich. Ich spüre meinen Herzschlag im ganzen Körper. »Ich sehe dich doch auch mit Alexis. Und ich weiß, dass es mir nichts ausmachen darf.«

Jordan schüttelt den Kopf, aber ich spreche weiter. »Du musst dein Leben weiterleben. Ich will nur, dass du weißt …« Sein Daumen streicht über meine Unterlippe, mein Mund öffnet sich reflexartig. Ich spüre den Kuss, den wir uns einige Stunden zuvor auf der Bühne gegeben haben.

»Weiterleben«, wiederholt er, kaum hörbar.

»Ich möchte, dass du glücklich bist«, sage ich. Das will ich wirklich. Ich möchte, dass er glücklich ist. Auch wenn es bedeutet, dass ich ihm nie wieder nahe sein werde. Mir dessen bewusst zu werden, ist wie ein Messerstich ins Herz.

»Ich weiß«, sagt er. »Ich möchte auch, dass du glücklich bist.«

Ich will ihm sagen, dass ich es nicht bin, dass ich nicht

glücklich bin. Dass von ihm getrennt zu sein, eine Qual für mich ist. Dass Rayner nicht da ist. Dass ich nicht weiß, wie ich ihm helfen soll, und dass ich mich allein fühle – wirklich, wirklich allein. Aber ich sehe den Schmerz in seinen Augen und ich will es nicht noch schlimmer machen, als es ohnehin schon ist.

Aber er ist hier bei mir. Wirklich hier. Nur wir zwei. Und es erscheint mir albern – total geisteskrank – nicht die Hand auszustrecken und ihn zu berühren.

Also strecke ich sie aus. Ich lege meine Hand auf sein Gesicht. Er schließt die Augen. »Paige«, sagt er. »Hör auf.«

»Ich kann nicht«, flüstere ich. Meine Stimme ist rau. Ich streichle mit den Fingern über seine Kinnlinie. Er legt die Hände auf meine Schultern, lässt sie zu meinen Ellbogen hinuntergleiten und umfasst sie mit den Handflächen. Meine Haut steht in Flammen. »Du fehlst mir«, sage ich. »Jeden Moment.«

Er zieht mich an sich und einen kurzen Moment lang denke ich, er wird mich küssen, doch er vergräbt sein Gesicht an meinem Hals. Ich höre ihn stöhnen – spüre seinen heißen Atem auf meiner Haut. Ich schlinge die Arme um ihn und presse meine Lippen auf seinen Kopf.

»Du fehlst mir auch«, flüstert er. Er hebt den Kopf. Er löst sich ein wenig, aber nicht ganz. Wir halten uns immer noch. »Schau uns an«, sagt er. »Was, wenn Rayner jetzt hereinkäme?« Seine schwarzen Augen sind hart. »Das hier ist sein Zuhause.«

Ich schmecke das Salzwasser auf meinen Lippen. »Wir tun nichts Verbotenes.« Ich weiß, dass wir etwas Verbotenes tun, aber diese Tatsache scheint Lichtjahre entfernt.

»Doch«, sagt er, dieses Mal sanfter. »Das tun wir.«

»Du hast mich nicht mal ...«

»Geküsst?« Jordan lacht, aber es wirkt kalt und traurig. »Das hier ist schlimmer.«

Ich wische mir die Augen. »Es tut mir leid. Ich habe dich nicht deshalb heute Abend angerufen.«

»Nein«, sagt Jordan. »Du hast mich heute Abend angerufen, weil du betrunken warst. Und es vielleicht immer noch bist; und du wirst dich an das hier nicht erinnern, aber ich bin nicht betrunken und ich *werde* mich erinnern.« Er nimmt meine Hand in seine. »Ich will dich immer, nicht nur wenn ich gerade schwach bin.«

»Ich hasse das.«

Jordan sieht mich an. Seine schwarzen Augen haben goldene Sprenkel. »Du hast dich für ihn entschieden, Paige«, sagt er. »Das ist das Einzige, was im Moment zählt.« Er räuspert sich. Er macht sich von mir los, wir sitzen uns jetzt aufrecht gegenüber. »Genau aus diesem Grund sollten wir uns nicht sehen«, sagt er. »Nicht mehr.«

Ich bin so verwirrt, dass ich einen Augenblick brauche, um seine letzten Worte zu begreifen. »Wie meinst du das?«

Jordan setzt sich anders aufs Bett. »Wir haben noch einige Monate, bevor die Dreharbeiten wieder losgehen. Ich denke, wir sollten einfach ... Gras über alles wachsen lassen.«

Als ich ihm die Hand auf den Rücken lege, zuckt er zusammen, aber er entzieht sich nicht. »Glaubst du wirklich, das wird funktionieren?«

»Ich muss es versuchen. Wir haben das schon mal durch.« Er deutet mit einem Kopfnicken Richtung Flur und ich weiß, was er damit meint: Auch wenn er gerade nicht mit uns in diesem Zimmer ist, steht er immer zwischen uns – Rayner.

»Es ist alles so verfahren«, sage ich.

Ich öffne den Mund und will mehr sagen, aber ich weiß nicht, was. Ich fühle mich wie eine Figur aus einem Film, wie Augustine. Ich hatte gedacht, Dreiecksgeschichten gäbe es nur im Kino. Aber hier sitze ich nun, die unleugbare dritte Ecke.

»Ich werde jetzt gehen«, sagt Jordan. »Du solltest schlafen.«

Er steht auf und ich schwinge die Beine übers Bett. Das Zimmer beginnt sich zu drehen und ich klammere mich an die Matratze. »Und das war's dann?«

Jordan steht in der Tür und atmet aus. Er legt eine Hand auf den Rahmen, dann dreht er sich um. Meine Augen suchen in der Dunkelheit nach seinen. »Du hast dich nicht getäuscht«, sagt er.

Ich warte darauf, dass er weiterspricht.

»Wegen heute Abend, du hast dich nicht getäuscht. Ich habe dich geküsst, weil es mir der einzige Weg schien, dir so nah zu sein. Es war eine Gelegenheit und ich habe sie genutzt. Und es tut mir leid.« Und dann, kurz bevor er verschwindet, höre ich ihn sagen: »Es wird nicht wieder vorkommen.«

KAPITEL
8

Verdammt, verdammt, verdammt, verdammt. Als mein Telefon neben mir auf dem Kissen klingelt, wache ich mit rasenden Kopfschmerzen auf. Ich öffne die Augen und versuche die Nummer auf dem Display zu entziffern. Meine Mutter ruft mich an. Meine Finger mühen sich ab, die grüne Taste zu treffen, und als es ihnen endlich gelingt, beginnt sich der Raum zu drehen. »Mom?« Meine Stimme klingt heiser.

»Hallo, Liebes, wie geht es dir? Wir wollten uns gestern Abend die Awards anschauen, aber aus irgendeinem Grund hat der Kabelempfang nicht funktioniert. MTV läuft doch über Kabel, oder? Dein Vater ...« Ich schließe die Augen wieder.

»Mom, ich besorge dir eine Aufnahme, versprochen. Aber ich muss dich zurückrufen.«

Ich renne ins Badezimmer und übergebe mich. Und dann übergebe ich mich noch einmal.

Während ich auf den kalten Fliesen liege, denke ich an die letzte Nacht. Dass ich den besten Filmkuss gewonnen habe. Dass ich mich mit Rayner auf der Tanzfläche gestritten habe. Dass Jordan mich nach Hause gebracht hat.

Rayner.

Ich stehe auf und wasche mir das Gesicht. Ich habe immer noch das Gefühl, dass sich das Haus dreht, aber ich zwinge mich, konzentriert zu bleiben. Ich erlaube mir keinen Gedanken an Jordan und wie es sich angefühlt hat, als wir uns hier im Arm gehalten haben. Ich kann nicht glauben, wie leichtfertig ich Rayner fast betrogen hätte. Im Licht des Morgens weiß ich, wie recht Jordan gehabt hat. Wir dürfen nicht zusammen sein.

Ich wähle Rayners Nummer und halte das Telefon ans Ohr. Es klingelt einmal, dann schaltet sich sofort die Mailbox ein. Drückt er das Gespräch weg, wenn er meine Nummer sieht? Ich weiß, er war sauer, weil ich nicht mit ihm nach Hause gehen wollte, aber ich kenne Rayner; er ist nicht nachtragend. Ich muss ihn bloß erreichen. Wenn wir uns gegenübersitzen, werde ich ihm sagen, dass es mir leidtut, er wird mir verzeihen und alles wird wieder gut sein. Ich werde mich dafür entschuldigen, dass ich letzte Nacht ein betrunkenes Wrack war. Und ein Miststück.

Ich ziehe Shorts an, einen Hoodie und Doc Martens, meine Haare schiebe ich unter ein Basecap. Ich finde die Schlüssel für den Mietwagen in der Schale auf dem Küchentresen.

Als ich die Tür des silbernen Audi öffne, surrt mein Telefon erneut. Ich schnalle mich an und schaue aufs Display. Ich hoffe, dass er es ist.

Sandy. Ich stöhne und nehme das Gespräch an. »Sandy, kannst du mir bitte noch eine Stunde geben? Ich habe gestern Nacht zu viel Champagner getrunken.«

»Paige.« Ihre Stimme klingt ernst. »Wo bist du?«

»Auf dem Weg zu Rayners Mutter«, sage ich. »Ich ruf dich in einer Stunde an.« Ich lege auf und habe ein schlechtes Gewissen ... aber ich muss Prioritäten setzen. Ich gebe die Adresse von Rayners Eltern ins Navi ein.

Irgendwo in den Untiefen meines Kopfes sehe ich ihn, den Arm um Britney gelegt, aber ich lasse das Bild dorthin zurückwandern, wo es herkam. Nur weil ich eine schreckliche Freundin bin, heißt das noch lange nicht, dass er sich ebenso verhält.

Ich fahre, den Anweisungen des Navis folgend, durch den Canyon hinunter nach Beverly Hills. Die Straßen sind so breit und eben hier, dass man sich selbst im Auto irgendwie schutzlos vorkommt. Und im Gegensatz zu Santa Monica gibt es auch keine Gehwege. Auf den Straßen ist kein Mensch.

Ich fahre an der imposanten Villa der Devons vor. Sie erinnert mich an Chers Haus in *Clueless* – links und rechts vom Eingang weiße Säulen. In der Einfahrt stehen zwei Autos, Rayners schwarzer Range Rover ist allerdings nirgends zu sehen.

Ich gebe den Torcode ein, den er mir gegeben hat, und biege in die Einfahrt ab. Ich war nur einmal in diesem Haus, um seine Mutter kennenzulernen, und als ich die Treppe hinaufgehe und die Klingel drücke, rumort mein Magen. Ich bin nervös. Ich könnte es ihm nicht verdenken, wenn er mich nicht sehen will. Was, wenn er seiner Mutter erzählt hat, wie abscheulich ich mich letzte Nacht benommen habe? Dann wird sie mich auch hassen.

Aber niemand öffnet. Ich klingle noch einmal. Und noch einmal. Nichts.

Ich gehe zum Wagen zurück. Ich habe einen weiteren entgangenen Anruf von Sandy. Ich wähle wieder Rayners Nummer, aber es klingelt bloß endlos. Wo ist er?

Ich überlege, welches seine Lieblingsplätze sind. Venice. Der

Strand von Santa Monica. Urth Caffé. Ich rolle durch das Tor und über die Bordsteinkante. Ich habe keine Ahnung, wo ich hinfahren soll. Herumzuirren und an öffentlichen Plätzen nach Rayner zu suchen, scheint mir nicht die genialste Idee zu sein, aber ich kann nicht einfach zurück nach Hause. Ich muss irgendetwas tun.

Und dann höre ich ein Klopfen am Fenster.

Als ich aufblicke, sehe ich einen Mann im schwarzen Pullover. Er sagt irgendetwas, durch die Scheibe kann ich es jedoch nicht verstehen. Ich lasse das Fenster herunter, nur halb, und im selben Moment entdecke ich hinter ihm einen anderen Mann, der eine Kamera hält. Plötzlich ist die Linse direkt an der Scheibe. Es dauert drei Sekunden, nicht länger.

Als ich blinzle und versuche, die Situation zu erfassen, fängt er an, mich mit Fragen zu bombardieren. »Seit wann betrügen Sie Rayner?« »Wann hat es angefangen?« »Läuft die Affäre schon seit Beginn der Dreharbeiten?«

Was?

Ich bin geistesgegenwärtig genug, das Fenster zu schließen, aber die Kamera hält weiter auf mein Gesicht. Ich höre ihn immer noch Fragen brüllen, doch ich konzentriere mich auf den Wagen. Ich schalte auf D und biege auf die Straße, weg von ihm.

Ich fahre den Beverly Drive hinunter, mein Handy klingelt erneut. Dieses Mal ist es Alexis. Ich nehme beim ersten Klingeln ab. Sie wird bestimmt wissen, was in aller Welt hier vor sich geht. »Mein Gott, Schätzchen, wo steckst du?«, fragt sie.

Meine Stimme ist ein panischer Schluckauf. »Ich habe mich letzte Nacht mit Rayner gestritten. Ich versuche, ihn zu finden ... Und Fotografen haben mir gerade irgendwas wegen einer Affäre hinterhergebrüllt ... Ich fahre ins Urth –«

»Fahr NICHT ins Urth!«

»Ich dachte, vielleicht –«

»Hör zu«, sagt Alexis, ihre Stimme klingt ernst. »Du kommst sofort zu mir. Auf der Stelle. Verstanden?«

»Hast du etwas von ihm gehört?«, frage ich. »Du machst mir Angst.«

»Gut«, sagt Alexis. »Solltest du auch haben.«

Ich fahre zu ihr – ihrem kleinen Haus in West Hollywood, es liegt in der Nähe des Grove, eines Einkaufszentrums, das sie hasst, was sie allerdings trotzdem nicht davon abhält hinzugehen.

Als ich vorfahre, steht sie in der offenen Tür. Sie trägt einen Bademantel über Yogahosen, ihre Haare sind zu einem lockeren Pferdeschwanz hochgebunden. Ich verspüre einen Anflug von Neid, dass sie sogar krank gut aussieht.

»Hat dich irgendjemand gesehen?«, fragt sie. Sie verdreht sich den Hals, um die kurze baumbestandene Straße hinunterzuschauen, die für einen Montagmorgen in L. A. relativ ruhig ist.

»Ich glaub nicht.« Ich folge ihr, als sie mich hereinwinkt.

Sie zieht die Tür zu und atmet theatralisch aus. »Wo warst du letzte Nacht?« Ihr Blick ist eine Mischung aus Neugier und Vorwurf. Schlagartig wird mir klar, was ich gerade getan habe: Ich habe mich an Jordans Freundin um Hilfe gewandt.

»Bei den MTV Movie Awards«, sage ich. »Das weißt du doch.«

Sie zieht ein Taschentuch aus dem Bademantel und putzt

sich die Nase. »Natürlich weiß ich das. Ich habe gesehen, wie du dem anderen Gewinner des Besten Kusses um den Hals gefallen bist. *Danach* meine ich.«

Ich schlucke. »Auf einer Party im Roosevelt. Britney hat sie organisiert. Du hast nicht viel verpasst.« Außer wie ich mich betrunken und deinen Freund angebaggert habe.

Alexis schüttelt den Kopf. Sie gibt mir ein Zeichen, ihr durch das sonnendurchflutete Wohnzimmer ins Schlafzimmer zu folgen. Wie sie selbst ist alles in ihrem Haus Farbe und Licht. Nicht übermäßig durchgestylt, aber auch nicht völlig gleichgültig. Man erkennt, dass es Sofas zum Sitzen und Sofas zum Anschauen gibt.

Ich war noch nie zuvor in ihrem Schlafzimmer und es ist weiblicher, als ich es mir vorgestellt habe. Rosa- und cremefarbene Seidenvorhänge und ein weißer Bettüberwurf mit aufgedruckten Blumen in Blaugrün und Rosa. Über einem Bettpfosten hängt ein schwarzes Seidennachthemd und ich stelle mir vor, wie sie es überstreift und Jordan ihr mit offenem Mund dabei zusieht.

»Das musst du dir anschauen«, sagt sie. Sie winkt mich zu dem Sekretär neben dem Fenster. Darauf steht ein extrem dünner Laptop. Ich blicke auf den Bildschirm.

Oh. Mein. Gott.

Die Bilder sind grobkörnig – offenbar mit einer Handykamera aufgenommen –, aber trotzdem erkennt man auf den ersten Blick, wer es ist. Jordan und ich. Wie wir uns an die Mauer des Roosevelt drücken. Seine Hände auf meinen Hüften und meine auf seinen Schultern. Sein Mund an meinem Ohr sieht aus, als würde er meinen Hals küssen. Meine Augen sind geschlossen. DREIECKSBEZIEHUNG VON *LOCKED* NICHT NUR AUF DER LEINWAND.

Nein nein nein nein nein nein.

Ich strecke meinen Kopf vor, um zu sehen, welche Website es ist – die Bilder stehen auf Perez. Was bedeutet, dass sie überall sind. Aber das war mir auch so schon klar. Daher hatte der Paparazzo also seine Fragen. Sie glauben, dass ich Rayner mit Jordan betrüge.

»Jemand hat TMZ Fotos geschickt«, sagt Alexis. »Das ist nicht gut.«

Ich sehe sie an. Ihre Miene ist nicht zu deuten.

»Es tut mir so unendlich leid«, sage ich. »Es ist nichts passiert, großes Ehrenwort.« Stimmt das überhaupt? Ich schüttle den Kopf. »Ich bin eine Scheißfreundin, und zwar für dich und für Rayner und – oh Gott.« Rayner hat diese Bilder gesehen.

Ich setze mich auf ihre Bettkante. Meine Beine haben mit einem Mal nachgegeben. Meine Brust ist wie zugeschnürt und ich bekomme nicht mehr richtig Luft.

»Alexis – bitte lass mich das erklären.«

»Das ist eine fiese Geschichte«, sagt sie. »Da will ich dir nichts vormachen.«

Ich stütze den Kopf in die Hände. Alexis ist mit Jordan zusammen. Sie wird mir den Kopf abreißen und ich verdiene auch nichts anderes. »Ich weiß«, sage ich. »Ich weiß. Ich hatte nie vor – es ist nichts passiert; du musst mir glauben.«

Alexis mustert mich. »Tu ich aber nicht«, sagt sie. »Aber es gibt auch eine positive Seite.«

Ich nehme die Hände herunter. »Und die wäre?«

Alexis kommt zu mir und setzt sich neben mich. Sie zieht

ein neues Taschentuch heraus und fährt sich mit der anderen Hand durch die Ponyfransen. »Ich bin nicht sauer auf dich, Paige, Jordan und ich sind nicht zusammen.«

Ich starre sie an. *Was?* »Habt ihr euch schon getrennt?«

»Wir waren nie zusammen.«

Als ich nichts erwidere, redet sie weiter. »Ich weiß nicht, wie ich das erklären soll – als das Studio sah, dass Rayner und du euch am Set nähergekommen seid, und als dann die ganze Sache mit Rayners Vater passiert ist und Brit ... hielten es unsere Manager für eine gute Idee ...«

»Deine Beziehung mit Jordan war nur ein PR-Trick?«

Ihr Gesicht ist blass. Sie nickt. »Damit ihr ein bisschen aus der Schusslinie seid.« Sie zuckt mit den Schultern, so nach dem Motto *Na und? So was soll vorkommen.*

»Warum hast du nichts gesagt?«, frage ich.

Alexis schüttelt den Kopf. »Jordan ist ein Freund. Wir wussten, dass es eine gute Strategie ist, um eventuelle Fragen zu verhindern. Du weißt schon, über euch beide.«

»Oh«, sage ich und knabbere an meinen frisch für MTV manikürten Nägeln.

»Und das willst du doch«, sagt Alexis. »Na ja, das *wolltest* du jedenfalls.«

Nichts davon wollte ich. Ich blicke auf meine Hände. »Danke, dass du es mir erzählt hast.«

Alexis lächelt. »Vermutlich hätte ich dich noch ein bisschen an deinem schlechten Gewissen leiden lassen sollen.« Dann lacht sie, es ist ein Moment von Leichtigkeit, den wir nötig haben. »Hast du wirklich geglaubt, wir wären zusammen? Die Chemie zwischen uns stimmt doch überhaupt nicht!«

»Ihr seid eben beide gute Schauspieler.« Ich rede nicht weiter. »Du hast erzählt, wie sexy es mit ihm ist, und ich habe immer gedacht, er steht auf dich.«

Alexis lacht, aber das Lachen verwandelt sich schnell zu einem Husten. »Nein«, sagt sie. »Er war immer nur ein guter Freund für mich.«

»Aber warum habt ihr Rayner und mich angelogen?« Es kommt mir verrückt vor, dass Alexis irgendetwas verschwiegen hat. Ich kenne niemanden, der so selbstbewusst ist wie sie.

»Ach komm«, sagt sie. »Das weißt du genau.« Alexis löst den Pferdeschwanz und schüttelt ihre Haare. Sie fallen ihr in Wellen über den Rücken und ich könnte mir einen Tritt geben, dass ich nichts bemerkt habe, dass ich nicht die Art Freundin war, die sie für mich zu sein versucht. »Wenn man jung ist, ist das ein hartes Business. Manchmal verschafft einem eine angebliche Beziehung mehr Privatsphäre als die Beziehung, die man sich eigentlich wünscht.«

Ihr Blick trifft meinen und ich sehe eine tiefe Traurigkeit in ihren Augen. Ich muss mich abwenden.

»Das ist eine beschissene Art zu leben«, sage ich leise.

»Ja«, sagt sie und ihre Stimme wird ruhiger. »Es ist nicht ideal.« Ihre Augen wandern wieder zu dem Computerbildschirm. Zu mir und Jordan. »Ich hoffe, du kannst ehrlich zu mir sein.«

»Ich weiß selbst nicht, was die Wahrheit ist«, sage ich.

»Tja, wenn du nicht bald eine Erklärung abgibst, übernehmen das diese Bilder für dich.«

Ich stehe auf und schließe den Browser. Ich kann nicht länger hinschauen. »Ich muss Rayner finden.«

Alexis reibt sich die Augen. »Er ist also nicht nach Hause gekommen?«

Ich schüttle den Kopf. »Er war auch nicht bei seiner Mutter. Britney war gestern auf der Party mit Ryan zusammen, aber vielleicht – ich weiß nicht. Vielleicht ist Rayner mit zu ihr gegangen.«

»Bestimmt nicht, das ist für ihn abgeschlossen. Er liebt dich.«

»Vielleicht nicht mehr.« Ich atme aus und setze mich wieder neben Alexis aufs Bett. »Ich fasse es nicht, dass ich mich so dumm benommen habe.«

Alexis legt mir eine Hand auf den Rücken. »Er wird dir verzeihen«, versichert sie mir. »Du musst dir bloß ganz sicher sein, dass es das ist, was du willst.«

»Wie meinst du das?«

»Bring ihn nicht dazu, dir zu verzeihen, wenn du ...« Sie räuspert sich. »Wenn du nicht hundertprozentig sicher bist.« Ich schaue sie an. Ihre Augen sind groß, sie sehen mich tröstend an.

»Alexis, ich habe wirklich Scheiße gebaut ...«

Sie streckt mir die Arme entgegen und trotz ihrer Erkältung kuschele ich mich hinein. »Ich weiß«, sagt sie, ihre Hand streicht über meine Haare. »Such deinen Freund, finde heraus, was du willst, und bring es in Ordnung.«

»Aus deinem Mund klingt es so einfach«, sage ich und tupfe mir die Tränen an ihrem Frotteebademantel ab.

»Ich bin Schauspielerin«, erklärt sie. »Das ist mein Job.« Dann richtet sie mich auf und schaut mich durchdringend an. »Tut mir leid, dir das sagen zu müssen, Schätzchen – aber es ist auch *dein* Job.«

Ich versuche zehn Mal, Rayner aus dem Auto zu erreichen. Keine Antwort. Ich habe eine Reihe entgangener Anrufe. Tawny ruft mich im Minutentakt an. Ich höre eine Sprachnachricht von Sandy ab. »Wir müssen die Sache in den Griff bekommen, Paige. Ruf mich zurück.« Ihr Ton ist knapp, hart, das kommt bei ihr selten vor. Sie meint es ernst.

Zwei Anrufe von Cassandra, einer von meiner Mutter, einer von meiner Schwester. Ich schalte das Handy aus und fahre ziellos weiter. Ich könnte es im Starbucks im Beverly Glen versuchen, den Rayner mag, aber mir ist klar, dass es idiotisch wäre, mich in der Öffentlichkeit zu zeigen. Ich habe gesehen, wie schnell Alexis wieder nach oben gescrollt hat, als ich die Kommentare unter dem Perez-Artikel lesen wollte.

Mein Telefon klingelt erneut. Ich erwarte Tawnys Nummer auf dem Display zu sehen, aber es ist Jordan.

Er hat gesagt, er würde sich fernhalten, wir bräuchten Abstand, aber jetzt hat es die ganze Welt gesehen – was eigentlich? Wie wir zusammen waren. Wenn es einen Weg gibt, diese Fotos in einem günstigen Licht darzustellen, habe ich jedenfalls keine Ahnung davon.

Ich fühle mich so unendlich, so unglaublich schrecklich, dass ich ihn in diese Lage gebracht habe. Hätte ich ihn letzte Nacht nicht betrunken und blauäugig angerufen, wäre nichts davon passiert. Ich weiß, wenn ich seine Stimme höre, breche ich endgültig zusammen. Und das kann ich mir im Moment nicht erlauben. Ich drücke den Anruf weg.

Ich fahre nach Hause. Etwas anderes fällt mir nicht ein. In dem Moment, in dem ich um die Ecke biege und durch das Tor fahren will, entdecke ich sie – zehn geparkte Wagen am

Straßenrand und ebenso viele Typen – alle mit Kameras ausgerüstet.

Sie haben uns gefunden.

Meine Hände lösen sich vom Lenkrad und für einen Moment überlege ich, einfach Vollgas zu geben und mitten durch sie hindurchzurasen. Ich betrachte sie in diesem Augenblick nicht mehr als Menschen, sondern als Insekten – klein und heimtückisch.

Sie entdecken mich als Erste. Sie rennen los.

Ich halte mit dem Wagen direkt vor dem Tor. Wie soll ich mein Fenster herunterlassen und den Code eingeben?

Sie stürzen sich auf mich und lassen ein Blitzlichtgewitter auf mich niedergehen.

»Paige! Seit wann betrügen Sie Rayner mit seinem besten Freund?« »Wen von beiden lieben Sie?« »Paige! Nur eine Frage!« »Bereuen Sie es?«

Ich kann nicht weiterfahren. Ich sehe das Haus am Ende der Einfahrt, aber ich komme nicht durch. Ich werde in diesem Wagen sterben. Ich werde mit diesen Menschen sterben, diesen Fremden, die mir Dinge über mein Leben zuschreien, die mir das Gefühl geben, der letzte Dreck zu sein. Ich lasse mich in den Sitz sinken. Ich lege die Hände aufs Lenkrad. Ich spüre, wie Panik in mir aufsteigt. Es fühlt sich an, als würde sie jeden Moment meinen Brustkorb sprengen. Ich weiß nicht, ob ich lachen oder weinen soll. Ich habe das Gefühl, verrückt zu werden, völlig neben der Spur zu sein. Nun verstehe ich die Bilder, auf denen Filmstars mit Regenschirmen auf Paparazzi einschlagen. In solchen Situationen brennt einem die Sicherung durch.

Sie blitzen immer weiter. Denk nach, Paige. Denk nach.

Plötzlich fällt mir ein, dass Rayner mir eine Fernbedienung für das Tor gegeben hat. Ich habe ihm erklärt, dass das albern ist – ich brauche bloß das Fenster herunterzulassen –, aber er hat darauf bestanden. Wo habe ich sie hingetan?

Ich reiße das vollgestopfte Handschuhfach auf und lasse die Bedienungsanleitungen auf den Boden fallen. Ich finde das Stück Plastik. Ja. Ich drücke, aber nichts passiert.

Ist die Fernbedienung defekt?

Ich drücke noch mal. Immer noch nichts. Ein drittes, ein viertes Mal. Ich schlage sie gegen die Mittelkonsole. Wozu all diese dämliche Technik, wenn sie nicht funktioniert? Ich werfe die Fernbedienung auf den Boden, doch genau in dem Moment, als ich mit dem Wagen zurücksetzen und davonrasen will, öffnet sich das Tor. Fast erwarte ich, dass mich die Paparazzi bis auf unser Grundstück verfolgen, aber das tun sie nicht. Sie bleiben hinter dem Tor, als ich hindurchfahre und den Abhang zum Haus hinunter verschwinde.

Als Erstes sehe ich Rayner. Er steht vor dem Haus und hat eine Fernbedienung in der Hand. Er trägt ein blaues T-Shirt, es ist eines meiner Lieblingsshirts, und Jeans. Seine Haare sind wirr, seine Augen rot und geschwollen.

Ich ziehe die Handbremse und verriegle den Wagen.

»Sie haben uns gefunden«, erkläre ich Rayner – noch ganz außer Atem. Mein Herz rast. Es schlägt wie beim ersten Kilometer eines Marathons. »Sie stehen alle oben vor dem Tor. Ich weiß nicht ...« Ich rede nicht weiter. Denn er mustert mich mit einem Blick, der mich verstummen lässt.

»Wie konntest du nur?«, fragt er. Ich betrachte ihn genauer. Er hat geweint.

Ich schüttle den Kopf. Ich habe das Gefühl, mich wieder übergeben zu müssen.

»Können wir ins Haus gehen?«, sage ich.

Er nickt. Auch er will diesen Streit nicht draußen austragen. Nicht, wenn eine Kamera mit Teleobjektiv alles festhalten könnte.

Ich folge ihm ins Haus. Ich streife die Schuhe ab und gehe sofort ins Wohnzimmer. Ich rolle mich auf der Couch zusammen. »Komm bitte und setz dich zu mir«, sage ich, ohne aufzublicken.

»Ich will nicht sitzen«, sagt er. »Ich kann nicht –«

Ich drehe mich um und schaue ihn an. Er geht im Wohnzimmer auf und ab, sein T-Shirt hängt über die Hose. So sah er früher manchmal am Set aus, wenn Wyatt besonders schwierig war. Aber es ist nicht wie früher. Damals standen wir immer auf derselben Seite. Ich wusste, was ich tun musste, damit es ihm besser ging. Was ich sagen, wie ich ihn berühren musste. Nun will er noch nicht einmal neben mir sitzen. Wer könnte es ihm auch verdenken?

»Lass es mich bitte einfach erklären«, sage ich. »Diese Bilder bedeuten nicht das, wonach sie aussehen. Großes Ehrenwort.«

»Scheiß drauf«, sagt Rayner. »Sie bedeuten genau das, was sie zeigen.«

»Nein«, widerspreche ich. »Tun sie nicht. Du bist gestern Nacht gegangen und –«

»WEIL DU NICHT MIT MIR NACH HAUSE GEHEN WOLLTEST«, brüllt Rayner. »Ich bin gegangen, weil du mir demonstrativ die kalte Schulter gezeigt hast. Und außerdem –«

Rayner fährt mit der Hand durch die Luft, als wolle er eine Tafel sauber wischen – »ist das sowieso alles egal. Du warst letzte Nacht nicht mit ihm zusammen, weil du sauer auf mich warst. Zwischen euch hat es vom ersten Moment an gefunkt, ob du es nun zugibst oder nicht. Für wie blöd hältst du mich eigentlich? Ernsthaft, Paige, wie dumm bist du?«

»Rayner!«

Aber er ist nicht mehr zu bremsen. »Dir einzubilden, im Roosevelt mit Jordan rumzumachen sei diskret, war nicht besonders klug.«

»Wir haben nicht im Roosevelt rumgemacht«, sage ich. »Ich war betrunken und er hat mir geholfen, dort rauszukommen. Ich schwöre dir, Rayner, diese Bilder sind nicht – es ist überhaupt nichts passiert.«

»ALLES ist passiert«, sagt er. »Du lügst mich seit Monaten an. Glaubst du, du musst erst mit jemandem ins Bett gehen, damit es Betrug ist?«

»Nein«, sage ich. »Aber ich will mit *dir* zusammen sein.«

»Ach ja?« Rayners Augen blitzen.

»Ja«, sage ich. »Rayner, ich habe mich für dich entschieden. Ich lebe mit dir zusammen. Ich liebe dich.«

»Ich glaube nicht, dass du weißt, was du wirklich willst«, sagt Rayner und geht weiter im Zimmer auf und ab. »Ich glaube, genau das ist das Problem hier. Du behauptest, du willst mich, und vielleicht stimmt das sogar, aber die Wahrheit ist, ihn willst du auch.« Er sieht mir in die Augen. »Und ich glaube, das hat nichts damit zu tun, dass du verwirrt bist, Paige. Ich glaube, dass du ganz einfach egoistisch bist.«

Ich starre ihn mit offenem Mund an. Ich sehe gerade eine

Seite von ihm, die ich noch nie zuvor wahrgenommen habe. »Es tut mir leid, Rayner, aber –«

»Liebst du ihn?«, fragt er.

Ich öffne den Mund und schließe ihn wieder. Ich schüttle den Kopf. »Ich weiß es nicht.«

Rayner presst einen Daumen gegen seine Schläfe. Er schließt die Augen. »Das ist schlecht«, sagt er.

»Ich weiß«, flüstere ich. Es fühlt sich an, als wäre überhaupt kein Sauerstoff mehr im Raum. »Ich weiß nicht, was ich sagen soll.«

Rayners Bewegungen werden abrupt und schnell. »Gut«, sagt er. »Es gibt auch nichts mehr zu sagen. Geh zurück in dein Apartment in Beverly Hills oder bleib hier – es ist mir egal. Ich verschwinde.«

»Rayner!« Ich starre ihn verzweifelt an. »Das kannst du nicht tun. Bitte, lass uns darüber reden.«

»Keine Sorge«, sagt er. Seine Worte sind hart wie Eisen. Ich kann das Metall fast schmecken. »Ich werde etwas Diskretes sagen – ich kann als dein Kollege ja nicht dein PG-Sauberfrau-Image ruinieren.« Er zieht in der Luft eine Linie von mir zu sich, von seinem Herzen zu meinem. »Aber es ist aus. Ich will nicht mit dir zusammen sein. Nicht mehr.«

Dann dreht er sich um und geht. Er bleibt nicht stehen, als ich ihm hinterherrenne, als ich anfange zu weinen, nicht einmal, als ich bettle. Er geht einfach zu seinem Wagen, lässt den Motor an und fährt die Auffahrt hoch, ohne sich ein einziges Mal umzudrehen.

Rayner und ich haben uns getrennt. Ich bin allein.

KAPITEL 9

»Aufwachen.«

Ich öffne ein Auge, Alexis steht vor mir. Sie trägt ein durchsichtiges weißes Kleid und ein Tuch um den Kopf. Ich schließe die Augen, um weder ihr Gesicht noch die Sonne sehen zu müssen.

»Nein danke.«

»Ich werde mir keine Grasflecken am Hintern holen, Townsen, also steh verdammt noch mal auf.«

Ich rapple mich widerwillig hoch. Ich bin am Pool des Hauses in Bel Air, die Schiebetür steht noch offen. Es kommt mir vor, als hätte ich stundenlang dort gelegen und die Trennung mit Rayner in Endlosschleife vor meinem geistigen Auge ablaufen lassen. So wie die letzten anderthalb Tage.

Als er weg war, habe ich den Fehler begangen, im Internet nachzuschauen. Ich habe alles gelesen. Es gibt keine einzige Klatschkolumne, keine Zeitung und kein Fachmagazin, wo die Story nicht in verschiedenen Stufen hysterischer Übertreibung auftaucht. In einem Artikel bin ich sogar von Jordan schwanger.

Innerhalb von Minuten wurde ich zum Feindbild schlechthin. Ich habe Hollywoods aktuellen Märchenprinzen betrogen. Ich habe ›Rayge‹ beendet. Die Leute sind sauer, am Boden zerstört, ein paar sind jedoch in Hochstimmung. Ein großer Teil der Fans (Team Ed) wollte schon immer, dass ich mit Jordan zusammen bin. Die Schlagzeilen sind erschreckend – so lächerlich und übertrieben, dass ich das Gefühl habe, in einem Albtraum gefangen zu sein.

LIEBESAUS FÜR ›RAYGE‹

PAIGE BETRÜGT IHREN NOAH

›PAIDAN‹ GEHT IN FÜHRUNG

Das Schlimmste war jedoch, meiner Mutter die Wahrheit zu sagen.

Nachdem ich mich ausgeheult hatte, rief ich sie an. Sie ging sofort ans Telefon und sobald ich ihre Stimme hörte, schluchzte ich von neuem los. Und konnte überhaupt nicht mehr aufhören. Ich hatte stark sein wollen – und eine kleine Rede eingeübt, dass sich die Presse immer Geschichten ausdenke und man kein Wort davon glauben dürfe ... Das hatte ich Cassandra erzählt (nicht, dass sie mir das abgekauft hätte). Aber als ich die Stimme meiner Mutter am anderen Ende der Leitung hörte, wusste ich, dass ich ihr die Wahrheit erzählen musste.

Ich erzählte ihr alles. Dinge, die ich Cassandra nicht erzählt, ja nicht einmal mir selbst eingestanden habe. Sie hörte einfach zu. Sie sagte nichts, kein Wort. Als ich fertig war und zu weinen aufgehört hatte, holte sie Luft.

»Komm nach Hause, Schatz«, sagte sie.

Ich erzähle dir jetzt ein kleines Geheimnis übers Berühmtsein. Alle reden davon, dass man ständig in Versuchung ist. Das Geld. Zugang zu Drogen. Alkohol. Partys. Sie reden über die neuesten Diäten und Mahlzeiten, von denen eine so viel kostet wie die komplette Monatsrate der Hypothek meiner Eltern.

Aber die größte Versuchung, in die man kommt, wenn man berühmt ist, besteht darin, einfach aufzugeben und nach Hause zu gehen. Dorthin zurückzukehren, wo man herkommt, und das Scheinwerferlicht jemand anderem zu überlassen.

»Du brauchst nur ins Flugzeug zu steigen, Paige.«

»Mom ...« Ich wischte meine Tränen ab.

»Hör mal«, sagte meine Mutter sanft. »Wir stehen das gemeinsam durch. Du musst bloß von dort weg.«

»Das ist nicht so einfach«, sagte ich. »Die Geschichte würde mich bis zu euch verfolgen. Und ich stehe unter Vertrag.«

»Das können wir alles klären. Dein Leben in Portland –«

Mein Leben in Portland. Trinkets & Things. Joanna und Annabelle, die jedes Zimmer im Haus in Beschlag nehmen.

»– war ein gutes Leben, Paige. Irgendwann vergessen die Leute alles. Du könntest aufs College gehen.« Sie klang beinahe fröhlich.

»Statt Schauspielerin zu sein?«, fragte ich. Der Gedanke schnürte mir die Brust zusammen. »Du weißt, dass ich das nicht tun kann.« Die Wahrheit lautete, ich wusste nicht mal, wie ich zum Flughafen hätte kommen sollen, um nach Hause zu fliegen, geschweige denn, wie ich mein Leben hier aufgeben könnte.

»Ich glaube, du hast überhaupt keine Vorstellung, was du alles tun kannst«, sagte meine Mutter. In diesem Ton ging es noch eine halbe Stunde weiter. Sie holte sogar meine Schwester ans Telefon, die mir erklärte, ich könne bei den Hochzeitsvorbereitungen helfen, wenn ich zu Hause wäre. Wir könnten wieder

Schwestern sein. Es klang tatsächlich verlockend, aber es war auch ein sicheres Indiz dafür, dass ich wirklich den Verstand verloren hatte.

Alexis stupst mit ihrem Stiletto gegen mein Bein und holt mich in die Gegenwart zurück. Ich stöhne und lasse den Kopf auf die Knie sinken. »Nicht jetzt«, sage ich.

Alexis kauert sich neben mich. »Ich hab dich hundert Mal angerufen«, sagt sie. »Es tut mir leid; drastische Zeiten, drastische Maßnahmen.«

»Solltest du nicht eigentlich Interviews geben und überall herumerzählen, was für ein Miststück ich bin? Ich habe mit deinem Freund geschlafen.«

Alexis wirft den Kopf zurück. »An diesem Satz stimmt absolut gar nichts.« Sie mustert mich durchdringend. »Oder doch?«

Ich stöhne. »Was macht das schon für einen Unterschied? Es bildet sich doch sowieso jeder ein, die Wahrheit über mich zu kennen.«

»Und das war's dann?«

»Was war was?«

»Du gibst einfach so auf, ziehst einen Strich drunter und verbringst den Rest deines Lebens auf diesem zweitklassigen Rasen.«

»Immerhin mehr Rasen, als du hast«, brumme ich.

Alexis zerrt mich am Ellbogen hoch. Sie hat ganz schön Kraft. »Du brauchst Hilfe«, sagt sie.

»Schick einen Therapeuten vorbei.«

»Nein, ich meine, du brauchst jemanden, der dir sagt, was du tun sollst.«

Ich reibe mir die Augen. »Und das wirst du sein?«

Sandy hat angerufen. Ich habe sie gebeten, sich um Rayner zu kümmern. Tawny kam vorbei. Ich habe sie sofort vor die Tür gesetzt. Alle wollen sie, dass ich eine Erklärung abgebe: Tawny möchte, dass ich sage, wie leid es mir tut, Rayner betrogen zu haben, den ich liebe, und Sandy möchte eine gemeinsame Erklärung von Rayner und mir, in der wir abstreiten, dass ich mir etwas habe zu Schulden kommen lassen. Ich weiß nicht, was ich tun soll. »Du musst deinen Fans sagen, was Sache ist«, hat Tawny mir erklärt.

Was sie dabei alle übersehen, ist, dass ich keine Ahnung habe, was Sache ist. Wie soll ich da etwas erklären? Ich habe nicht mit Jordan geschlafen, aber ich habe Rayner betrogen. Er hat sich von mir getrennt. Er weiß Bescheid. Warum muss das die ganze Welt erfahren?

»Du solltest nicht hier sein«, brumme ich, als Alexis mich ins Haus führt. »Ich bin das Letzte. Vermutlich habe ich dein falsches Herz gebrochen. Warum besuchst du mich überhaupt?«

Alexis mustert mich mit hochgezogenen Augenbrauen. »Mein Herz ist echt, danke der Nachfrage. Es hat bloß nie Jordan gehört.«

»Tut mir leid«, sage ich. »So habe ich es nicht gemeint.«

Alexis verdreht die Augen. »Komm runter, das weiß ich doch.«

Ich möchte Alexis unbedingt fragen, ob sie etwas von Jordan gehört hat und wie es ihm geht, *wo* er ist, aber ich bin nicht sicher, ob ich mit der Antwort klarkomme. Ich habe eine Entschuldigung auf seiner Mailbox hinterlassen, aber es kam keine

Rückmeldung von ihm. Vielleicht hat er Recht – vielleicht sollten wir nicht mehr miteinander reden.

»Georgina hat uns angeboten, in Malibu zu wohnen, solange sie in Atlanta ist. Sie kommt erst nächsten Monat zurück.«

»Hast du die Armee draußen vor meinem Tor gesehen?«, frage ich sie. »Wie sollen wir da nach Malibu kommen?«

»Oh, bitte«, sagt sie und mustert mich von Kopf bis Fuß. »Glaubst du etwa, das ist mein erster Menschenraub?«

Eine Stunde später liege ich unter einer Decke auf der Rückbank von Alexis' Porsche Cayenne. Wir haben das Allernotwendigste eingepackt – Kleider, Kosmetik, Laptop, Handy – und es durchs Tor geschafft. Ich höre Rufe und Schreie. Zum Glück verstehe ich kaum etwas davon.

Wir verlassen Bel Air. Als wir auf den Sunset Boulevard einbiegen und Richtung Santa Monica und dann auf den Pacific Coast Highway fahren, setze ich mich auf. Ich betrachte im Vorbeifahren das Meer. Ich frage mich, was passieren würde, wenn ich jetzt einfach aus dem Wagen spränge und hineinliefe. Würde mich jemand aufhalten?

»Ein paar Punkte«, sagt Alexis und sieht mich im Rückspiegel an. »Das Wichtigste zuerst: Ich werde dir durch diese Sache helfen, aber du musst Sandy zurückrufen und du musst einen Termin mit deiner Agentin vereinbaren.« Alexis schüttelt den Kopf. »Keine Ausreden. Das wird vorbeigehen, aber es ist eine ernste Sache und du musst mit ihnen darüber reden, wie du dein Image wieder in Ordnung bringen kannst. Du musst schlau sein, Paige.«

Ich verschränke die Arme. »Schön«, sage ich.

»Und spar dir deine Starallüren, Schätzchen«, sagt sie. »Keiner hat Lust auf eine schlecht gelaunte Diva. Vor allem nicht, wenn sie sich von einem Skandal zu erholen versucht.«

»Noch was?«

Alexis wirft mir im Rückspiegel einen ernsten Blick zu und biegt nach links in die Malibu Colony ein. »Keine Sonnenbäder ohne mich«, sagt sie. »Wenn wir braun werden, dann gemeinsam.«

Sie parkt und ich nehme meinen Seesack von der Rückbank. Ich folge ihr die Steinstufen hinauf, aber die Eingangstür steht bereits offen. Einen Moment lang habe ich eine Panikattacke – die Paparazzi sind in die Colony eingedrungen. Sie sind hier. Sie haben uns schon gefunden. Aber dann sehe ich ihn in der Tür stehen. Erleichterung überkommt mich und mit einem Mal Angst – er wirkt nicht gerade erfreut.

»Ach ja, noch eine letzte Sache«, sagt Alexis, als sie an ihm vorbeigeht und im Haus verschwindet. »Hör auf ihn.«

Ich blicke zu Wyatt, er hat die Arme vor der Brust verschränkt und trägt eine Kombination aus schwarzen Jeans und einem Ramones-Shirt. In dieser Aufmachung habe ich ihn schon oft gesehen.

»Ich bin *einen* verdammten Monat weg, und schon passiert so was?«

Ich ziehe meinen Seesack ein Stück höher, aber ich gehe keinen Schritt auf ihn zu.

»Na los, komm schon«, sagt er, als ich mich nicht rühre. »Ich kann dich nicht anbrüllen, bevor ich dich wenigstens mal gedrückt habe.«

Und dann geht Wyatt Lippman, unser berüchtigt cholerischer Regisseur, auf mich zu. Er nimmt mir den Seesack ab und stellt ihn auf den Boden. Mir kommt es vor, als würde er mir viel mehr abnehmen als nur die Tasche. Er legt mir die Hände auf die Schultern. Ich drücke mich etwas steif an ihn, aber als er mir auf den Rücken klopft, lege ich meinen Kopf an seine Schulter. Die Tränen kommen schnell und heftig. Alles, was gestern und heute passiert ist. Die Trennung, die Schlagzeilen in den Klatschzeitungen, all diese Bilder – die den verwirrendsten und persönlichsten Moment festgehalten und so gnadenlos öffentlich gemacht haben –, alles bricht in Wyatts tröstlicher Umarmung aus mir heraus.

»Jetzt zeigst du endlich mal Gefühl«, sagt er glucksend.

Wyatt lässt nicht so einfach locker, aber das erwarte ich auch nicht von ihm. Er war der Erste, der mich davor gewarnt hat, etwas mit Rayner anzufangen. Es gefiel ihm nicht.

»Ich habe mehr erwartet«, sagt er.

»Ich weiß.«

»Du bist nicht wie die anderen Mädchen. Die betrunken ohne Höschen herumlaufen. Komm, PG, erzähl mir nicht, dass ich mich in dir getäuscht habe.«

»Ich bin nicht so. Es war ein blöder Moment. Rayner und ich hatten uns gestritten und er –«

Wyatt setzt sich auf einen Hocker an Georginas Küchentresen, vor ihm steht ein Glas Wasser. Wie schon auf Hawaii wirkt er, als würde er sich am Strand unglaublich unwohl fühlen. Ich empfinde es beinahe als tröstlich. »Jordan«, sagt er.

Durch die Schiebetür sehe ich Alexis. Sie ist draußen, gibt uns Raum, aber ich weiß, dass sie die Ohren spitzt. Ich frage mich, ob sie mit dem Meer im Hintergrund etwas hören kann.

Ich stütze die Ellbogen auf den Tresen und lege die Hände um mein Wasserglas. »Hast du mit ihm gesprochen?«, frage ich.

Wyatt schüttelt den Kopf. »PG, hör zu. Es ist egal. Du musst damit aufhören. Das ist keine romantische Dreiecksbeziehung, verstehst du? Das ist kein Roman; das ist das wirkliche Leben. Du musst diesen ganzen persönlichen Scheiß – alles, was damit zu tun hat – hinter dir lassen. Du hast einen Job, und zwar einen realen. Du musst nach Maui zurück und in der Lage sein zu arbeiten.«

»Daran kann ich nicht mal denken.«

»Tja, wirst du aber müssen«, sagt Wyatt. »Du weißt, ich werde nicht gern persönlich«, sagt er, doch sein Blick ist milder geworden. »Aber ich rate dir, mit beiden Schluss zu machen. Such dir bei dir zu Hause einen Freund. Oder fang was mit jemandem an, den du beim Gassigehen kennengelernt hast –«

»Ich habe keinen Hund.«

Wyatt fährt mit der Hand durch die Luft, so nach dem Motto *Mir doch egal.*

»Dann leg dir einen zu. Aber stell den Umgang mit deinen Kollegen ein«, beendet er den Satz. »Worüber du dir jetzt Sorgen machen solltest, ist, wie du das Vertrauen deiner Fans zurückgewinnen kannst.«

Ich schüttle den Kopf. »Wie?«, frage ich.

Wyatt lacht. Er klopft mir auf die Schulter. »PG«, sagt er. »Du bist ein hübsches Mädchen und eine tolle Schauspielerin, aber manchmal hast du eine ganz schön lange Leitung.«

»Eine tolle Schauspielerin? Jetzt weiß ich, dass du lügst.«

»Von wegen«, sagt er. »Das ist die Wahrheit.« Wyatt sieht

mich an. Seine wilden Locken sehen aus, als wären sie während unseres Gesprächs in der salzigen Luft fünfzehn Zentimeter gewachsen.

»Ich will das Projekt nicht ohne dich«, sage ich. »Kommst du wirklich nicht zurück?«

Wyatt fasst mich sanft unter dem Kinn. »Jetzt bin ich hier«, sagt er. »Lass uns darüber reden, was du tun musst.«

Wyatt erklärt die Regeln. Keine Partys, kein Shopping, keine gestellten Paparazzibilder mit »der Crew«. Keine Dates mit Filmstars. Kein Alkohol. Irgendein Projekt, das nichts mit *Locked* zu tun hat. Als er weg ist, klappe ich meinen Laptop auf. Alexis ist draußen und telefoniert. Sie gestikuliert wild mit den Händen.

Die Geschichte spricht sich Stunde für Stunde mehr herum. Sie ist auf noch mehr Seiten gepostet als am Vormittag. Scheinbar widmet sich das gesamte Internet der Aufgabe, mich zu hassen. Es gibt reale Probleme, es gibt *Nachrichten*, aber sie kommen erst an zweiter und dritter Stelle. Alles dreht sich um mich, meinen an den Seiteneingang eines Hotels gepressten Körper, und um Jordan, der mich hält.

›RAYGE‹-FANS EMPÖRT.

Sie haben keine Ahnung, wovon sie reden. Sie täuschen sich. Ich würde am liebsten meinen Computer quer durch den Raum schleudern. Ich möchte mein eigenes YouTube-Video drehen, ein Interview geben, irgendetwas, um eine Stimme in diesem ohrenbetäubenden Meinungsgewirr zu haben. Die ganze Welt stürzt sich auf mich und ich kann mich nicht wehren. Ich kann mich bloß im Bad verkriechen, mein Lunchtablett auf dem Schoß balancieren und heulen.

Vor genau dieser Situation habe ich Angst gehabt und es ist genauso schlimm, wie ich es mir vorgestellt habe.

Und dann sehe ich die Schlagzeile: EXKLUSIV: QUELLE AUS DEM NÄHEREN UMFELD SPRICHT ÜBER PAIGES UND JORDANS AFFÄRE.

Mir gefriert das Blut in den Adern.

Ich klicke den Link mit zitternden Fingern an.

Eine Quelle, die Paige Townsen nahesteht, eine junge Frau, die anonym bleiben möchte, sprach exklusiv mit Fansugar über die Paige/Jordan-Affäre. »Ich weiß, dass Paige schon lange in Jordan verliebt ist. Und zwar seit dem Tag, als er an den Set kam. Sie hatten ein- oder zweimal etwas miteinander, als Rayner unterwegs war. Paige ist sehr flatterhaft. Sie hatte früher in Portland eine Beziehung mit einem Freund, aber sobald sie auf Maui war, hat sie ihn für Rayner fallenlassen.«

Ich spüre, wie mir das Herz in der Brust stehenbleibt. Keiner wusste von Jake. Niemand außer meiner Familie und Cassandra.

»Es wird nicht von Dauer sein mit Jordan und es wird nicht von Dauer sein mit Rayner. Paige würde das niemals zugeben, aber sie ist beziehungsunfähig. Sie verliebt sich einfach zu schnell.«

Ich denke an die beiden Male, als Cassandra in L. A. war. Bei der Premiere habe ich ihr alles über Jordan erzählt. Wie ich mich auf Maui in ihn verliebt habe und wie durcheinander ich war. Aber ich kann mir einfach nicht vorstellen, dass sie so etwas tun würde. Ich weiß, dass Alexis und Georgina mich vor alten Freunden gewarnt haben, aber sie kennen Cassandra nicht so gut wie ich. Cassandra ist *Cassandra.*

Aber wie hat die Presse es herausgefunden? Wer hat mich hintergangen? Könnte es sein, dass ich Alexis und Georgina erzählt habe, dass Jake und ich einmal zusammen waren? Würden sie so etwas tun?

Ich denke an Alexis und wie lieb sie zu mir gewesen ist. Und an Georgina, die uns ihr Haus angeboten hat, um uns zu verstecken. Ich habe keine Ahnung.

Die einzige Schlussfolgerung ist, dass man niemandem trauen kann, absolut niemandem.

Ich klappe den Laptop zu. Mir ist schwindlig und übel. Ich sehe Alexis mit einem Krug Limonade an der Tür.

Sie kommt mit besorgtem Blick auf mich zu. »Alles in Ordnung?«, fragt sie.

»Nein«, sage ich. »Überhaupt nicht.«

Die Trennung von Rayner tut so weh. Es fühlt sich an, als würden sich Glasscherben in mein Inneres bohren. Ich habe niemanden mehr, mit dem ich reden kann. Ich habe keine Ahnung, wem ich trauen kann. Und das hier, diese Isolation, ist der Stich mitten ins Herz.

Alexis nimmt ein Glas aus dem Regal und schenkt mir Limonade ein. Dann legt sie den Arm um mich. Sie ist so viel größer als ich, dass ich mich an sie lehne. »Du musst es verdrängen und ausschalten«, sagt sie. »Nur so wirst du es überstehen.«

»Vermutlich«, sage ich. Noch ein Punkt auf der Liste von Dingen, die ich über dieses Leben nicht gewusst habe. Ich wusste nicht, dass zu tun, was ich am liebsten tue, bedeuten würde, die Freiheit aufgeben zu müssen, die zu sein, die ich wirklich bin. Ich wusste nicht, dass die Welt mir diese Entscheidung einfach abnehmen würde. Ich wusste nicht, dass so viele Dinge für mich behalten zu müssen ihnen irgendwann die Luft zum Atmen nehmen würde.

KAPITEL 10

»Es ist die Geschichte von der kleinen Meerjungfrau, aber für Teenager. Du würdest das Mädchen spielen, das sich nicht zwischen ihrer Liebe zu einem Wassermann und einem Menschen entscheiden kann.«

Ich schaue Sandy an. Wir waren eine Dreiviertelstunde im Büro meiner Agentin, Amanda, und ich habe nur Vorschläge für andere Teenieserien gehört. Engel in Gestalt fieser Mädchen, eine Prinzessin, die sich als Außerirdische entpuppt und Amerika erobert. Als Wyatt mir nahelegte, mir ein neues Projekt zu suchen, wird er wohl kaum so etwas gemeint haben. Als Nächstes schlagen sie mir vermutlich eine Dreiecksbeziehung zwischen Gnomen im Weltraum vor.

Zum Schluss frage ich: »Worum geht es hier eigentlich wirklich?«

Sandy hat mich heute Morgen aus dem Bett geholt. In der letzten Woche habe ich Georginas Haus nicht verlassen. Alexis hat mir den Computer verboten und mir auch nur eine eingeschränkte Benutzung meines Handys erlaubt.

Alle erzählen mir, dass es irgendwann vorüber sein wird, aber keiner sagt, wann. Jeden Tag gibt es neue Geschichten. Rayner sei wieder mit Britney zusammen. Jordan und Alexis hätten sich getrennt. Wir seien nach Maui geflogen, um alles zu klären. Wir hätten alle die Produktion verlassen. Die ganze Sache sei bloß ein PR-Trick.

PR-Trick. Klar. Weil diese Art von Presse ja so wahnsinnig gut fürs Image ist.

Ich habe seit Tagen Kopfschmerzen. Irgendetwas zwickt an meinen Halswirbeln. Vielleicht habe ich eine Hirnhautentzündung oder so was.

Sandy war derselben Meinung wie Alexis – es ist besser, wenn ich mich versteckt halte. Rayner verhält sich auch so. Er hat keine Erklärung abgegeben, genau wie ich. »Schweigen ist Gold«, wiederholt Sandy immer wieder. »Jedes weitere Wort macht alles nur noch schlimmer.«

Sie hält unerschütterlich zu mir *und* Rayner. Das ist sicher keine einfache Aufgabe.

»Versprich mir nur eines«, erklärte sie mir. »Triff dich nicht, und zwar unter keinen Umständen, mit Jordan Wilder.«

Ich habe mein Versprechen gehalten.

Sandy sieht Amanda an und zieht eine Augenbraue hoch. Amanda beugt sich vor. Sie ist Ende dreißig und hat pechschwarze Haare, die sie immer zu einem perfekten Chignon zusammensteckt. Sie trägt eine Brille und Kostüme und normalerweise einen Schal um den Hals. Sie ist die Beste in diesem Business und sie macht mir Angst.

»Dir ist sicher klar, dass dieser Skandal« – Sandy räuspert sich, aber Amanda redet weiter – »deinem Image geschadet hat.«

»Ist mir überhaupt nicht aufgefallen«, lautet mein trockener Kommentar.

»Dein Lancôme-Vertrag steht noch, aber es war nicht einfach.«

»Wollen sie ihr Angebot zurückziehen?«

Amanda schiebt die Finger ineinander. »Sie würden gern. Aber das lassen wir nicht zu. Die Sache ist die: Dein Image ist im Moment völlig am Boden.«

»Was sie sagen möchte, ist –«, wirft Sandy ein.

»Was sie sagen möchte, ist genau das«, beende ich den Satz für sie.

Amanda nickt. »Sorry, aber so ist es. Wir werden das wieder hinbekommen, aber die Projekte, die du willst, sind gerade nicht zu haben. Was zu haben ist, sind diese Serien. Du lässt immer noch die Kinokassen klingeln.«

Locked hat noch mal richtig angezogen. Es werden so viele Karten verkauft wie seit dem Premierenwochenende nicht mehr. Alle wollen die Dreiecksbeziehung leibhaftig auf der großen Leinwand sehen.

»Habt ihr etwas Neues von *Closer to Heaven* gehört?«, frage ich.

Sandy und Amanda wechseln einen Blick. »Ich denke, wir sollten in eine andere Richtung gehen«, sagt Amanda, sie spricht langsam. »*Closer to Heaven* ist vielleicht nicht gerade die richtige Rolle, um dich nach *Locked* zu positionieren.«

»Sie ziehen mich nicht mal mehr in Erwägung«, flüstere ich. Die winzige Aussicht, die ich auf diese Rolle hatte, hat sich in dem Moment erledigt, als ich Jordan berührt habe.

Sandy legt mir die Hand aufs Knie. »Darum geht es nicht«, sagt sie. »Sie hatten sowieso Zweifel, weil jeder in dir das Mädchen aus *Locked* sieht. Du stehst gerade im Mittelpunkt der Aufmerksamkeit.«

»Aber das wird nicht ewig andauern«, tröstet mich Amanda. »Nicht auf diese Art. Nicht, wenn wir jetzt die richtigen Entscheidungen treffen.«

Amanda tippt etwas in ihren Computer, dann hält sie inne und schaut uns an. »Ich möchte jetzt noch mehr als je zuvor, dass wir im Hinblick auf diese Karriere am gleichen Strang ziehen.« Diese Karriere. Ständig verwendet sie den Begriff *diese Karriere*. Niemals *deine*, immer *diese*.

»Da bin ich nicht sicher«, erwidere ich.

Sandy und Amanda starren mich an.

»Ich liebe *Locked* und das ist genau der Punkt – ich möchte Projekte machen, die mich inspirieren. Bei *Closer to Heaven* ist das der Fall. Bei diesem Meerjungfrauendingsbums nicht.«

Amanda öffnet den Mund, um mir zu widersprechen, aber ich rede weiter. »Ebenso wenig wie bei *Sunset Rivals* oder diesem Film über die wiedergeborenen Hexen von Salem, den du mir vorgeschlagen hast. Auf nichts davon habe ich Lust. Nichts mit einem Greenscreen. Ich möchte eine echte, menschliche Geschichte. Ich will *spielen*.«

»Schätzchen«, sagt Amanda knapp. »Du wirst in all diesen Filmen *spielen*.«

Sandy hält die Hand hoch. »Wir drehen uns im Kreis«, sagt sie. »Wir hatten uns vorgenommen, dieses Büro erst zu verlassen, wenn wir uns auf die nächsten Schritte geeinigt haben.«

Amanda ändert ihre Taktik. »Hör zu, ich verstehe dich, glaub mir. Als Jennifer *Trident* abgeschlossen hatte, war ihr einziger Wunsch ein Indie-Film mit kleinem Budget. Es gibt da schöne Drehbücher, aber weißt du, wo die richtig guten Sachen landen? In den Studios. Du willst eine Version von *Closer to Heaven*, die mehr Zugkraft hat. Du glaubst, du bräuchtest bloß ein tolles Script und einen visionären Regisseur, was du aber wirklich brauchst, ist der Glaube an das Projekt und Partner und *Geld*.«

Sandy nickt. »Sie hat Recht, so ungern ich das zugebe. Viele dieser Filme sind am Ende furchtbar – oder, noch schlimmer, sie kommen nie in die Kinos.«

»Genau«, sagt Amanda. »Und wir dürfen nicht zulassen, dass deine erste Rolle nach dem Skandal in einem Film ist, den sich zweitausend Leute in einem Arthouse-Kino anschauen.« Sie läuft um ihren Schreibtisch und bleibt davor stehen. »Wir wollen dasselbe. Wir möchten, dass du Projekte machst, die du liebst. Darum geht es schließlich. Aber wir möchten auch, dass du eine lange Karriere hast. Wir dürfen nicht vergessen, dass *Locked* nur ein einziger Film ist.«

Sandy legt mir die Hand auf die Schulter. »Das war eine harte Woche, oder?«

»Ich verlange kein Mitleid«, sage ich. »Ich will nicht ...«

»Wir werden uns nicht damit aufhalten«, sagt Amanda und hält die Hand hoch. »Wir werden das durchstehen. Wir möchten im Moment nur unsere Optionen ausloten. Und das sind die Filme, die ich dir empfohlen habe. Du bist gerade in einer schwierigen Situation, okay, aber deshalb bist du trotzdem immer noch die heißeste Nachwuchsschauspielerin Hollywoods. Denk dran: Was du jetzt tust, ist entscheidend. Was immer passiert, alle beobachten dich.«

Alle beobachten dich.

Ich denke an die Fotografen, die jeden Tag vor der Colony parken. Ich habe gehört, wie sich ein Nachbar deswegen beschwert hat. Ich fühle mich mies. Grauenvoll, um genau zu sein. Kein anderer kann etwas dafür. Es ist schlimm genug, dass ich nicht mal zu Starbucks oder in den Supermarkt oder joggen gehen kann, aber nun werden auch noch Fremde belästigt, wenn sie ihre Häuser verlassen. Alles meinetwegen.

»Man hat mir mein Leben weggenommen«, sage ich. »Das ist die Sache, die ihr, glaube ich, nicht begreift. Die Arbeit ist das einzig Gute daran. Ich kann nicht –« Mir versagt die Stimme, aber ich rede trotzdem weiter. Ich habe schon zu viel deshalb geheult. »Das kann ich nicht auch noch aufgeben.«

»Verstehe«, sagt Sandy und nickt Amanda zu. *Wir sind fertig.*

»Dann werden wir das Treffen für *Closer to Heaven* festlegen«, sagt Amanda. »Selbst wenn es gegen meine Überzeugung ist. Aber ich werde dir weiterhin Drehbücher schicken und du wirst sie weiterhin lesen. Ich möchte, dass du wegen deiner Rollen in der Presse bist, nicht wegen deiner –«

»Ich verstehe«, sage ich. Ich kann darauf verzichten, diesen Satz bis zum Ende zu hören.

Amanda hält uns die Bürotür auf. Mein erster Impuls ist, Rayner anzurufen, ihm von dem Treffen zu erzählen und ihn um Rat zu fragen. Es ist so komisch, dass er nicht da ist, dass ich ihn nicht um Hilfe bitten kann. Vielleicht halte ich deshalb Sandy auf dem Weg zum Fahrstuhl an. »Wie geht es ihm?«

Sie schiebt umständlich die Sonnenbrille hoch. »Ganz gut«, sagt sie. »Das Familiendrama beruhigt sich ein bisschen.«

Es stimmt. Die Klatschzeitungen haben Gregs Geschichte allesamt durch meine ersetzt.

Ich möchte ihr die nächste Frage stellen, aber ich lasse es lieber. Ich will es nicht wissen.

Sandy sieht mich an. »Ja«, sagt sie. »Er vermisst dich. Das gibt er zwar nicht zu, aber ich sehe es ihm an. Ich kenne ihn lange genug.«

Ich schlucke die Worte herunter. Ich vermisse ihn auch. Spürbar. Manchmal liege ich wach und höre das Meer und denke, wir sind wieder auf Maui. Und Rayner und ich sind am Filmset und verlieben uns ineinander.

Ich denke an eine Schlagzeile, die ich auf einer aussortierten Illustrierten in Amandas Büro gesehen habe. LIEBE AUSGESCHLOSSEN. Ohne Quatsch.

»Wo willst du hin?«, fragt sie.

Ach, weißt du. Lunch im Chateau Marmont, Drinks auf der Melrose Avenue, ein Spaziergang in Santa Monica. »Malibu«, sage ich. Als hätte ich eine andere Wahl.

Sandy nickt. »Hör zu, wir müssen über Tokio reden.«

Ich bleibe stehen. Die Fahrstuhltüren schließen sich hinter uns. »Was?«

Sie sieht mich fragend an. »Japan? Comiket? Erzähl mir nicht, du hättest das vergessen.«

»Verdammt.« Das Studio schickt Jordan, Rayner und mich zur größten Comic Convention der Welt. Drei Tage, zu dritt. Ich habe es tatsächlich völlig vergessen. »Wann?«

Sandy zieht ihr Handy heraus. »Montag.«

»Das ist in drei Tagen!«

Sie nickt. »Die Absprache mit der Convention wurde schon vor langer Zeit getroffen, aber wenn du mich fragst, ist es vielleicht ein guter Zeitpunkt, um der Welt zu beweisen, dass ihr noch alle miteinander klarkommt.« Sandy sieht mich vielsagend an.

»Tun wir das?«

»Ich weiß, es ist alles andere als ideal«, sagt sie. »Aber ich denke, wir sollten es als Gelegenheit begreifen.«

»Es kann wirklich nicht mehr viel schlimmer werden«, sage ich.

Als sich die Lifttüren öffnen und uns ins Parkhaus hinauslassen, sieht mich Sandy an. »Schätzchen«, sagt sie. »Du hast Hausarrest in einem Strandhaus in Malibu. Glaub mir, es kann noch *sehr viel* schlimmer werden.«

Sandy liegt nicht ganz falsch. Drei Tage später fliegen wir nach Tokio und nichts zwischen uns stimmt. Ich habe immer noch nicht mit Jordan oder Rayner gesprochen. Und Alexis ist in Japan nicht dabei.

Allerdings schicken sie Jessica als Vermittlerin mit. Sie taucht am Montagmorgen in einer Limousine auf, ihre langen blonden Haare sind lässig zu einem Pferdeschwanz zusammengebunden. Sie trägt Jeans und ein graues Sweatshirt mit einem rosa Herzen auf der Vorderseite. »Hey, PG«, sagt sie. »Kann ich noch irgendetwas für dich tun?«

Alexis sitzt über ihren grünen Tee gebeugt am Küchentresen. Es ist sechs Uhr morgens. Sie ist auf dem Weg ins Fitnessstudio, ich werde mit Jordan und Rayner in ein Flugzeug steigen und mit ihnen auf die andere Seite der Welt fliegen. Sie haben eine Privatmaschine angeheuert – vielleicht mit der Absicht, dass wir die Situation ohne neugierige Blicke vor der Landung klären. Viel Glück dabei.

Trotz der frühen Stunde ist Jessica aufgekratzt wie immer. Ich erinnere mich noch an viele Termine um fünf Uhr morgens auf Maui, bei denen sie auch immer gute Laune verbreitet hat. »Wie bist du denn hier hineingeraten?«, frage ich sie.

Sie zieht den Griff meines Koffers heraus. »Wyatt ist beschäftigt«, sagt Jessica. »Sie haben gefragt, ob ich einspringen könne. Ich habe natürlich zugesagt.«

»Ich glaube, ich sollte mitkommen«, sagt Alexis. »Ich habe ein komisches Gefühl, dich mit den beiden allein zu lassen.«

Jessica wendet den Blick ab. Ich weiß, dass sie uns etwas Privatsphäre geben will.

»Ich komm schon klar«, sage ich. Dasselbe habe ich ihr gestern Nacht versichert. Und in der Nacht davor. Sie hat sich Sorgen um mich gemacht und darüber, was passieren wird, wenn ich mich mit den beiden auf der anderen Seite der Welt befinde. Seit ich hier eingezogen bin, beobachtet sie mich wie eine tickende Zeitbombe, die jeden Moment hochgehen kann. »Schätzchen«, erklärte sie mir. »Du bist in letzter Zeit nicht gerade durch vornehme Zurückhaltung aufgefallen.«

Ich weiß, dass Alexis mit Jordan gesprochen hat, sie redet jedoch nicht mit mir darüber und da ich sie nicht in Konflikte bringen möchte, habe ich sie auch nicht gefragt. Vielleicht hat ihre Schweigsamkeit mit Dingen zu tun, die er gesagt hat. Vielleicht möchte er, dass sie dabei ist.

»Wir sollten losfahren«, sagt Jessica. Ich sehe den Gesichtsausdruck, den sie immer hatte, wenn sie in die Maske kam. Ich saß für gewöhnlich auf Lilliannas Stuhl und wir hinkten dem Zeitplan hinterher. Es war Jessicas Aufgabe, uns an den Set zu bringen. Sie hatte diese tolle Art, uns loszuscheuchen und dabei trotzdem eine ruhige und entspannte Atmosphäre zu schaffen. Jessica sah man nie schwitzen.

Ich strecke die Arme nach Alexis aus. Sie drückt mich fest an sich. »Ruf mich an, wenn du mich brauchst«, sagt sie.

»Mach ich.«

»Du bist großartig«, flüstert sie. »Und zwar genau so, wie du bist. Vergiss das nicht.«

»Danke. Du solltest um die Häuser ziehen, während ich weg bin. Spaß haben. Ich habe dich viel zu sehr hier festgehalten.«

Alexis lächelt. »Dieser erzwungene Winterschlaf war gut für meinen mysteriösen Nimbus, aber jetzt, wo du es erwähnst, fällt mir wirklich ein bisschen die Decke auf den Kopf ...«

Ich drücke ihr einen Kuss auf die Wange. »Bloß keine Fotos von Knutschereien in der Öffentlichkeit.«

Alexis lacht. »Das passiert nur Anfängern«, sagt sie.

Jessica winkt Alexis zu, als wir die Tür hinter uns schließen. Sie reicht dem Fahrer meinen Koffer und setzt sich auf den Sitz neben ihm. Ich hoffe, dass wir auf einen Kaffee anhalten können. Ich lasse mir die Tür aufhalten und gleite auf die Rückbank, dann fahren wir los.

KAPITEL 11

Wir sind früher schon zu dritt geflogen. Bei unserer ersten PR-Kampagne für *Locked*, als ich noch mit Rayner zusammen war. Es ist erst einen Monat her, aber alles ist anders. Rayner und ich sind nicht mehr zusammen, Jordan und ich auch nicht, keiner betrachtet den anderen als Freund oder tut wenigstens so. Keiner spricht mit dem anderen.

Ich sitze für mich allein. Jessica holt ein Gesellschaftsspiel heraus und Rayner und sie beginnen zu spielen. Jordan sitzt irgendwo ganz hinten. Ich habe ihn nur kurz gesehen, als wir an Bord gegangen sind, dann verschwand er außer Sichtweite. Da ich weiß, dass ich ihm nicht folgen darf, habe ich mich irgendwo in der Mitte ans Fenster gesetzt, wo ich Abstand zu beiden habe.

Die Anspannung im Flugzeug ist für alle spürbar. Ich schließe die Augen, um zu sehen, ob sich das sicherer anfühlt. Es überrascht mich, wie schnell ich einnicke.

Wenn ich zwischendurch aufwache, schlafen alle anderen. Jessica und Rayner lehnen aneinander. Wahrscheinlich sind sie während des Spiels eingeschlafen. Ich finde Wasser und trinke es aus. Ich lese eine Weile, aber ich bin unkonzentriert, nervös und immer noch erschöpft. Nach einiger Zeit gebe ich auf und schlafe weiter. Als ich das nächste Mal aufwache, setzt das Flugzeug gerade hart auf. An unserem Flugsteig wartet Sicherheitspersonal. Fünf Typen in Schwarz begleiten uns zu einer wartenden Limousine. Aber unsere Ankunft muss sich herumgesprochen haben; obwohl es ein Privatflughafen ist, warten überall Fans.

Ich hatte gehört, dass die Fans in Asien extrem sind, aber ich war nicht im Entferntesten auf die Hysterie vorbereitet, die uns auf dem Weg zur Limousine entgegenschlägt. Leute greifen nach uns und weinen. Sie schreien und toben und machen Fotos. Es ist irre, verrückt. Ich sehe reflexartig zu Rayner, aber er läuft bereits vor mir, unerreichbar zwischen zwei Bodyguards. Ich muss alleine klarkommen.

Draußen vor dem Flughafen stellen wir uns zu dritt für Fotos auf und geben Autogramme. Rayner hält mich nicht an der Hand. Er flüstert mir nicht ins Ohr, dass es nur drei Minuten dauern wird. Er schaut mich nicht mal an.

Wir fahren sofort ins Hotel. Außer Jessica und Rayner spricht keiner im Wagen. Wir checken ein und es überrascht mich nicht, dass mein Zimmer direkt neben Rayners liegt. Vermutlich sind sie es noch so von der letzten Tour gewohnt, vielleicht wurden die Leute, die die Reservierungen vornehmen, nicht darüber informiert, dass wir kein Paar mehr sind.

Wir verschwinden schnell in unsere getrennten Zimmer. Ich denke darüber nach, wie anders es letztes Mal war. Damals haben wir die Verbindungstür geöffnet. Ein Zimmer wurde unsere Ankleide, das andere das Schlafzimmer. Wir hatten die riesige Doppelsuite ganz für uns.

Und nun bin ich allein. Das Zimmer ist schön. Leuchtend bunt – türkis und fuchsiafarben und gischtgrün. Es sieht aus wie das Innere eines Kaleidoskops und ich verspüre das Bedürfnis, sofort Cassandra anzurufen. Cassandra liebt Farben so sehr, dass sie ständig selbst welche erfindet. Ich entdecke kürbiskuchenfarbene Kissen und nehme das Telefon in die Hand. Eine gute Seite des Berühmtseins? Man braucht sich keine Gedanken um internationale Telefongebühren zu machen.

»Hallo, Fremde«, sagt sie. »Wo bist du denn gerade auf der Welt?«

»Tokio«, antworte ich.

»Echt? Wie geht's dir? Sind die Jungs auch dabei? Wie läuft es so – erzähl mir alles!«

Ich weiß, dass Cassandra nicht die undichte Stelle war, so etwas würde sie nie tun, trotzdem fange ich an, ihr Lügen aufzutischen. Meiner besten Freundin. »Denen geht's gut«, sage ich. »Alles in Ordnung.«

»Da bin ich aber erleichtert«, sagt sie. »Denn die Geschichten sind ...«

»Bloß Geschichten«, sage ich. »Alles ist okay.«

»Dann ist ja gut«, sagt Cassandra. Ihre Stimme ist leiser geworden. Ich kann fast hören, wie sie an ihren Nägeln kaut. »Wie geht's den anderen?«

»Gut«, sage ich. Ich weiß, dass sie die aufgesetzte Fröhlichkeit in meiner Stimme bemerkt.

»Tokio also?«, sagt sie.

»Ja, abgefahren.«

»Na ja, dann mal viel Spaß, würde ich sagen.«

»Danke«, erwidere ich.

Wir beenden das Gespräch und ich fühle mich noch mieser als vor dem Anruf. Bescheuert. Ich verdränge es. In zwei Stunden haben wir unseren Auftritt im Konferenzzentrum und ich muss noch duschen. Gleich wird jemand kommen, der sich um meine Haare und mein Make-up kümmert. Ich bin noch im Halbschlaf. Ich habe mich noch nicht vom Flug erholt und von dem schrägen Gefühl, mit den beiden auf der anderen Seite der Welt zu sein. Ich werfe mich bäuchlings aufs Bett. Nur fünf Minuten, dann werde ich aufstehen.

Ein Klopfen an der Tür lässt mich hochschnellen. Ich wische mir den Speichel aus den Mundwinkeln und schaue auf die Uhr, ich habe eine halbe Stunde geschlafen. Ich stehe auf und gehe zur Tür, erwarte die Maskenbildnerinnen mit ihren Taschen voller Zaubermittel, aber es ist bloß Jessica. Frisch geduscht, das Handy in der Hand.

Ich reibe mir die Augen. »Bin ich zu spät?«, frage ich.

Jessica lacht. »Ich weiß, ich bin nicht immer der willkommenste Anblick, aber nein, Paige. Ich wollte nur schauen, ob du etwas brauchst.«

Ich schüttle den Kopf. »Ich habe alles.«

»Super. Die Maskenbildnerinnen sind schon unterwegs.« Sie mustert mich. »Vielleicht möchtest du duschen.«

»Siehst du?«, sage ich. »Doch zu spät.«

Jessica hält die Hände hoch. »War bloß ein Vorschlag!«

Sie wendet sich zum Gehen, aber ich halte sie fest. »Hey«, sage ich. »Könntest du mir einen Gefallen tun?«

»Klar«, sagt Jessica.

»Könntest du Rayner Gesellschaft leisten?«

Sie blickt auf ihr Telefon und beißt sich auf die Unterlippe.

Ich vergesse immer, dass sie dreiundzwanzig ist. Manchmal wirkt sie so jung, so lieb und gutmütig.

»Ich ...«

Ich schüttle den Kopf. »Ich weiß, dass er gerade eine schwierige Zeit durchmacht, und Sandy ist nicht hier. Und ...« Ich spreche nicht weiter. »Er mag dich«, sage ich. »Ich habe euch zusammen im Flugzeug gesehen. Du dringst auf eine Art zu ihm durch, die ich einfach ... Die ich gerade nicht hinkriege. Du würdest mir einen großen Gefallen tun.«

Jessica nickt. »Natürlich«, sagt sie. »Vielleicht hat er Lust, mit mir nachzuschauen, ob die Evian-Flaschen im Bus sind. Drama und Intrigen nonstop.«

»Ich glaube, ein bisschen Nicht-Drama würde ihm ganz guttun«, sage ich.

»Ein bisschen Nicht-Drama würde euch allen ganz guttun«, sagt Jessica.

Sandy hat mich darüber aufgeklärt, dass die Comiket die weltgrößte Comic-Messe ist und zweimal pro Jahr hier in Tokio stattfindet. Über eine halbe Million Leute kommen von überall her, um seltene Ausgaben ihrer Lieblingscomics zu kaufen. Es ist die asiatische Antwort auf die Comic Con ... nur viel, viel größer.

Sandy hat mir auch erzählt, dass Hollywood bis vor kurzem keine große Rolle auf der Comiket gespielt hat, aber dieses Jahr schicken sie uns hin. Wir verteilen signierte Ausgaben der *Locked*-Trilogie – mit Widmungen der Autorin Parker Witter (eine Rarität in Anbetracht der Tatsache, dass sie ziemlich zurückgezogen lebt) –, schreiben Autogramme auf Porträtfotos, Magazine und eine Serie von Graphic Novels, die das Studio nach den Büchern produziert hat.

Wenn man bei einem so großen Film mitspielt, passieren viele komische Sachen. Du wirst von Leuten erkannt, die du nicht kennst, im Internet erscheint Fan-Fiction über dein Leben und man kann sich nie darauf verlassen, dass man unbeobachtet ist – aber mit zum Seltsamsten gehören die Fanartikel. Es gibt kleine Puppen von Rayner, Jordan und mir. Rayners Puppe hat seine Grübchen, meine die roten Haare und Jordans sogar seine Narbe.

Die Comiket findet im Tokio Big Sight statt – dem größten Konferenzzentrum hier. Als wir vorfahren, säumt eine riesige Menschenmenge die Straßen. Alexis hat mir erzählt, dass die Comic Con der Wahnsinn ist, aber ich bezweifle, dass irgendetwas an das hier herankommt. Wir sitzen in einer schwarzen Limousine mit getönten Scheiben. Wenn die Fans uns in diesem Augenblick erkennen könnten, würden sie uns zweifellos innerhalb von Sekunden vor Begeisterung in Stücke reißen.

Rayner sitzt neben mir, seine Fingerspitzen wandern über den Sitz und einen Moment lang möchte ich sie mit meinen berühren und in meiner Hand halten. Im Wagen herrscht Anspannung, aber bei den Menschenmassen und all dieser Energie und diesem Lärm ist kein Raum, um Feindseligkeiten auszuleben. Nicht untereinander.

»Unglaublich«, sagt Rayner, ohne einen von uns direkt anzusprechen.

Jessica beginnt zu lachen. »Das ist nicht das Wort, das mir im Moment in den Sinn kommt.«

»Was würdest du denn sagen?«

»Beängstigend.«

Ich blicke zu Jessica. Sie hat immer noch die gleiche Jeans/Sweatshirt-Kombination an. Mich haben sie mit allen möglichen verrückten Outfits ausstaffiert. Im Moment trage ich Lederhosen und eine rote Seidenbluse.

Ich vermisse die Tage, als ich wie Jessica war. Als noch nichts, was ich gesagt, getragen, getan habe, mit noch größerer Genauigkeit verfolgt wurde als ein Raketenstart.

»Angst wird uns nicht weiterhelfen«, sagt Rayner, ohne den Blick von der Menge abzuwenden. Jordan sagt nichts.

Sie bringen uns auf wundersame Weise in das Konferenzzentrum – ich habe keine Ahnung, wie sie das schaffen. Tokio Big Sight ist wie eine Spielzeugstadt, ein Labyrinth aus Lichtern und Schriftzeichen und Farben.

Im Untergeschoss stoßen sofort die Leute zu uns, die uns am Flughafen abgeholt haben, dieses Mal haben sie allerdings ihre Freunde mitgebracht. Es sind bestimmt zehn Bodyguards da, ich kann es nicht genau sagen, denn jedes Mal, wenn ich sie zu zählen versuche, werden es mehr. Vermutlich ist das gut so. Hier sollten wir besser abgeschirmt werden.

Wir werden auf einer Bühne auftreten und im Aufzug nach oben und auf dem Weg den Gang hinunter, höre ich die Fans. Es sind keine Sprechchöre mit unseren Namen, aber das bloße Stimmengewirr und die erwartungsvolle Energie haben ihre ganz eigene Lautstärke.

Rayner macht seine üblichen gutmütigen Scherze. Jetzt sind sie allerdings an Jessica gerichtet. Jordan schweigt immer noch. Ich kann die Anspannung in seinem Körper fühlen. Sie strahlt förmlich in Wellen ab.

Die Bodyguards halten sogar uns auf Abstand, aber ich finde

trotzdem seine Augen. Ich wünsche mir nichts sehnlicher, als seine Hand zu nehmen und sie festzuhalten.

Aber ich berühre lieber den Kaurischneckentalisman auf meiner Brust. Den Ring von Rayner habe ich abgelegt, doch die Kette trage ich nach wie vor, sogar unter der Dusche. Sie ist mein Schutzsymbol, Rayners Double.

Jessica und eine PR-Frau drehen sich zu uns um. »Seid ihr so weit?«

Jordan stößt einen unbestimmten Laut aus, aber sie warten die Antwort gar nicht erst ab. Sie öffnen die Türen und das Geschrei ist unglaublich – eine Flutwelle von Körpern und Lärm.

Es ist auch heiß im Saal. Stickig. Alle drängen sich gegeneinander und ich fange sofort zu schwitzen an. Auf meiner Stirn bilden sich Schweißperlen. Wer hat diese Lederhosen ausgesucht? Sie scheinen auf meiner Haut zu schmelzen.

Wir drei sitzen auf der Bühne nebeneinander. Ich in der Mitte. Um uns herum Titelseiten von Zeitschriften und unsere Action-Figuren. Jessica sagt etwas zu mir, aber bei dem Krach verstehe ich sie nicht. Sie kommt zu meinem Stuhl und flüstert mir ins Ohr: »Stehst du für Fotos zur Verfügung?«

Ich nicke und sehe zu Jordan neben mir. Seine Augen sind weit aufgerissen, dieser Blick ist mir nur zu vertraut. Er hat Angst. Es trifft mich wie ein unerwarteter Schlag gegen den Oberkörper. In seinen geweiteten Pupillen erkenne ich mich selbst. Die Angst, die Paranoia, das Grauen.

Seine schwarzen Augen starren in meine und mir schlägt eine solche Intensität entgegen, dass ich am liebsten losheulen würde. Doch statt mit ihm in die Tiefe gezogen zu werden, passiert etwas anderes. Ich verspüre den Drang, ihn zu beschützen. Die Zärtlichkeit für ihn überdeckt alles andere. Ich will diese Situation besser machen. In mir regt sich etwas, das Halt geben will. Ich bin so daran gewöhnt, in einer solchen Situation zu Rayner zu schauen und mich meiner Angst zu überlassen – in jeder Form –, dass ich mir nie über *sie* Gedanken gemacht habe. Rayner und Jordan. Alexis ist bei Premieren immer in Jordans Nähe geblieben und nun weiß ich den Grund. Sie hat ihm gegenüber die gleiche Rolle eingenommen wie Rayner bei mir.

Ich denke an die Signierstunde auf Maui. Als es nur Jordan und ich waren – unsere erste Erfahrung mit *Locked*-Fans. Er hat mich im Wagen sitzen lassen und damals war ich so wütend. Ich konnte seine Kälte nicht verstehen und dass er mir in diesen ersten Momenten mit den Fans nicht beigestanden hat, aber nun begreife ich, dass er nicht anders konnte. Er war nicht in der Lage, sich um mich zu kümmern. Er war zu beschäftigt damit, sich selbst über Wasser zu halten.

Ich suche unter dem Tisch nach seiner Hand. Ich finde seine Fingerspitzen. Sie sind eiskalt. Ich nehme sie zwischen meine Handflächen und beuge mich zu ihm herüber. Ich flüstere ihm ins Ohr, obwohl ich weiß, dass ich es besser lassen sollte, obwohl ich weiß, dass überall Kameras sind. »Drei Minuten«, sage ich zu ihm. »Es sind nur drei Minuten Angst.«

Jordans Gesicht entspannt sich ganz leicht. Garantiert hat er das schon mal gehört. Vermutlich hat Rayner es vor Jahren zu ihm gesagt, damals, als sie noch Freunde waren. Und irgendwie fühlt sich das richtig an. Ich denke an Rayner und mich und an das, was wir uns auf den Klippen von Maui versprochen haben – an den Moment, den ich mir so oft in Erinnerung gerufen habe. Was immer passiert, ich werde für dich da sein. Aber nun wird mir klar, dass es umfassender hätte sein sollen, umfassender als nur wir beide. Es geht nicht nur um Rayner und mich; es geht um uns drei. Wir sitzen alle in einem Boot.

Ich halte Jordans Hand unter dem Tisch, bis der erste Fan für ein Autogramm vor uns steht.

Es fühlt sich gut an, allein klarzukommen. Es zu versuchen ist das Mindeste, was ich für uns alle – und die Fans – tun kann. Und die Wahrheit ist, sobald es um direkte Kommunikation mit einer Person geht (dank der wohlgeordneten Schlange ist das der Fall), verliert die Begegnung mit den Fans ihren Schrecken. Einige weinen. Ein paar werden hysterisch. Ein völlig überwältigtes Mädchen fällt tatsächlich in Ohnmacht. Aber die meisten sind einfach bloß glücklich. Glücklich, uns zu sehen, glücklich, über ihr Lieblingsbuch, ihren Lieblingsfilm zu reden. Und die Tatsache, dass wir zu diesem Glück beigetragen haben, selbst wenn es nur ein kleiner Teil ist, lässt unsere persönlichen Konflikte weniger dramatisch erscheinen. Es schwebt über Paige, Rayner und Jordan. Es ist größer als wir. Es ist die Summe aus uns und noch viel mehr. Wir sind Teil von etwas, das uns überdauern wird – und das alles, was zwischen uns passiert, überdauern wird. Gemeinsam haben wir etwas geschaffen, das sich behaupten wird, und eine Stunde lang lasse ich es unser Vermächtnis sein.

Nach der Signierstunde kehren wir ins Hotel zurück. In der Lobby wollen wir jeder auf unser Zimmer gehen, doch Jessica hält uns an.

»Ich habe in drei verschiedenen Restaurants reserviert«,

sagt sie. Ihr Ton ist hoffnungsvoll, fröhlich. Ihr Blick wandert von mir zu Rayner und dann zu Jordan. »Eines davon hat sogar einen Blick auf den Fuji. Und angeblich das beste Sashimi der Stadt ...«

»Klingt super«, sagt Rayner. »Ich will definitiv sehen, was Tokio zu bieten hat.«

»Danke, Jess«, sagt Jordan. »Aber ich werde nicht mitkommen. Ich bin ziemlich platt.«

»Bist du sicher?«, fragt Jessica.

Rayner räuspert sich. »Ich werde ein kurzes Nickerchen machen, um wieder fit zu werden«, sagt er, ohne sich um Jordans Absage zu kümmern. »Und dann schauen wir uns dieses fremde Land an. Ich habe bisher entschieden zu viel Zeit in geschlossenen Räumen verbracht.« Er schlingt den Arm um Jessica. Es sieht aus, als würde er es absichtlich tun, als wolle er mich bestrafen. Beim Gedanken, dass dies früher mein Platz war, überkommt mich kurz eine nagende Eifersucht. »Treffen wir uns in einer Stunde hier unten?«, fragt er sie.

Jessica löst sich aus seiner Umarmung. »Klingt gut.«

Rayner schlendert zu den Aufzügen und Jessica dreht sich zu mir. »Du kommst doch mit, oder?«

Ich zwinge mich, Jordan nicht anzusehen, sondern richte den Blick auf Jessica. »Die Reise hat mich ziemlich fertiggemacht«, sage ich. »Vielleicht morgen Abend?«

»Auf jeden Fall!«, sagt Jessica fröhlich. »Ich habe eine Kopie deines Zeitplans auf meinem Zimmer«, sagt sie. »Willst du kurz mit mir hochkommen?«

Ich drehe mich zu Jordan, aber er läuft bereits durch die Lobby zu den anderen Aufzügen. »Gern.«

KAPITEL 12

Eine Stunde später stehe ich in der Lobby unseres Hotels und warte auf einen neuen Zimmerschlüssel, als Rayner herunterkommt. Sie mussten mich auf ein anderes Stockwerk umbuchen, irgendetwas mit einer kaputten Heizung; ich habe es nicht richtig verstanden.

Er sieht mich und bleibt stehen. Wir sehen uns an und wissen nicht, was wir tun sollen.

»Hey«, sage ich. »Wo ist Jessica?«

Rayner zuckt die Achseln. »Zu spät.«

Ich nicke. Okay.

Mir fällt auf, dass er mein Lieblingshemd trägt – ein lilaweiß gestreiftes Button-down, das er sich für eines unserer ersten richtigen Dates in Los Angeles gekauft hat. Ich frage mich, ob er es mit Absicht angezogen hat. Ob er sich daran erinnert, wie ich meine Finger in seinen Ärmel geschoben und ihm gesagt habe, wie umwerfend er aussähe. Das tut er auch heute Abend.

»Es tut mir leid«, sage ich.

Er sieht mich an und ich erwarte einen Kommentar. Etwas Gemeines oder Grausames oder herzzerreißend Wahres, aber er antwortet bloß: »Nur damit du Bescheid weißt: Mir ist klar, dass du Jessica dafür bezahlst, Zeit mit mir zu verbringen.«

Ich schaue ihn an und sehe ein winziges Funkeln in seinen Augen.

»Wie?«

»Wenn wir aus dieser ganzen Sache eines gelernt haben, PG, dann, dass du die miserabelste Lügnerin der Welt bist.«

Ich suche nach Worten. Meinen Spitznamen aus seinem Mund zu hören ist wie Balsam. So viel hat er seit dem Tag unserer Trennung nicht mit mir gesprochen. »Das tue ich nicht«, sage ich. »Also, sie bezahlen.«

Rayner mustert mich mit hochgezogener Augenbraue.

»Offenbar verbringen manche Mädchen Zeit mit dir, ohne Geld dafür zu bekommen.«

Rayner verzieht den Mund. »Manche Mädchen.«

Jessica kommt in einem schwarzen Kleid, schwarzen Ballerinas und einer Jeansjacke in die Lobby. Ihre Haare sind zu einem Pferdeschwanz hochgebunden, was ihre tropfenförmigen Smaragdohrringe zur Geltung kommen lässt. Sie ist bildschön.

»Du siehst toll aus«, sage ich zu ihr. »Diese Ohrringe muss ich mir irgendwann ausleihen.«

Sie wird rot. »Willst du wirklich nicht mitkommen?«

Ich werfe Rayner einen Blick zu. Er packt ein paar Scheine aus seiner Gesäßtasche in sein Portemonnaie. Ich weiß, dass wir uns früher oder später entscheiden müssen, wie es weitergehen soll.

Aber nicht an diesem Abend. Nicht hier. Nicht jetzt.

»Wirklich nicht«, sage ich. »Viel Spaß.«

Sie gehen und ich bekomme meinen neuen Schlüssel. »Wir lassen Ihre Sachen zusammenpacken und auf das neue Zimmer bringen«, erklärt mir der Page.

Ich fahre mit dem Aufzug in den fünfzehnten Stock. Das Lichtermeer in Tokio ist unglaublich und unser Hotel ist rundum verglast. Man hat einen 360-Grad-Blick auf die Stadt.

Ich ziehe die Lederhosen und das rote Oberteil aus und schlüpfe in einen Bademantel. Himmlisch. Dann blättere ich die Room-Service-Karte durch und will gerade alles bestellen, was draufsteht, da klingelt es an der Tür. Meine Koffer. Vollgepackt mit haufenweise abgefahrenen Kleidern, die ich niemals alle werde tragen können.

Ich öffne die Tür und erwarte einen beladenen Gepäckwagen, aber es ist Jordan. Er trägt Jeans und ein langärmliges graues T-Shirt.

Mein Herz hämmert durch den Bademantelstoff. »Hi«, sage ich.

Er nickt. »Darf ich reinkommen?«

Ich drücke mich an die Tür und lasse ihn vorbei. Als er mich streift, weicht sämtliche Luft aus meinem Körper. Die Tür fällt hinter uns zu. *Klack.*

»Nette Aussicht«, sagt er und geht zum Fenster. Ich folge ihm. Als ich mich im Spiegel sehe, wünsche ich mir, ich hätte mich nicht ausgezogen. Aber Jordan hat mich schließlich oft genug nur im Badeanzug gesehen.

»Was ist denn?«, frage ich ihn.

Er dreht sich nicht um, sondern sieht einfach weiter aus dem Fenster. »Keine Ahnung«, sagt er. »Ich habe dafür gesorgt, dass du ein anderes Zimmer bekommst, damit du auf der anderen Seite des Hotels bist. Und jetzt bin ich hier und ... keine Ahnung.«

Es fühlt sich an, als hätte jemand Wunderkerzen in meiner Brust angezündet. »Du warst das?«

Er dreht sich um. Seine schwarzen Augen finden meine. »Du bist nicht ausgegangen«, stellt er fest.

Ich halte seinem Blick stand. »Nein«, erwidere ich. »Bin ich nicht.«

Mit einem Mal brodelt alles, was ich in den letzten Wochen zurückgehalten habe, an die Oberfläche. Unser Gespräch im Bett und die Fotos und die Trennung von Rayner und die Klatschgeschichten und Alexis – und ihre wahre Beziehung zu ihm, die sie mir verheimlicht hat. Und Jordan – immer Jordan. Jordan in L. A., wie ein weißes Rauschen im Hintergrund. Jordan, der mir nicht aus dem Kopf ging. Jordan, der durch meine Träume geisterte. Jordan hier in Tokio, jetzt.

Aber es bleibt mir keine Zeit, irgendetwas davon anzusprechen, denn jetzt kommt er auf mich zu.

Er umfasst zärtlich mein Gesicht und streift mit den Lippen über meine. Doch bevor sie sich wirklich berühren, zieht er mich enger an sich. Seine Hände wandern meinen Rücken hinunter. Seine Lippen fiebern meinen entgegen – drängend, fordernd, als wolle er mir auf diese Weise etwas sagen. Ich berühre seinen Hals, seinen Kiefer. Ich lasse meine Hände sein Gesicht erforschen. Die Biegung seines Halses, die glatte Haut unter dem Ohr, wo die silberne Narbe ist. Er zieht mich noch fester an sich, bis sich unsere Oberkörper aneinanderpressen. Ich spüre sein Herz an meinem eigenen, wild und frei.

Wir hören nicht auf uns zu küssen, als er mich zum Bett

schiebt. Wir lassen uns fallen, ohne dass sich meine Lippen eine Sekunde von seinen lösen.

Ich bekomme keine Luft. Bestimmt werde ich bald für das hier büßen müssen, aber im Moment ist es mir egal. Jordans Mund auf meinem ist heiß und feucht und zu allem entschlossen. Ich verstehe überhaupt nicht mehr, wie ich so lange ohne ihn sein konnte. Wie habe ich es geschafft, ohne ihn neben mir überhaupt zu existieren? Es scheint irrsinnig, dass wir es irgendwie geschafft haben, uns voneinander fernzuhalten.

Seine Hände umfassen meinen Oberkörper und schieben mich höher auf die Kissen. Meine Finger graben sich in seine Schultern. Ich fühle die angespannten Muskeln auf seinem Rücken. Er stöhnt und ich bäume mich ihm entgegen.

Seine Lippen lösen sich von meinen und wandern zu meinem Schlüsselbein. Er zieht ungeduldig an meinem Bademantel und streift ihn über meine Schulter. Er küsst meinen Hals, meine Wange, direkt unter dem Ohr. Ich keuche und kralle meine Finger tiefer in seinen Rücken, dann in den Saum seines T-Shirts. Sie gleiten wie von selbst darunter. Ich fühle seine Haut – heiß und weich. Er holt scharf Luft, als meine Finger über seine Bauchmuskeln streicheln.

»Paige«, flüstert er.

Meine Hände wandern wieder zum Saum seines T-Shirts. Einen kurzen Augenblick sehen wir uns in die Augen. *Alles, was du willst*, scheinen sie zu sagen.

Ich schiebe sein Shirt hoch, er zieht es über den Kopf und lässt es zu Boden fallen.

Er ist über mir und ich setze mich auf, lege meine Hände sanft auf seine Schultern und lasse sie über seine Arme gleiten.

Ich spüre, wie sich sein Bizeps bewegt, sich die harten Muskeln unter seiner Haut anspannen. Er ist so wunderschön. Ich möchte es ihm sagen. Ich möchte ihm tausend Dinge sagen.

Seine Hände liegen wieder an meinem Hals. Er berührt jeden Zentimeter nackte Haut, was nicht viel ist, denn dieser Bademantel ist ungefähr so groß wie Texas.

Ich ziehe an dem Gürtel um die Taille und plötzlich legt Jordan seine Hände auf meine. Er sieht mir in die Augen und ich weiß, was dieser Blick mich fragen will, aber ich schlinge ihm nur die Arme um den Hals und küsse ihn, dabei löst sich der Bademantel und Jordan öffnet ihn sanft, streift ihn von meinen Schultern, bis er um mich herum auf dem Bett ausgebreitet ist.

Ich bin völlig nackt und sobald der Bademantel neben mir liegt, habe ich das dringende Bedürfnis, mich zu bedecken. Aber Jordan lässt es nicht zu. »Nicht«, sagt er. »Ich möchte dich gern anschauen.«

Er nimmt meine Hand fest in seine und legt sie auf sein Gesicht, dann streichelt er meinen Rücken. Das Gefühl seiner Finger auf meiner nackten Haut sorgt dafür, dass ich mich zitternd an ihn drücke. Ich presse meine Lippen auf seine Schläfe und mit einem Mal ist der Bademantel vergessen, liegt irgendwo auf den Laken, unsere Haut berührt sich.

Jordan fährt mir mit der Hand durch die Haare. Er rückt ein winziges Stück von mir ab. »Du bist so unglaublich schön«, sagt er. Ich spüre seinen Blick auf mir, er lässt meinen ganzen Körper erröten. Da ich nicht weiß, was ich erwidern soll, beuge ich mich vor und küsse ihn.

Es fühlt sich so wundervoll an. Unsere Adern sind wie elektrische Leitungen. Ich möchte ihn überall berühren und ich weiß, ihm geht es genauso, unsere Hände können sich gar nicht schnell genug bewegen. Ich streichle über seine Haut, staune, wie sein Atem stockt und fließt, je nachdem, wo ich ihn berühre. Es ist wundervoll, dass ich das bei ihm auslösen kann. Es ist berauschend, schwerelos. Es gibt mir ein Gefühl von Macht, das ich noch nie zuvor gespürt habe.

Ich schiebe meine Finger in den Bund seiner Jeans, er umklammert meine Hüften und stöhnt an meiner Schulter.

Ich bekomme keine Luft. Ich zerre an der Schnalle seines Gürtels. Ich möchte alles entfernen, was uns noch voneinander trennt.

Er hebt den Kopf, unsere Blicke begegnen sich. Meine Hände liegen noch immer auf seinen Hüften. »Ich will ...«, setze ich an. Ich spüre, wie sich sein Körper über mir anspannt, und dann berührt er meine Wange, streicht mit dem Daumen über sie.

»Sag mir«, flüstert er. Seine Stimme klingt gepresst. »Sag mir, was du willst.«

Alles. Ich will alles. Ich will mit ihm dorthin gehen, wo ich noch nie mit jemandem war. Ich will die Augen schließen und ihn einfach spüren. Mit ihm zusammen sein. Ich wünsche mir, dass wir eine Nacht lang die beiden einzigen Menschen auf der Welt sind.

Aber dann schwebt sie herein – die dunkle Wolke der Realität. Ich sehe, wie sie zuerst mein, dann sein Gesicht verdeckt, und schließlich sind wir beide im Schatten. Wir sind nicht allein. Wir sind nicht die beiden einzigen Menschen auf der Welt.

Fotos, auf denen wir uns kaum berührt haben, haben unser Leben ins Schleudern gebracht. Ich weiß, in diesem Moment ist niemand hier. Ich weiß, dass es nur wir beide sind. Aber morgen wird das anders sein. Morgen werden Rayner und Jessica und dann L. A. und Sandy und Greg da sein – dieses ganze Universum, in dem wir nicht allein sind. Nicht sein können.

»Ich will dich«, sage ich. »Sehr sogar. Das sollst du wissen.« Ich streiche mit der Hand über seine Stirn. Ich möchte nicht sagen, was als Nächstes kommt: »Aber wir dürfen es nicht tun.«

Jordan setzt sich auf. Er zieht mich an sich. »Nein«, sagt er. Er schüttelt den Kopf. »Paige, ich – was ich da gesagt habe, dass ich dich vergessen muss? Ich habe mich geirrt.«

Ich schließe die Augen. Ich spüre die Tränen kommen und dränge sie zurück. »Hast du nicht«, erwidere ich.

Er hebt mein Kinn und küsst mich sanft auf die Lippen. Ich öffne die Augen und sehe in seine – sie sind dunkel, tief und voller Intensität. Ich kann den Blick nicht abwenden, als er sagt: »Ich wollte bloß diese eine Nacht.«

»Ich weiß«, flüstere ich. »Aber wenn du hierbleibst und wir weitermachen, was wird dann morgen sein?«

»Es ist mir egal, was morgen ist.« Seine schwarzen Augen schauen in meine und sie sind so schön, so voller Schmerz, dass ich losheulen möchte.

Ich küsse seine Stirn. Seine Wange. Seine Schläfe. »Ist es nicht«, flüstere ich. »Es würde alles nur noch schlimmer machen.«

»Wie viel schlimmer kann es denn noch werden?«, fragt er. Sein Gesicht wird rot und einen Moment habe ich Angst. Ich sehe hilflose Wut aufsteigen und dann verschwinden. »Die Welt hasst mich. Alle denken, ich hätte das Traumpaar auseinandergebracht – und vielleicht war es ja auch so. Ich wollte

Rayner etwas beweisen, seine Freundschaft zurückgewinnen, aber ich bin es einfach leid. Ich bin es leid, ihn und dich und vor allem mich selbst zu belügen. Denn die Wahrheit ist, dass wir schon seit sehr, sehr langer Zeit keine Freunde mehr sind. Was wir damals hatten, als wir Brüder waren? Das ist ewig her. Es wird nie wieder so sein. Es ist zu viel passiert.«

»Aber das lässt sich doch alles wieder geradebiegen«, protestiere ich. Ich weiß, wie viel sie einander früher bedeutet haben. Diese Art Liebe hört nicht einfach auf.

Jordan nimmt meine Hände. »Es wird nie so werden, wie du es dir wünschst, denn wir werden dich immer beide wollen.«

Ich denke an Rayners Worte. *Ich glaube nicht, dass du verwirrt bist, Paige. Ich glaube, dass du einfach egoistisch bist.*

»Es ist meine Schuld«, sage ich. »Ich habe dich angerufen. Ich habe ihn betrogen. Du hast versucht, dich von mir fernzuhalten, und ich habe nur ... Du hattest Recht, als du meintest, wir bräuchten Zeit. Wir sollten uns diese Zeit nehmen.«

»Nein«, sagt Jordan heftig und entschieden. »Ich habe dir ein anderes Zimmer geben lassen. Ich bin heute Abend hergekommen. Keine Zeit der Welt wird das in Ordnung bringen, und das will ich auch gar nicht. Ich will nicht, dass es aufhört. Paige, verstehst du nicht? Ich liebe dich.«

Liebe. Fünf Buchstaben. Zwei Silben. Es ist das Wort, das ich seit jenem Tag am Strand von ihm hören wollte. Vielleicht sogar seit unserer ersten Begegnung. Ich hatte es mir so sehr gewünscht, dass ich nicht einmal gewagt habe, davon zu träumen. Ich hatte mir jeden Gedanken verboten, wie es sich anfühlen würde, es aus seinem Mund zu hören, weil es so aussah, als würde es nie geschehen. Als dürfe es nie geschehen.

Ich will ihm antworten. Ihm ohne Hintergedanken sagen, dass ich dasselbe fühle, da klingelt es an der Tür. Ich sehe ängstlich hoch und taste nach dem Bademantel, um mich wieder anzuziehen. Mein erster Gedanke ist: Rayner.

Ich sage nichts, aber Jordan bleibt liegen. Ich gehe zur Tür, hole tief Luft und öffne sie.

Es ist bloß der Page. Meine Koffer. Die gottverdammten Koffer. Ich halte die Tür auf, als er sie hereinträgt und in der Ankleide abstellt, die vom Flur abgeht.

Ich nehme einen Geldschein aus meinem Portemonnaie auf der Minibar, den ich ihm in die Hand drücke. »Vielen Dank«, sage ich.

Die Tür schließt sich und ich höre Jordan aus der Dunkelheit hinter mir kommen. Ich atme aus und drehe mich um. Die Lichter vom Fenster tauchen sein Gesicht in Schatten, seine Augen sind nicht zu erkennen. Ich möchte auf ihn zugehen, seine Hand nehmen und ihn ins Licht ziehen. Ich möchte genau dort weitermachen, wo wir aufgehört haben. Ihm sagen, dass ich ihn auch liebe. Denn natürlich tue ich das.

Aber dieser letzte Moment ist wie ein Eimer kaltes Wasser direkt ins Gesicht – *wach auf* – und mir wird etwas klar. Mir wird klar, was ich für ihn fühle. Liebe, ja, aber auch noch etwas anderes. Verantwortung. Ich möchte ihm helfen – das wollte ich immer. Genau wie Rayner mir immer hatte helfen wollen.

Als Jordan zum ersten Mal an den Set kam, wollte ich die Situation angenehmer machen. Zuerst für Rayner, aber dann für Jordan. Ich wollte ihn verstehen. Danach wollte ich ihn vor meinen Gefühlen für Rayner beschützen. Ich wollte das Berühmtsein einfacher für ihn machen, seine Vergangenheit weniger schmerzlich. Ich wollte die Arme um ihn schlingen und alles besser machen. Aber ich kann es nicht. Weil ich ihn nicht im Licht sehen darf. Ich darf nicht *mit* ihm im Licht gesehen werden. Und er braucht jemanden, mit dem das geht.

»Jordan –«, setze ich an, aber er schüttelt nur den Kopf.

»Nicht«, sagt er.

Ich bemühe mich, gefasst zu klingen. Ich spüre meinen Herzschlag in den Ohren. »Jordan, du kannst dir überhaupt nicht vorstellen, wie viel mir das bedeutet.«

»Aber du fühlst nicht dasselbe.«

Ich starre ihn mit offenem Mund an. »Meinst du das ernst?«

Er hat sein Shirt wieder angezogen und ich spüre, wie sich bei dem Gedanken, wie nah wir uns noch vor wenigen Minuten gewesen sind, mein Magen zusammenzieht.

»Jordan, das Problem besteht nicht darin, dass ich dich nicht liebe. Sondern darin, wie ich mit der Tatsache umgehe, *dass* ich es tue.«

Wir schweigen für einen Moment. Ich spüre, wie die Distanz zwischen uns immer größer wird. Denn das ist nicht alles, was mir auf der Zunge liegt. »Ich habe das Gefühl, dass wir uns seit dem ersten Moment quälen. Und ich wünsche das keinem von uns. Siehst du, was dabei herausgekommen ist? Rayner und du –«

»Darüber musst du hinwegkommen«, sagt Jordan. Er klingt beinahe wütend. Er presst die Kiefer aufeinander. »Mein Verhältnis zu Rayner ist nicht dein Problem.«

»Doch«, sage ich. »Ist es. Du bist mir wichtig und ich weiß, dass ihr euch wichtig seid.«

»Paige«, sagt Jordan, sein Ton wird etwas sanfter. »Überlass es Rayner und mir, uns Gedanken darüber zu machen.«

»Und was ist mit mir?«, frage ich. »Es tut mir leid, wenn das egoistisch klingt, Jordan, aber die Tatsache, dass ich euch beide verletze, fühlt sich nicht gerade toll an. Ich komme mir die ganze Zeit schrecklich vor.«

»Die letzten Wochen waren hart«, sagt Jordan. »Diese Klatschzeitungen sind teuflisch. Ich habe dir gesagt, dass sie sich lauter Lügen ausdenken werden.«

»Aber sie haben sich das nicht ausgedacht!« Mittlerweile schreie ich fast, Jordan redet nicht weiter und sieht mich überrascht an. »Klar, diese Bilder bedeuteten nicht das, wonach sie aussahen, aber, Jordan, es war Liebe. Es war nicht in Ordnung. Die Presse hatte Recht.«

Jordan schüttelt den Kopf. »Weißt du, was du da sagst?«

»Ich behaupte nicht, dass es richtig war, uns zu verfolgen. Aber ich versuche die Tatsache anzuerkennen, dass es so ist. Wir leben nicht in einer Welt, in der wir einfach fühlen können, was wir fühlen wollen, und handeln können, wie wir handeln wollen, ohne dass es Konsequenzen hat.«

»Ich bin bereit, die Konsequenzen zu tragen«, sagt Jordan.

»Ich nicht.«

Ich gehe einen Schritt auf ihn zu, sein Gesicht ist nicht länger im Schatten. Ich sehe, wie erschöpft er ist. Unter seinen geröteten Augen sind dunkle Ringe.

»Keiner gewinnt dabei«, sage ich leise.

Jordan steht reglos vor mir. »Und das ist dein letztes Wort?«

Ich schiebe die Hände in die Taschen des Bademantels. »Ja«, sage ich. »Das ist mein letztes Wort.«

Jordan schaut mich ungläubig an. Aber dann wandelt sich sein Gesichtsausdruck. Ich sehe den Jordan, den ich auf Maui kennengelernt habe – den harten und verschlossenen Jordan. Es bricht mir das Herz. »Wenn das dein Wunsch ist«, sagt er.

Ich will ihm sagen, dass es nicht mein Wunsch ist. Wie könnte es mein Wunsch sein? Was ich mir wünsche, ist auf ihn zuzugehen und wieder von ihm in den Arm genommen zu werden. Ich wünsche mir, ich wäre zuerst ihm begegnet. Ich wünsche mir, dass Rayner und Jordan nicht so wichtig für mich – und füreinander – wären. Aber nichts davon stimmt mit der Realität überein.

»Ich werde nach Hause fliegen«, sagt Jordan. »Ich kann hier nicht bleiben.«

»Wir haben noch zwei Tage. Was soll ich den Leuten erzählen?«

Jordan fährt sich mit der Hand über die Stirn. »Denk dir was aus«, sagt er. »Du scheinst in letzter Zeit ziemlich gut im Ausredenerfinden zu sein.« Die Kälte seiner Worte lässt mich den Bademantel fester um mich ziehen.

Er kommt auf mich zu. Ich muss meine ganze Selbstbeherrschung aufbieten, um mich nicht von der Stelle zu rühren. Ich weiß, wenn ich ihn wieder spüre, werde ich nicht Nein sagen können.

Aber er bleibt nicht stehen. Er geht an mir vorbei und durch die Tür.

Ich höre sie hinter ihm zufallen. Stille. Ich blicke auf die zehn Koffer in der Ankleide. Das zerwühlte Bett. Und dann lasse ich mich auf den Boden sinken. Ich lege den Kopf auf die Knie und nicht zum ersten Mal in letzter Zeit breche ich in Tränen aus.

KAPITEL 13

Die nächsten beiden Tage laufen okay. Das ist alles, was ich momentan sagen kann: okay. Nicht schlimm, nicht toll, nicht irgendwas. Einfach okay. Dumpf vielleicht. Rayners Laune scheint sich langsam zu bessern, vielleicht weil Jordan nicht mehr da ist. Jessica verbringt auf meinen Wunsch hin sehr viel Zeit mit ihm. Er schleppt sie zu allen möglichen Touren und Shows. Wir absolvieren noch zwei weitere Auftritte und geben mehrere Interviews.

Niemand scheint sich großartig Gedanken über Jordans Abwesenheit zu machen, andererseits ist auch keine unserer Managerinnen hier. Irgendetwas sagt mir, dass Tawny und Sandy es nicht auf die leichte Schulter nehmen würden, dass er sich einfach aus dem Staub gemacht hat.

Erst auf dem Rückflug reden Rayner und ich ernsthaft miteinander. Ich bin überrascht, als ich sehe, dass er zu mir herüberkommt und sich auf den Platz neben mir setzt.

»Ich muss dich etwas fragen«, sagt er, die Hände auf den Knien. »Warum ist Jordan abgereist?«

Ich schließe die Augen. Ich habe kaum die Kraft zu lügen. Nicht nach den letzten Tagen. »Hab ich dir doch schon gesagt, irgendeine Familienangelegenheit oder so. Ich weiß es nicht genau.«

Rayner seufzt. »Hör zu, ich versuche, dich auf diplomatische, nicht bescheuerte Art und Weise zu fragen, was zwischen euch beiden läuft.«

Ich schüttle den Kopf. »Willst du das wirklich wissen?«

»Ja. Ich hätte gern, dass du mir die Wahrheit sagst.«

»Dann frag mich.«

»Seid ihr zusammen?«

Ich fahre mir mit der Hand über die Stirn. »Nein.«

»Okay.« Die Erleichterung in seiner Stimme lässt mich zusammenzucken.

Ich schaue ihn an. Er sieht mich aufmerksam an. »Aber ...«

»Ja?«, sagt er und schluckt.

»Wir wären es vielleicht, wenn ich nicht solche Angst hätte, dich zu verlieren.«

Rayner nimmt es zur Kenntnis. »Das ist so unfair«, sagt er. Aber es klingt nicht bitter, nur bedauernd.

»Ich weiß«, erwidere ich und schiebe die Hände zwischen die Knie.

»Können wir uns einfach darauf einigen«, sagt er, »dass wir nichts tun werden und keine neue Beziehung mit jemand anderem anfangen, bevor wir das zwischen uns geklärt haben?«

Seine Augen sind hell und klar. Ich möchte mich so gern in ihnen sehen. »Ja«, sage ich. »Das können wir.«

Wir fliegen durch den Tag. Ich schlafe immer wieder ein. Jessica und Rayner sehen sich Filme an. Kurz vor Mitternacht landen wir in Los Angeles. Da wir mit einer Linienmaschine nach Hause geflogen sind, müssen wir uns mit den Fotografen draußen herumschlagen.

Jessica geht voraus, um sich zu vergewissern, dass die Wagen warten. Als wir das Flugzeug verlassen, zieht mich Rayner beiseite. »Was willst du tun?«, fragt er.

Ich schiebe eine lose Haarsträhne unter mein Basecap zurück. Die anderen Passagiere starren uns im Vorbeigehen an. »Wie meinst du das?«

Rayner holt Luft. »Willst du, dass wir zusammen rausgehen?«

Ich schaue ihn an. Sein Gesicht ist offen, entspannt. Keine Mütze oder Sonnenbrille. Er bietet sich mir als Schutz an. Will ich das annehmen?

»Es wird die Sache einfacher machen, wenn du meine Hand hältst«, sagt er.

Er streckt sie mir entgegen. Ich bin erschöpft und würde sie am liebsten nehmen. Mich von ihm durch die Fotografen hindurchführen lassen. Diese eine simple Geste würde das katastrophale öffentliche Bild geraderücken. Wieder vereint. Welcher Skandal um einen Seitensprung? Das liegt alles hinter uns. Wir haben eine solide Beziehung. Werft doch Steine nach uns, wenn ihr wollt.

Aber ich kann es nicht tun. Ich bin nicht einmal sicher, warum er es mir anbietet. Ist es, weil er mich schützen möchte oder weil er uns der Öffentlichkeit weiter als Paar präsentieren will? Es macht keinen Unterschied, ich muss sein Angebot ablehnen.

Ich schüttle den Kopf. »Wir müssen das jeder für uns durchstehen«, sage ich.

Rayner nickt einmal. Kurz angebunden. Und dann geht er vor mir her.

Natürlich warten sie alle, als wir die Rolltreppe hinunterkommen. Sie schreien uns indiskrete Fragen entgegen.

»Rayner! Haben Sie mit Ihrer untreuen Freundin schon Schluss gemacht?«

»Paige! Wo ist Ihr Liebhaber, Jordan?«

Aber ich gehe hoch erhobenen Hauptes an ihnen vorbei. Ich antworte nicht. Ich denke einfach an die drei Minuten. Es sind immer nur drei Minuten. Und genau so ist es auch diesmal.

Früher dachte ich, sich zu Wort zu melden, seine Meinung zu sagen, sei das Wirkungsvollste, was man tun kann – auszusprechen, was man denkt und fühlt. Aber allmählich lerne ich, dass die wirkliche Macht in dem liegt, was man *nicht* ausspricht. Über dem Bedürfnis zu stehen, etwas klarzustellen oder sich zu entschuldigen, bedeutet Macht. Einfach man selbst zu sein, ohne dass irgendeine Erklärung nötig ist.

Die Fotografen sind nicht die Einzigen, die uns nach der Landung begrüßen. Auch viele Fans sind da. Sie halten Transparente und Porträts hoch. »Können wir ein Bild machen?«, fragen drei Mädchen, sie sind ein paar Jahre jünger als ich.

»Klar«, sage ich.

Wir stellen uns zusammen und jemand macht ein Foto mit dem iPhone. Danach posiere ich mit dem Mädchen, das fotografiert hat, und eines der anderen revanchiert sich. »Wir lieben dich«, sagen die Mädchen. »Wir halten zu dir, egal was passiert.« Ich weiß, sie sind Fremde. Sie kennen weder mich noch Rayner noch Jordan, aber als ich ihnen danke, geht es mir trotzdem einfach gut. Ich habe das Gefühl, dass sie es ehrlich meinen. Vielleicht ergötzen sich nicht alle an dem Drama zwischen uns. Vielleicht möchten uns manche wirklich glücklich sehen.

Sandy erwartet mich in ihrer Limousine. Trotz der Kamerablitze kann ich erkennen, dass sie mich anlächelt. »Hey, PG«, sagt sie. »Rate mal!«

Ich halte den Kopf gesenkt. »Will ich es wissen?«

Wir fahren los und ich lasse mich gegen die Rückenlehne fallen. »Oh ja«, sagt sie. »Das willst du.« Auf ihrem Gesicht liegt ein verschmitztes Lächeln, sie schürzt die Lippen. »Du bist morgen zum Vorsprechen für *Closer to Heaven* eingeladen. Fox ist beteiligt und ich glaube, das und dein demonstratives Zusammenhalten mit den Jungs in letzter Zeit ...« Ihr Lächeln wird breiter. »Sie haben ihre Meinung über dich geändert.«

Ich richte mich sofort auf. »Wirklich?«

»Wirklich. Amanda hat es geschafft. Es ist keine Garantie, aber ich denke, du hast eine gute Chance.«

»Das ist genial.«

»Genial, aber noch nicht alles. Wir müssen uns trotzdem immer noch hinsetzen und einen ernsthaften Blick auf die Drehbücher werfen, die Amanda geschickt hat.«

Ich schließe die Augen und fange schon an, mir Gedanken zu machen, wie ich die Sache morgen für mich entscheiden könnte. »Einverstanden«, sage ich. »Wann immer du möchtest. Mach mit mir, was du willst. Ich mache alles mit.«

»Du machst nicht alles mit«, sagt Sandy. »Und deshalb wirst du eine tolle Schauspielerin werden. Aber wir müssen alle Opfer bringen.«

»Das verstehe ich«, sage ich.

Sandy klopft mir auf die Schulter. »Du schaffst das schon, Paige.«

Am nächsten Morgen wache ich auf, als es gerade zu dämmern beginnt. Ich wohne wieder in dem Apartment in Beverly Hills. Als wir von der ersten Pressetour nach L. A. zurückkamen, habe ich dort weder übernachtet noch einen Fuß hineingesetzt, aber jetzt hat Sandy es für mich putzen und den Kühlschrank auffüllen lassen. »Ich dachte mir, vielleicht möchtest du die Wahl haben«, erklärte sie mir im Auto. Ich weiß, dass Rayner, während ich in Malibu war, wieder in das Haus in Bel Air gezogen ist. Sandy lag richtig mit ihrer Vermutung.

Es war merkwürdig, allein dort zu sein. Nach der Pressetour hatte ich solche Angst davor gehabt. Ich wollte die ganze Zeit mit Rayner zusammen sein. Der Gedanke, mich allein in diesem Apartment aufzuhalten, gab mir das Gefühl, ebenso gut auf dem Walk of Fame stehen zu können und jeden vorbeikommenden Fremden einzuladen. Aber nun fühlt sich nach Hause zu kommen, meine Ruhe zu haben und allein im Bett zu schlafen nicht wie eine Strafe an. Sondern gut. Es fühlt sich genau richtig an, hier und allein zu sein.

Ich gehe die Post durch, die sich in meiner Abwesenheit angesammelt hat. Einige Rechnungen, Zeitschriften, die ich sofort in den Müll werfe, eine Einladung zum Probedinner für Joannas schnell näher rückende Hochzeit. Beim Anblick der rosaroten Schnörkel muss ich lachen. Ihr armer zukünftiger Ehemann hat schon jetzt nichts mehr zu melden.

Ich gehe mit meiner Kaffeetasse nach draußen und setze

mich auf einen Liegestuhl auf der Terrasse. Es ist kühl, wenn die Sonne noch so niedrig steht. Ich streife mir die Kapuze meines Sweatshirts über den Kopf, ziehe die Knie an die Brust und halte mein Gesicht in den Kaffeedampf.

Mein Telefon klingelt. Ich hole es aus der Tasche und lächle, als ich Alexis' Namen auf dem Display blinken sehe. »Es ist halb sieben morgens«, sage ich, als ich drangehe.

»Und ich habe bereits meditiert, Yoga gemacht und einen grünen Smoothie getrunken. Was hast du für diesen Morgen vorzuweisen?«

Ich lache. »Was gibt's denn?«

»Ich hab dich gestern Abend verpasst. Wo bist du?«

»In dem Apartment in Beverly Hills«, sage ich.

»Oh, da bist du ja tief gesunken«, sagt Alexis. »Aber ich verstehe dich. Georgina und Blake kommen für ein paar Wochen nach Malibu, ich ziehe auch wieder nach Hause.« Sie schweigt einen Moment. »Und Jordan und ich haben uns getrennt«, sagt sie.

»Getrennt?«

»*Für die Öffentlichkeit*, was sonst. Ich habe eine Erklärung abgegeben, dass es freundschaftlich verlief. Man wird vermutlich denken, dass es etwas mit dir zu tun hat, aber es ist genug Zeit vergangen, dass es nicht zu schlimm werden sollte.«

»Wow«, sage ich, und nachdem ich Luft geholt habe, frage ich, was ich gerne wissen würde. »Alexis ... gibt es da jemanden, mit dem du wirklich zusammen sein möchtest?«

Alexis räuspert sich. »Weißt du, ich will einfach nur anfangen, die Lügen zu reduzieren.«

»Ja, verstehe.« Ich denke an Rayner und mich im Flugzeug.

Es mag momentan schwierig sein, aber in mancher Hinsicht ist es besser. Zumindest sind wir endlich ehrlich zueinander. »Ich bin stolz auf dich«, sage ich. Der Spruch kommt mir albern vor, aber es stimmt. Ich fühle plötzlich eine überschwängliche Zuneigung für Alexis.

Sie lacht. »Du bist so schrecklich amerikanisch«, sagt sie. »Total sentimental. Egal. Ich muss los. Ich hab ein Meeting mit den Leuten von *Do Something*. Hab ich erzählt, dass ich bei ihrer neuen Anti-Mobbing-Kampagne mitmache?«

Do Something ist eine der größten Jugendorganisationen des Landes. Sie decken jedes soziale Thema ab und ich weiß, dass Alexis sich ziemlich ins Zeug gelegt hat, um eine wichtigere Rolle bei ihnen zu spielen.

»Das ist toll!«, sage ich. »Glückwunsch. Sie können von Glück sagen, dass sie dich haben.« Ich nehme mir vor, Jake eine E-Mail darüber zu schreiben. Vielleicht kann sie ihm helfen, ein größeres Netzwerk für seine eigenen Umweltaktivitäten aufzubauen.

»Ich werde eine Menge Schulbesuche organisieren und Veranstaltungen und sie sogar beraten. Ich finde es total aufregend.«

»Das ist echt super, Alexis.«

»Danke. Übrigens, fahr an den Strand, wenn dir danach ist. Es soll ein superschöner Tag werden. Das muss man ausnutzen.«

»Ich kann nicht«, sage ich und lächle innerlich. »Ich habe einen Vorsprechtermin.«

»Ah! Halt mich auf dem Laufenden, Süße!«, sagt sie und beendet das Gespräch.

Ich trinke meinen Kaffee aus und ziehe mich an. Ich wähle ein weißes Spitzenoberteil und Jeans. Ich föhne meine Haare, hole eines der Schminkkästchen aus meinen Koffern und trage Mascara und eine dünne Schicht Lipgloss auf.

Um halb neun steige ich in den Mietwagen und fahre los. Auf der Straße warten einige Paparazzi und machen Fotos, aber es kümmert mich nicht weiter. Heute bin ich zu aufgeregt, um mir darüber Gedanken zu machen.

Ich rufe Sandy aus dem Wagen an. »Frag nach James Santiago«, sagt sie. »Du wirst natürlich erwartet. Und achte darauf, dass du durch das Galaxy Gate hineinfährst. Das Gelände kann einen verwirren.«

»Danke.«

»Ich wünsch dir viel Erfolg!«, sagt Sandy.

»Das nehme ich dir nicht ganz ab.«

»Hey«, sagt Sandy. »Ich will, was du willst.«

Studioareale sind in der Tat verwirrend. Ich finde das Galaxy Gate, aber erst nach ungefähr zweieinhalb verkehrswidrigen 180-Grad-Wendungen, und bis ich endlich einen Parkplatz sehe, bin ich mein gefühltes halbes Leben im Kreis herumgefahren.

Ich habe zwar irgendeinen VIP-Ausweis, aber die VIP-Parkplätze sind unauffindbar und schließlich lande ich in einem Parkhaus, das so groß ist wie meine ehemalige Highschool.

Ich nehme einen Filzstift aus der Ablage und schreibe mir die Parkplatznummer auf die Innenseite meines Handgelenks, dann fahre ich mit dem Aufzug ins Erdgeschoss. Irgendwann stehe ich draußen auf einer Rasenfläche mit ein paar Tischen. Auf einer Seite ist ein Café, aus dem Leute mit Kaffeebechern herauskommen.

Einige blicken auf, konzentrieren sich dann aber wieder auf ihre Unterhaltungen oder Telefongespräche. Das ist das Schöne an Hollywood – sobald man auf dem Studiogelände ist, interessiert es niemanden mehr, ob man berühmt ist.

Ich frage ein Mädchen mit einem Stapel Drehbücher nach dem Weg zur Suite 400 und sie bietet mir an, mich hinzubringen. Sie heißt Ireeka und trotz ihres Namensschildes stellt sie sich vor. Sie ist klein, ihr braunes Haar ist im Nacken zu einem Dutt zusammengesteckt. »Erstaunlich, dass du allein hier bist«, sagt sie im Gehen.

Ich zucke die Achseln. »Die Leute denken immer, sobald man berühmt wird, kann man nicht mehr alleine laufen.«

Ireeka zieht eine Augenbraue hoch. »Du etwa nicht?«

Ich muss lachen. Das ist gut, denn je näher wir Suite 400 kommen, umso mehr steigt meine Nervosität.

»Was machst du hier?«, will Ireeka wissen. Sie bedeutet mir mit dem Arm, dass ich links abbiegen muss.

»Vorsprechtermin.«

»Das musst du immer noch machen?«

»Manchmal«, sage ich. »Wenn sie einen nicht für die Rolle geeignet finden.«

Ireeka verdreht die Augen. Sie bleibt vor einem Bürogebäude stehen, das wie eines dieser transportablen Holzhäuser aussieht – lang und flach. »Suite 400«, sagt sie. »Hier ist es.«

Als ich mich umdrehe und die Stufen hinaufsteigen will, hält Ireeka mich an. »Ich finde, du hast Talent«, sagt sie. »Ich meine, *Locked* war nicht so meins, aber du hast deine Sache gut gemacht.«

Ich lache. »War das ein Kompliment?«

Sie zuckt die Achseln. »Du bist Schauspielerin«, sagt sie. »Zeig ihnen, dass du weißt, wie man in die Haut von jemand anderem schlüpft.«

Sie winkt mir leicht zu und hält ein vorbeifahrendes Golfmobil an. »Tony, nimmst du mich mit?«

Ich wende mich von ihr ab und ziehe die Tür auf.

Zwei junge Assistenten begrüßen mich, sie sitzen vor zwei gegenüberliegenden Büros. Die Türen stehen offen. Aus einem der Büros kommt ein Ball geflogen; einer der Assistenten fängt ihn und wirft ihn wieder hinein.

An den Wänden hängen Poster von Filmen, die ich mag. *Damals und heute* und eines von meinem Lieblingsfilm vor ein paar Jahren: *Perfekt ist jetzt.*

»Paige«, begrüßt mich die Assistentin, die gerade keinen Ball wirft. »Da bist du ja.«

Sie steht auf und läuft um ihren Schreibtisch herum.

Sie trägt einen Minirock, Leggings und Cowboystiefel. »Kiernan, hör endlich auf damit!«

»Paige ist hier!«, ruft Kiernan. Er grinst mich mit einem schiefen Lächeln an. »Können wir dir etwas anbieten? Wasser? Kaffee? Wodka?«

Ich blicke von dem Mädchen zu ihm. »Er macht Scherze«, sagt sie. »An Wochentagen trinken wir nur Tequila. Wir sind schließlich Profis.«

»Mehr oder weniger.« Das muss James sein, er kommt aus seinem Büro. Er ist jünger, als ich erwartet habe – wahrscheinlich so um die dreißig. Er trägt Jeans und ein *Zurück in die Zukunft*-Shirt. »Paige Townsen«, sagt er. »Schön, dass du hier bist.«

Er streckt mir die Hand entgegen. Die Geste ist herzlich und freundlich. »Wir sitzen alle in meinem Büro. Komm rein.«

»Gern«, sage ich.

Ich gehe an Kiernan vorbei und folge James in sein Büro. Es ist klein und die Stimmung ist wie draußen. Auf seiner Couch sitzen drei Leute – eine Frau und zwei Männer. Einer von ihnen hat die Füße auf den Couchtisch gelegt. Alle sind lässig gekleidet und nippen an Starbucks-Bechern. Als wir hereinkommen, heben sie den Kopf.

»Hallo, das ist Paige Townsen«, sagt James. »Paige, und das hier sind Billy Zack, unser Regisseur, Carl Cohen, mein Co-Producer, und das hier ist Irina Tell, die Frau, die das Drehbuch geschrieben hat, von dem du, wie wir gehört haben, total begeistert bist.«

»Es ist eine großartige Story«, sage ich.

Irina lächelt. »Freut mich, dass sie dir gefällt. Setz dich doch.«

James zieht den Drehstuhl hinter seinem Schreibtisch hervor und bedeutet mir, Platz zu nehmen. Alles ist so locker, als wäre es keine große Sache, und fast vergesse ich, warum ich eigentlich da bin.

Billy spricht als Erster. Er ist groß und drahtig und hat schwarze Haare und kleine blaue Augen. »Ich weiß, dass du dich ganz schön ins Zeug legen musstest, um hier vorzusprechen«, sagt Billy. »Das wissen wir zu schätzen.«

Carl und James nicken.

»Das Entscheidende an dieser Figur ist, dass es sich bei ihr um ein ziemlich kaputtes Mädchen handelt. Wir reden hier von Kindesmissbrauch, Vernachlässigung. Das ist harter

Stoff. Ich will damit nicht sagen, dass du das nicht draufhast, aber sagen wir mal so: Es wäre für dich ein Bruch mit der Tradition.«

»Ich bin bereit für eine neue Herausforderung«, sage ich. »Ich möchte Projekte machen, an denen mein Herz hängt; nur deshalb bin ich überhaupt Schauspielerin geworden.«

Carl und James wechseln einen Blick. Irina schreibt etwas auf. »Bitte«, rede ich weiter. »Ich weiß, das klingt wie die absolute Klischeeantwort, aber so ist es nicht. Euch ist vielleicht nicht bewusst, dass mein Management gar nicht will, dass ich hier bin.«

Billy lacht. »Das ist, ehrlich gesagt, ein überzeugendes Argument.«

»Ich habe mich in dieses Drehbuch verliebt. Es ist ganz anders als alles, was ich bisher gelesen habe. Auf dem Schreibtisch meiner Agentin liegen Stapel von« – ich schaue die Gruppe an – »*Zeugs* und nichts davon ist auch nur annähernd so gut wie dieses Drehbuch.«

Billy schaut Irina an. »Es ist wirklich ein ziemlich geniales Script.«

»Oh, danke.«

»Und ich weiß, wenn ihr mir eine Chance gebt, bin ich die ideale Besetzung. Auch wenn ihr das vielleicht noch nicht so seht, ich schon. Ich verspreche es. Ich bin diejenige, die ihr sucht.«

»Warum liest du uns nicht ein bisschen was vor?«, fragt Irina. Ich kann nicht einschätzen, ob sie von meinem Gefühlsausbruch beeindruckt oder peinlich berührt ist.

James nickt. »Deshalb sitzen wir ja hier.«

Er gibt mir ein Drehbuch, aber ich schüttle den Kopf. »Ich habe es auswendig gelernt«, sage ich. »Nennt mir einfach eine Szene.«

James scheint beeindruckt. »Billy?«

»Gehen wir mitten rein in die Geschichte«, sagt er. »Wie wäre es mit der Szene, als sie zum ersten Mal vor Publikum auftritt?«

Ich verkneife mir ein Lächeln. Ich hatte gehofft, dass sie diese Szene auswählen würden. Es ist eine von denen, die ich am besten kenne.

Ich stehe auf und recke den Hals. Und dann fange ich an.

Mein letztes Vorsprechen war für *Locked.* Ich erinnere mich noch, wie ich damals in den Raum gegangen bin – er war so viel größer als dieser hier. Voller Casting-Direktoren und Produzenten und Rayner. Ich denke daran, wie sehr ich bei diesem Vorsprechen auf ihn angewiesen war. Es ging nicht darum, wie ich spiele. Sondern um uns. Um die Chemie zwischen uns. Die Art, wie wir in einer Szene zusammenfinden können. Ich weiß, dass ich die Rolle nur bekommen habe, weil er mein Partner war, aber erst jetzt, als ich den Text für Billy und Carl und James und Irina spreche, wird mir bewusst, wie sehr mich das ausgebremst hat. Wenn ich die Rolle wegen Rayner bekommen habe, heißt das, ich hätte sie allein nicht bekommen und dass ich auf mich gestellt vielleicht keine besonders gute Schauspielerin bin. Und es ist diese latente Angst – eine Angst, die ich überwinden muss –, die mich spielen lässt. Ich weiß jetzt, warum diese Rolle so wichtig ist. Ich darf nicht einfach wieder etwas in den Schoß gelegt bekommen. Ich muss es mir verdienen. Ich muss mir diese Rolle verdienen.

»Das war klasse«, sagt Irina, als ich fertig bin. »Du hast wirklich Talent.«

Ich lasse all die Luft heraus, die ich angehalten habe.

Billy nickt. »Du wirst dich noch mit Susan treffen müssen.«

»Der Studiochefin«, erklärt James, bevor ich nachfragen kann.

»Aber du bist eine tolle Entdeckung«, sagt Carl. Er nimmt die Füße vom Couchtisch. »Wir wollen dir nichts vorlügen – es sind im Moment noch drei andere Schauspielerinnen im Rennen, an denen das Studio großes Interesse hat. Du hast also Konkurrenz.«

Ich nicke. »Davon bin ich ausgegangen«, sage ich. Ich glaube, ich verberge meine Enttäuschung nicht sehr gekonnt.

»Aber wir finden dich super«, sagt James. »Darüber brauchst du dir keinen Kopf zu machen.«

Billy steht auf und nimmt meine Hand. Sein Griff ist kräftig, als er sie schüttelt. »Wir sehen dich dann mit Susan wieder«, sagt er.

Irina und Carl strecken mir ebenfalls die Hände entgegen. »Tolle Leistung.«

James begleitet mich hinaus zu den Assistenten, die gerade Fangen spielen. »Kann jemand Kaffee holen?«, fragt er sie.

Kiernan blickt auf. »Geht klar.« Er schiebt eine Kreditkarte in seine Gesäßtasche. »Bis bald«, sagt er zu mir und sprintet aus der Tür.

»Er ist noch nicht abgerichtet«, sagt das Mädchen. »Entschuldige.«

James lacht. »Soll dich jemand rausbringen?«

Ich schüttle den Kopf. »Ich finde den Weg.« Ich habe mir gut gemerkt, wie Ireeka gelaufen ist, und ich finde problemlos zum Parkhaus zurück. Aber das ist nicht der Grund, warum ich ablehne. Ich möchte mich noch ein bisschen umsehen, und zwar allein.

James hält mir die Tür auf. »Ich hab ein gutes Gefühl«, sagt er.

»Kann ich das vielleicht schriftlich haben?«

Er lacht. »Leider nicht.« Er klopft mir auf die Schulter. »Wir reden bald.«

Zum Parkhaus geht es nach rechts, aber ich gehe stattdessen nach links. Ich laufe den Weg hinunter, an Trailern und geschäftigen Leuten vorbei. Einige von ihnen schauen zu mir herüber, zwei kommen sogar auf mich zu und bieten mir ihre Hilfe an, aber ich schüttle bloß den Kopf und erkläre ihnen, dass ich den Weg kenne.

Ich lande in New York. Ein Teil des Geländes ist eine Kulisse von Manhattan. Das West Village, nehme ich an, aber ich kenne es bloß aus alten Folgen von *Friends*. Wir waren bei der Pressetour zwar in New York, aber die meiste Zeit habe ich nur das Soho Grand Hotel von innen gesehen und die Sets der Talkshows.

Dieses New York hier besteht aus Brownstones und hübschen mehrstöckigen Altbauten. Und altmodischen Ampeln, die über der Straße hängen.

Ich setze mich auf eine Eingangstreppe und atme aus. Das komplette New York ist gerade mal einen Block lang und im Moment ist niemand hier. Ich wollte damals in New York ausgehen, aber wir hatten nie Zeit und Tawny meinte, es sei zu viel. Dabei habe ich mir nur einen Moment wie diesen gewünscht, um die Stadt in mich aufzusaugen.

Ich weiß, das hier ist nicht das echte New York, nicht mal annähernd, aber es ist wie in diesem Rolling-Stones-Song – man bekommt nicht immer das, was man will, aber manchmal bekommt man das, was man wirklich braucht.

Ich sitze zwanzig Minuten mit den Händen auf den Knien da, dann fängt mein Po an wehzutun. Ich gehe zum Parkhaus zurück, sehe auf meinem Handgelenk nach, wo mein Auto steht, und nehme den Aufzug in den dritten Stock.

Ich rufe Sandy aus dem Wagen an und erzähle ihr, wie es gelaufen ist.

»Und wie geht es jetzt weiter?«, fragt sie, als ich fertig bin.

»Ruf Amanda an«, sage ich. »Ich bin bereit loszulegen.«

KAPITEL 14

Einen Monat später findet die Hochzeit meiner Schwester statt. Irgendwie kommt es so plötzlich und als mich meine Mutter daran erinnert, dass ich mein Ticket buchen muss, habe ich sofort Schuldgefühle. Meine Schwester und ich haben in den letzten Monaten zwar häufiger miteinander geredet, aber ich bin Joannas Trauzeugin und bis auf ein paar Anrufe war ich keine große Hilfe. Weder bei der Planung noch beim Junggesellinnenabschied. Ich habe nicht wie früher Annabelle gehütet, während Joanna und Mom Besorgungen für die Hochzeit erledigten. Nicht mal mein Kleid habe ich selbst bestellt. Das hat Jessica übernommen, um mir einen Gefallen zu tun. Sie hat auch die *Just Like Me*-Puppe besorgt, die ich Annabelle zum Geburtstag schenken werde. Ich muss mehr Zeit mit meiner Familie verbringen, sonst vergisst meine Nichte noch, dass es mich überhaupt gibt.

Zu meiner armseligen Rechtfertigung lässt sich nur vorbringen, dass dieser Monat einfach der Wahnsinn war. Die Vorbereitung für den zweiten *Locked*-Film und Treffen mit ungefähr jedem Studiochef der Filmindustrie. Wir haben in drei Wochen ebenso viele neue Projekte auf die Beine gestellt. Projekte, bei denen Amanda und ich uns einig sind, auch wenn ich ihr zuliebe ein paar Zugeständnisse gemacht habe. Mir schwirrt der Kopf, aber das ist ein gutes Gefühl. Mir ist klar geworden, dass beschäftigt zu sein und nach vorn zu blicken das Wichtigste ist.

Heute fliege ich ohne Rayner nach Portland. Wir hatten eigentlich ausgemacht, dass er mich begleitet, damals, als er, tja, noch mein Freund war. Alexis und Georgina fliegen zu den Upfronts nach New York. Ich bin froh, dass wir die Stadt alle zur gleichen Zeit verlassen. Sie sind mittlerweile meine einzigen Bekannten hier. Rayner habe ich nur ein paarmal gesehen. Er wohnt wieder in dem Haus in Bel Air. Er geht unter Leute. Wir sind vielleicht noch nicht miteinander fertig, aber wir leben trotzdem jeder unser Leben. Wir halten uns an unser Versprechen: Ich sehe ihn nicht mit anderen Mädchen in der Öffentlichkeit und ich habe keinen Kontakt zu Jordan. Ich habe sogar dem Drang widerstanden, ihn auf Google zu stalken. Dabei kommt sowieso nichts Gutes heraus.

»Wie ist deine Schwester so?«, fragt Georgina. Wir essen zu Mittag, in diesem veganen Laden namens Café Gratitude in Hollywood. Jake wäre begeistert, doch ich quäle mich eher stumm durch mein Tempeh.

Tailor ist mitgekommen. Nach dem Abend der MTV Movie Awards habe ich sie besser kennengelernt – wie sich herausgestellt hat, ist sie der Star einer Serie über Dämonen, die *Locked* Konkurrenz macht. Sie ist eine Freundin von Georgina und Alexis findet sie unausstehlich. Ich persönlich halte sie für ziemlich langweilig. Immer muss sie hübsch und makellos sein. Ihre Stylistin sucht sogar die Klamotten aus, die sie im Fitnessstudio trägt.

»Meine Schwester ist ganz okay«, antworte ich. In Wahrheit bin ich nicht sicher, was ich auf die Frage antworten soll. Meine Schwester ist früher egoistisch und distanziert gewesen, aber seit Annabelles Geburt und im Laufe des letzten Jahres hat sie sich verändert. Dass ich jetzt in L. A. bin, scheint uns einander nähergebracht zu haben. Wir sind nicht die besten Freundinnen oder so, aber mittlerweile vermisse ich Joanna sogar ein bisschen; vielleicht sind das aber auch nur übertriebene Schuldgefühle, weil ich nicht zu Hause helfe.

»Ich wünschte, du würdest mitkommen nach New York«, sagt Alexis. »Ich werde mich so langweilen, wenn die hier« – sie verpasst Georgina einen Rippenstoß – »den ganzen Tag bei irgendwelchen Presseterminen ist.«

»Ich war schon mal bei den Upfronts!«, quietscht Tailor. »Die Party vom CW Network war einfach der Hammer.«

»Das findest du nur, weil du an diesem Abend mit Dave Marsh in der Kiste gelandet bist«, erwidert Georgina und zieht ein Gesicht, als würde sie Fisch riechen.

Alexis verdreht die Augen, und zwar nicht gerade unauffällig.

»Meine vorletzten Upfronts«, sagt Georgina. Sie beugt sich zu ihrem Strohhalm und nimmt einen kräftigen Schluck von ihrem Spirulinasaft. Ekelhaft. Sie sieht mich unter ihren Wimpern an. »Dann werde ich die ganze Zeit mit euch hier in L. A. sein.«

Ich erwähne nicht, dass wir schon bald abreisen werden. Die Dreharbeiten fangen drei Wochen nach der Hochzeit an. Drei Wochen, dann sind wir wieder auf Maui. Alle zusammen. Ich. Jordan. Rayner und Alexis – die sich weiterhin aus allem heraushält. Jordan und sie haben sich zwar »getrennt«, aber sie sind immer noch Freunde. Ich frage sie trotzdem nicht über ihn aus. Ich möchte sie nicht in Verlegenheit bringen.

»Was gibt es Neues von *Closer*?«, fragt Alexis.

Ich stoße sie unter dem Tisch mit dem Knie an. Es gab Gerüchte, ich sei für die Rolle im Gespräch, aber ich hatte immer noch kein Treffen mit Susan. Es wird ständig vertagt. James hat mir tausend Mails geschrieben, ich solle »zuversichtlich bleiben« und so weiter. Seitdem habe ich aber keinen Ton mehr gehört.

»Ich weiß es nicht«, sage ich. »Ich hoffe immer noch, dass ich eine Chance habe.«

»Ich habe gehört, dass du dich für dieses Projekt ganz schön reinhängst«, sagt Tailor. »Warum?«

Ich spieße ein Stück Grünkohl auf. »Ich finde es toll.«

»Ihr habt so ein Glück«, sagt Georgina sehnsüchtig. »Wenn ich nicht jedes Jahr an Tausenden Wochenenden drehen müsste –«

»Ach, komm«, sagt Alexis. »Du stehst doch drauf. Hör auf zu jammern.«

»Aber sie hat Recht«, meldet sich Tailor. »Genau aus diesem Grund habe ich es nie mit Fernsehproduktionen versucht.«

»Du hast es nie mit Fernsehen probiert, weil dein erstes Projekt ein Film mit George Clooney war«, sagt Georgina.

Tailor nickt, so nach dem Motto *fairer Einwand.*

Draußen lungern Paparazzi herum. Sie fotografieren uns von der Straße aus. Ich habe mich daran gewöhnt, mit geschlossenem Mund zu kauen. Ich versuche zu lächeln, aber ich weiß, dass es mir nicht immer gelingt. Nach wie vor tauchen jeden

Tag Artikel darüber auf, dass ich an der Trennung von Rayner »zu knabbern« habe. Letzte Woche hat mich ein Fotograf dabei erwischt, als ich niesen musste, was entfernt so aussah, als würde ich weinen, aber mehr brauchen sie nicht.

PAIGE TRAUERT ›RAYGE‹ NACH

Georgina senkt die Stimme und gibt uns ein Zeichen, näher zusammenzurücken. »Es läuft nicht mit Blake«, sagt sie.

Alexis mustert sie. »Wie meinst du das?«

Georgina beißt sich auf die Lippe. Ihre kastanienbraunen Haare fallen ihr ins Gesicht. Ich kann mich des Gefühls nicht erwehren, dass selbst dieses Geständnis gestellt ist. Es wirkt wie eine Szene aus ihrer Show.

»Aber ihr zwei seid so süß zusammen!«, flötet Tailor. Sie ist gerade mit dem Leadsänger dieser britischen Boyband zusammen, deren fünf Mitglieder für mich alle gleich aussehen. Ihre Musik ist allerdings ganz eingängig.

»Er ist zu alt für mich«, sagt sie.

»Er ist auch nicht viel älter als Rayner«, gibt Alexis zu bedenken.

»Und das ist ja auch super gelaufen.« Georgina schaut mich an. »War nicht böse gemeint.«

»Schon klar.«

»Es ist einfach kompliziert«, sagt sie. »Wir wollen unterschiedliche Sachen. Er will zum Beispiel in Atlanta sein und ich hier in Los Angeles.«

»Sind Cassy und Damien in der Show nicht kurz davor, ein Paar zu werden?«, frage ich.

Ich habe fast alle Folgen von *Elsewhere* gesehen und kann gar nicht mehr aufhören. Es ist supersexy. Jede Woche wilde

Knutschszenen. Ich kann mir bildhaft vorstellen, was erst nach der Folge abgehen wird, in der Cassy und Damien tatsächlich Sex miteinander haben.

»Ja«, sagt sie und legt die Gabel ab.

»Ganz schön ätzend«, sage ich. »Aber wenn ihr euch trennt, wie willst du dann solche Szenen mit ihm drehen? Wird das nicht voll komisch?«

Die drei schauen mich an, Alexis mit ungläubigem Blick.

»Was ist?«

»Keine Ahnung«, sagt Georgina und lehnt sich zurück. »Wie wirst *du* das denn machen?«

Alle drei mustern mich mit hochgezogenen Augenbrauen. »Schätzchen«, meint Alexis. »Du hast das Drehbuch des zweiten Teils von *Locked* doch gelesen, oder?«

»Ja.« Erst da dämmert mir, wovon sie reden. Ich war die ganze Zeit so mit den negativen Konsequenzen meiner Beziehung zu Rayner beschäftigt, dass ich mir keine Gedanken gemacht habe, was genau eigentlich im zweiten Buch passiert.

Im zweiten Buch geht es nur um Augustine und Ed. Also um Jordan und mich. Und wie er versucht, sie zurückzugewinnen.

»Mist.«

Alexis lächelt. »Viel Spaß dabei.«

Georgina wirft einen Blick zu Tailor. »Verlieb dich bloß nie in James«, sagt sie und meint damit Tailors Schauspielkollegen.

»Geht nicht«, sagt Tailor und kippt einen Weizengras-Shot hinunter. »Er ist schwul.«

»Aber hat er nicht was mit Lindsay?«, frage ich.

Alexis stochert auf ihrem Teller herum. »Das ist doch nur Show«, flüstert sie.

Georgina legt den Arm um Alexis' Schultern. »Wir sind ganz schön daneben«, sagt sie.

»Heiß und daneben«, verbessert Alexis und lehnt den Kopf an Georginas. Die Geste lässt mich sofort Cassandra vermissen. Dieses schmerzliche Gefühl überkommt mich oft, und jedes Mal gibt es keinen richtigen Anlass. Aber wie kann das sein? Sie ist ja immer noch da, auch wenn ich sie in letzter Zeit auf Abstand gehalten habe. So ist das mit den Menschen, die einem wirklich wichtig sind – sie verschwinden nicht.

»Hat jemand Lust, heute Abend ins Bungalow zu gehen?«, fragt Tailor. »Alessandra hat Geburtstag. Ich glaube, es kommen nur geladene Gäste rein.«

Alexis hebt den Kopf und gähnt. »Keine Zeit. Ich habe Training.« Sie sieht mich an. »Ich kann es immer noch nicht fassen, dass die Dreharbeiten schon bald wieder losgehen.«

»Ich bin so froh, dass du dieses Mal nicht nur ein paar Tage dort sein wirst«, sage ich.

»Strandurlaub!«

»Nicht ganz. Aber du weißt ja, allein dort zu drehen ist schon ziemlich genial.«

Ich werde dieses Mal nicht so lange dort sein, wie ich es mir wünschen würde. Bloß einen Monat, danach fliegen Jordan und ich nach Seattle, wo der Rest des zweiten Films gedreht wird. Rayner und Alexis stoßen immer mal wieder dazu.

»Sollen wir zahlen?«, fragt Georgina. »Ich muss packen.«

»Ich auch«, sage ich. Ich versuche mich zu erinnern, wo meine Schuhe und mein Brautjungfernkleid sind.

»Das habe ich schon hinter mir«, sagt Tailor. Sie winkt dem Kellner, der mit einem leichten Kopfnicken reagiert.

Wir gehen die Treppe hinunter und warten, dass der Parkservice Tailors Wagen vorfährt.

Ich lege das Kinn auf die Brust und verschränke die Arme. Die Paparazzi schreien jeder von uns etwas zu, aber mir fällt auf, dass sie die Kameras nur auf mich richten. Das ist schräg. In dieser Gruppe bin ich also die Berühmteste. Ein Foto von mir bringt mehr Geld als eines von Tailor oder Georgina oder Alexis.

Zum Teil wegen des Skandals, aber vor allem wegen *Locked*. Der Film überstrahlt alles andere. Ich weiß nicht, ob ich Stolz oder Scham empfinden soll. Vermutlich beides.

Tailors Wagen wird vorgefahren, Georgina steigt vorne ein, Alexis und ich hinten.

»Die waren echt penetrant«, meint Tailor, als sie nach links in die Melrose Avenue einbiegt.

»Findest du?«, frage ich. »Das war nichts im Vergleich zu dem, was vor ein paar Wochen los war.«

Alexis drückt meine Schulter. »Sie waren grausam«, sagt sie.

Tailor wirft mir im Rückspiegel ein mitfühlendes Lächeln zu.

»Wann geht dein Flug?«, fragt mich Georgina.

»Um neun«, sage ich. »Ich muss meiner Mutter morgen beim Probedinner helfen. Es findet bei uns statt.«

»Ist dafür nicht traditionell der Bräutigam zuständig?«, fragt Tailor.

»Vermutlich. Aber seit meine Schwester schwanger ist, hat die Familie des Bräutigams kaum ein Wort mit einem von uns geredet.«

»Familien können so krank sein«, kommt mir Georgina zu Hilfe.

Ich denke an den Rechtsstreit, den Rayner gerade mit seinem Vater führt, aber ich weiß nicht mehr, worum es dabei genau geht. In letzter Zeit bin ich über meine Familie ziemlich froh gewesen. Klar, meine Schwester und ich sind total verschieden, und meine Brüder behandeln mich nach wie vor wie einen Fußball, aber wir versuchen zumindest nicht bewusst, uns gegenseitig das Leben zu versauen.

»Würde es dir was ausmachen, mich in Beverly Hills abzusetzen?«, frage ich.

Tailor schüttelt den Kopf. »Kein Problem. Bringt dich jemand zum Flughafen?«

Daran habe ich überhaupt noch nicht gedacht. »Ich werde mir ein Taxi bestellen.«

»Ich schick dir einen Fahrer«, sagt Alexis und nickt mir zu. »Angenehmer und diskreter.«

Als wir vor meinem Haus anhalten, steigt Alexis aus und umarmt mich. »Viel Spaß«, sagt sie.

»Werde ich haben.« Und vielleicht stimmt das sogar. Ich freue mich darauf, wieder in Portland zu sein, und sogar auf meine Schwester. Zum ersten Mal seit langer Zeit bin ich bereit, nach Hause zurückzukehren.

Ob mein Zuhause allerdings für mich bereit ist oder mich überhaupt zur Kenntnis nimmt, ist eine ganz andere Frage. Bei mir würde keiner mitbekommen, wenn mir ein Amboss auf den Kopf fiele. Ehrenwort. Es ist, als wäre ich unsichtbar. In Anbetracht des Medienrummels die letzten Monate ist das aber völlig okay für mich. Meine Mutter und meine Schwester rennen herum, als hätten sie jedes Gramm Speed auf der Welt intus.

Am Samstagmorgen drängen sich zwei Caterer, drei Kellner, zwei Handwerker, sechs Brautjungfern, meine Mutter und zwei ihrer Freundinnen in unserem Haus. Und alle sind in Bewegung.

Die Hochzeit wird im Garten stattfinden, Stühle werden aufgestellt und an der Stelle, wo früher unsere Schaukel stand, wird ein Bogen errichtet – nur aus Gänseblümchen, den Lieblingsblumen meiner Schwester.

Joanna sitzt in ihrem Zimmer und gibt Anweisungen, während eine der Brautjungfern sie frisiert. Das Haar meiner Schwester ist eher blond als rot, aber trotzdem weder das eine noch das andere. Eine andere Freundin schminkt ihr die Augen. Und sie unterhalten sich angeregt über die Flitterwochen. Joanna und Bill fahren für vier Tage ohne Annabelle nach Vancouver – das allererste Mal.

Annabelle ist unten bei meiner Mutter und ich höre sie plappern. Sie redet mittlerweile so viel, es ist unglaublich. Richtige, vollständige Sätze. Es gibt vieles, was ich verpasst habe, weil ich in L. A. war. Annabelle nicht aufwachsen zu sehen, gehört zu den ätzenden Dingen, seit ich nicht mehr in Portland lebe.

»Ich kann nicht glauben, dass du wirklich heiraten wirst!«, quiekt Joannas Freundin Aliyah.

Ich schaue meine Schwester an. Ihre Wangen sind rosig und ihr Lächeln reicht von einem Ohr zum anderen. Sie sieht strahlend aus – schöner, als ich sie je gesehen habe, und mit einem Mal fühle ich mich ihr nah. Es lässt mich an früher denken. Damals, als wir nicht nur Schwestern, sondern auch beste Freundinnen waren. Als ich mir ihre Puppen ausleihen durfte und sie mich selbst wie eine zurechtgemacht hat. Als sie mich in ihrem Bett schlafen ließ und mir Gutenachtgeschichten erzählte. Geschichten über Prinzessinnen in weit entfernten Ländern, über böse Königinnen und schöne, wilde Drachen. Ich weiß noch, wie sie Cassandra und mich herumkommandiert hat, wenn wir drei mit unseren Puppen Kaffeekränzchen gespielt haben.

Ich fühle mich mies wegen des letzten Telefongesprächs mit Cassandra und dass ich sie wegen dieses Klatschartikels im Verdacht habe. Es ist schon schlimm genug, dass ich auf ein halbes Dutzend ihrer Anrufe nicht reagiert habe. Sie wird zur Hochzeit kommen und ich weiß immer noch nicht, was ich zu ihr sagen soll. Und schon gar nicht, *wie viel* ich ihr sagen kann.

Aliyah betrachtet bewundernd ihre Arbeit. »Du siehst wirklich heiß aus«, erklärt sie meiner Schwester.

Joanna nimmt einen Handspiegel und lächelt. »Gut«, sagt sie. Sie schaut zu ihrem Kleid. Es hängt an der Rückseite ihrer Zimmertür. Ein bodenlanges Etwas aus elfenbeinfarbener Spitze. »Hilfst du mir beim Anziehen?«, fragt sie.

Ich reagiere zuerst nicht, weil ich davon ausgehe, dass sie Aliyah meint, aber dann merke ich, dass sie mich ansieht.

»Ich?«

Sie verdreht die Augen. »Ja, du.«

»Was ist mit Mom?«, frage ich.

Joanna schnaubt verärgert. »Wir haben in fünf Minuten den Fototermin. Kannst du an ihrem Hochzeitstag wenigstens diese eine Sache für deine Schwester tun?« Aber sie lächelt mich an und ich erwidere ihr Lächeln.

»Es wäre mir eine Ehre«, sage ich.

Aliyah und die anderen Mädchen verlassen das Zimmer. Es sind nur wir beide und ich versuche, mich daran zu erinnern, wann wir das letzte Mal allein waren, ohne Annabelle oder unsere Eltern oder Brüder. Es ist zu lange her.

Ich nehme das Kleid von der Tür und öffne vorsichtig den Reißverschluss. Ich halte es auf und Joanna steigt hinein, dabei stützt sie sich mit einer Hand auf meine Schulter. Sie schiebt die Arme durch die durchsichtigen Ärmel, dann ziehe ich den Reißverschluss hoch und schließe die winzigen Satinknöpfe vom Nacken bis zur Taille. Sie steht vor dem Spiegel, ich hinter ihr.

»Wow«, sage ich.

Der Gesamteindruck ist umwerfend. Ihre Haare sind zu einem Chignon zusammengesteckt, ein paar Strähnchen fallen ihr ins Gesicht. Ihr Make-up ist dezent – nur zarte Braun- und Rosétöne. Um den Hals trägt sie eine Perlenkette.

Joanna dreht sich vom Spiegel weg und dann tut sie etwas Überraschendes: Sie nimmt meine Hände.

»Das ist der wichtigste Tag in meinem Leben«, sagt sie. »Und ich bin so froh, dass du hier bist.«

»Ich bin auch sehr froh, hier zu sein«, erwidere ich.

Sie drückt meine Hände, dann lässt sie sie los und dreht sich wieder zum Spiegel. Sie nimmt ein Lipgloss aus der Schale mit Make-up und beginnt, es auf die Lippen zu tupfen. »Und ich bin sehr froh, dass du diesen ganzen Pressequatsch nicht mehr an dich heranlässt. Mom meinte, es ginge dir viel besser.«

Ich versuche in dem winzigen Stück Spiegel, das ich sehe, das Rouge auf meinem Gesicht zu verreiben. Aliyah hat mich ebenfalls geschminkt und beim Dunkelrosa ein bisschen tief in den Farbtopf gegriffen.

»Es ist jetzt einfach ein Teil meines Lebens«, sage ich. »Es ist nicht leicht, aber ich versuche, mich nicht ständig davon beeinflussen zu lassen. Ansonsten lande ich irgendwann in der Klapse.« Ich lächle sie an und genieße den Moment von Schwesterlichkeit und Nähe.

Joanna spitzt vor dem Spiegel die Lippen. »Ich bin froh, dass du das so siehst, denn ich möchte dir noch was sagen. Du weißt, dass die Geschichte schon raus war, als ich ihnen das von Jake erzählt habe.«

Ich lasse die Hand sinken. »Wie bitte?«

Joanna dreht sich nicht um, aber ich sehe die Bewegung ihrer Augen im Spiegel.

»Joanna«, rede ich weiter. »Was genau willst du mir sagen?«

Joanna gibt ein Schnauben von sich, dreht sich um und rafft ihr Kleid zusammen. »Du brauchst mir jetzt nicht auf die hochnäsige Tour zu kommen«, sagt sie. »Wir haben leider nicht alle Millionen auf dem Konto. Von den zehntausend Dollar konnten deine Nichte und ich hier ausziehen.«

»Du hast Geld dafür bekommen? Von den Klatschzeitungen?« Ich höre meine Stimme kaum, so laut pocht das Blut in meinen Ohren. »Du warst es also. Du hast mich hintergangen.«

»Mach nicht so ein Drama draus«, fährt mich Joanna an und dreht sich wieder zum Spiegel. Sie zieht die Lippenstifthülse ab. Ich habe das heftige Bedürfnis, ihn ihr aus der Hand zu reißen und auf ihrem weißen Kleid zu verschmieren. »Sie hatten schon die Fotos von dir und Jordan. Ich habe mir nichts dabei gedacht.«

»Natürlich nicht«, sage ich. »Das tust du ja nie. Du kapierst immer noch nicht, dass deine Taten Folgen haben.«

»Komm mir nicht mit Folgen«, sagt Joanna. »Du hast doch keinen blassen Schimmer, was Verantwortung ist.« Sie wendet sich zu mir. Ich möchte ihr eine runterhauen oder schreien, aber meine Hände und mein Gesicht sind wie erstarrt.

»Da täuschst du dich«, sage ich.

»Und wennschon«, sagt Joanna. »Ich muss mich jetzt um meine Hochzeit kümmern.«

Mit diesen Worten reißt sie die Tür auf und verschwindet den Flur hinunter.

Ich war so dumm. Meine Schwester war nach der Premiere im Nebenraum und hat alles, was ich Cassandra erzählt habe, mitgehört. Und sie wusste von Jake. Ich verstehe nicht, wie ich je glauben konnte, sie habe sich geändert. Ich verstehe nicht, wie ich auch nur einen Moment denken konnte, sie hätte vielleicht erkannt, dass sich die Welt nicht nur um sie dreht.

Und mit einem Mal habe ich solche Gewissensbisse, dass sogar meine Wut daneben verblasst. Wie konnte ich an Cassandra zweifeln? Ich habe es tatsächlich für möglich gehalten, dass mich meine beste Freundin hintergangen hat.

Ich gehe nach unten. Meine Schwester wird ins Schlafzimmer meiner Eltern geschickt. Die ersten Gäste treffen ein.

Ich werfe einen Blick in den Garten. Verwandte und Freunde meiner Eltern begrüßen mich. Alle wollen mir gratulieren und mich küssen. Ich bin verunsichert. Noch verunsicherter als im Blitzlichtgewitter auf dem roten Teppich. Wo ist Cassandra?

Komisch, dass ich noch vor wenigen Minuten Angst hatte, ihr gegenüberzutreten. Nicht wusste, was ich sagen sollte. Wie ich mit dem Gefühl umgehen sollte, ihr nicht alles sagen zu können, weil ich nicht sicher sein konnte, ob sie es für sich behalten würde. Aber jetzt will ich nur noch mit ihr reden, sie umarmen und alles richtig machen.

»Yo, Patrick!«

Ich drehe mich um und sehe die beiden – Jake und Cassandra. Er trägt einen Anzug, sie ihr gelbes Kleid mit den weißen Tupfen. Sie strahlen eine solche Herzlichkeit und Vertrautheit aus, dass es mir auf der Stelle die Kehle zuschnürt.

Und dann schlinge ich ihnen die Arme um den Hals. »Hoppla«, hustet Cassandra in mein Ohr. »Vorsicht, nicht so stürmisch. Mit was für einem Proteinpulver füttern sie euch denn in Los Angeles?«

Ich trete einen Schritt zurück und schaue sie an – sie lächelt und sieht glücklich aus.

»Hey«, sagt Jake. »Ich fass es nicht, dass deine Schwester heiratet.«

»Annabelle ist fast drei«, sagt Cassandra. »Fass es lieber.«

Ich gehe mit ihnen den Gang zu unseren Plätzen hinunter.

Jake geht bis zum Ende durch, aber Cassandra bleibt stehen.

»Hey ...«, sagt sie vorsichtig.

»Hey, tut mir leid wegen der letzten Wochen. Alles war einfach –«

»Schon gut. Du musst nichts erklären.«

»Doch, muss ich«, sage ich. »Ich will es.«

»Okay, aber zuerst ich.«

Ich lache. Cassandra ist mit den Jahren nicht geduldiger geworden. »Schieß los.«

»Meine Eltern fahren mit mir nach Cabo – endlich! – und eigentlich sollte Jake mitkommen, aber er will in dieser Woche bei einem Projekt von Habitat dabei sein. Ich weiß, du bist total beschäftigt, und vielleicht musst du abreisen –«

»Ich bin dabei.«

Cassandra bleibt mit offenem Mund stehen. »Wirklich?«

»Ja«, sage ich. »Ich kann mir ehrlich nichts Schöneres vorstellen, als eine Woche mit dir am Strand zu liegen.«

»Vier Tage«, verbessert sie mich, aber sie nimmt mich schon in den Arm und quietscht mir ins Ohr: »Wir haben uns so viel zu erzählen.«

»Du kannst dir gar nicht vorstellen, wie viel«, sage ich und halte sie fest.

»Paige!« Als ich mich umdrehe, sehe ich meine Mutter, die mir vom Haus aus zuruft und mich heranwinkt.

»Die Show beginnt«, sage ich.

Cassandra drückt mir einen Kuss auf die Wange. »Du siehst übrigens schauderhaft aus«, sagt sie.

Ich blicke auf mein Kleid. Blauer Taft, der bei jeder Bewegung metallisch schimmert. »Ich denke, genau das war Joannas Absicht.«

Cassandra verdreht die Augen und setzt sich neben Jake, ich gehe zu meiner Mutter. Ich möchte ihr am liebsten alles erzählen. Von Joanna und dieser Story und dem Geld. Aber dann schaue ich sie an. Sie sieht glücklich aus. Richtig glücklich. Glücklicher, als ich meine Mutter seit langer Zeit gesehen habe.

Mein Vater steht vor Joanna. Er flüstert ihr etwas ins Ohr, dann hebt er ihren Schleier an und legt ihn ihr übers Gesicht.

Hinter ihnen rempeln sich meine Brüder an und Aliyah versucht – wenig überraschend – mit beiden zu flirten.

Ich schnappe mir mein Telefon und will gerade die Treppe hochgehen – da spüre ich auf der ersten Stufe den festen Griff meiner Mutter um meinen Arm.

»Was willst du da oben?«

Ich drehe mich um. »Ähm, Haarbürste?«, versuche ich es.

Sie schaut auf meinen Kopf. »Du bleibst hier«, sagt sie. »Wir werden jetzt fotografiert.«

Alle gehen vors Haus. Bill steht mit dem Rücken zu uns in der Auffahrt, Joanna läuft zu ihm und tippt ihm auf die Schulter. Der Fotograf wartet schon und hält den Moment fest, in dem sich Bill umdreht und Joanna in die Arme schließt.

»Der erste Blick«, erklärt mir meine Mutter stolz.

»Wie?«

»So wird es genannt, wenn der Bräutigam die Braut nicht erst sieht, wenn sie den Gang hinunterkommt. Gibt schönere Fotos.«

Bill lässt Joanna los und dann stellen wir uns alle auf den Rasen und lächeln unser strahlendstes Lächeln. Meine Mutter und Joanna geben Anweisungen und der Fotograf schießt ein Bild nach dem anderen.

Meine Schwester hat mich verraten. *Meine Schwester.* Und dann so getan, als wäre nichts dabei. *Ich hab das Geld gebraucht … Wo ist das Problem?*

Das Problem ist: Man sollte seiner Familie eigentlich vertrauen können. Das Problem ist: Wenn man sich der Öffentlichkeit so ausliefert, geht man nicht davon aus, dass sich die eigene Schwester als Erste wie ein Aasgeier auf einen stürzen wird.

Ich habe ihr Geld angeboten. Früher habe ich das ständig getan, mittlerweile lasse ich es, weil sie es sowieso nicht annehmen würde. Sie hat gespottet: »Wofür hältst du mich, einen Sozialfall?« Das waren ihre Worte.

Die Musik setzt ein und mein Vater ergreift die Hand meiner Schwester. »Komm, Schätzchen«, sagt er. »Es ist so weit.«

Wir stellen uns in der vorgeschriebenen Reihenfolge auf. Bills Bruder führt mich den Gang hinunter. Ein pickliger Typ, der aussieht wie zwölf. Als ich meinen Arm durch seinen schiebe, bekommt er einen Hustenanfall.

Wir stehen auf, als sich Joanna und Bill das Eheversprechen geben, meine Mutter und mein Vater und meine Brüder. Joanna gelobt, Bill jeden Tag eine Stunde vor den Mahlzeiten Erdnussbutter und Gelee zu bringen – für den Fall, dass das Essen ungenießbar ist. Bill gelobt, sich nie über ihre Sammlung von Miniseifen zu beklagen und an kalten Morgen immer früher aufzustehen und den Wagen anzulassen. Sie geloben, sich für immer zu lieben und zu ehren. Das sagen sie tatsächlich: *für immer.*

Meine Schwester ist nur ein paar Jahre älter als ich, aber sie hat schon dieses gesetzte Leben. Ein Kind und ein Heim und nun auch einen Ehemann. Ich weiß nicht, warum oder wie, aber Bill willigt ein, den Rest seines Lebens mit ihr zu verbringen. Bis dass der Tod sie scheidet. Alle jubeln.

Sie laufen zu »Here Comes the Sun« den Gang hinunter, danach gehen wir alle ins Haus, um Cocktails zu trinken, während im Garten Tische und Stühle für das Hochzeitsessen aufgebaut werden.

Ich nehme mir ein Glas Sekt und mache mich auf die Suche nach Cassandra und Jake. Joanna und Bill stehen mit meiner Mutter in der Mitte des Raums und verteilen Luftküsse in alle

Richtungen. Sie sind in Hochstimmung – selbst Annabelle strahlt von ihrem Platz im Arm meiner Mutter.

Dann entdecke ich meinen Vater in der Küche. Ich dränge mich an Gästen vorbei und gehe zu ihm. Er macht sich gerade einen Drink – Scotch mit zwei Eiswürfeln – das Übliche.

»Hey, Vater der Braut«, sage ich zu ihm.

Er dreht sich um und lächelt mich an. Er hat Tränen in den Augen. Ich habe meinen Vater noch nie weinen sehen, noch kein einziges Mal. Er ist zurückhaltend. Wenn er seine Liebe zeigen möchte, sagt er immer »wir«. »Wir haben dich lieb.« Niemals »ich«.

»Dad?«

»Eine Allergie«, erklärt er mir.

»Lügner.«

Ich lege ihm die Hand auf die Schulter und lasse mich von ihm in den Arm nehmen. Er küsst mich auf den Scheitel. »Ich bin so stolz auf dich«, sagt er.

Ich trete zurück und schaue ihn an. »Das solltest du Joanna sagen.«

Er lacht. »Ihr Ego ist schon groß genug.«

»Sie hat mich verraten«, sage ich. Die Worte rutschen mir heraus. »An die Klatschzeitungen. Ich hatte Cassandra im Verdacht, aber es war Joanna.«

Mein Vater nickt. »Erzähl es nicht deiner Mutter.«

»Dad, du hast –«

»Ja«, sagt er. Er zieht mich nach hinten in die Küche. »Aber du wirst sie deswegen nicht bloßstellen.«

»Sie bloßstellen?«

»Deine Schwester ist, wie sie ist. Manchmal frage ich mich,

wo sie herkommt, aber ich liebe sie trotzdem. Ich liebe sie genauso sehr wie dich. Sie hat es nicht leicht gehabt und weiß Gott etliche schlechte Entscheidungen getroffen, aber sie weiß, dass es falsch war, was sie getan hat. Es wird nicht wieder vorkommen.«

»Woher willst du das wissen?«

»Weil ich ihr gesagt habe, dass ich ihr wirklich Grund zum Jammern geben werde, wenn sie es noch mal tut.« Ich schaue meinen Vater an. Seine Augen funkeln. »Ich bin besser auf dem Laufenden, als du denkst«, sagt er.

»Es ist nicht fair«, sage ich.

Er zwickt mich in die Wange, so wie früher, als ich noch ein Kind war. »Fair wird überbewertet«, erklärt er mir. Und dann nimmt er seinen Scotch. »Tu deinem alten Herrn einen Gefallen, ja?«, sagt er. »Ich verdrücke mich nach dort hinten.« Er deutet mit dem Ellbogen zum Schlafzimmer. »Gibst du mir ein Alibi?«

»Dad ...«

»Ich glaube, das bist du mir schuldig«, sagt er. »Ich muss mir bloß ein paar Sportergebnisse anschauen.«

Ich lache. »Von mir aus.«

Wir sehen beide zu Joanna inmitten der Gäste. »Sie ist glücklich«, sagt er und als er es tut, wirkt auch er glücklich.

Ich finde Cassandra und Jake auf der Treppe sitzend. Ihre Beine liegen in seinem Schoß, sie redet lebhaft auf ihn ein. Als sie gestikuliert, schwappt Sekt aus ihrem Glas auf den Teppichboden.

»Hey«, sage ich, raffe mein Kleid zusammen und setze mich neben sie.

Cassandra reicht mir ihren Sekt und ich nehme einen Schluck.

»Nette Party«, sagt Jake.

»Meine Schwester hat mich an die Klatschpresse verraten«, sage ich. »Sie hat mir erzählt, dass sie zehntausend dafür bekommen hat.« Ich stelle das Glas auf den Boden.

»Oh Mann«, sagt Jake.

Cassandra sieht nachdenklich aus. »Ich hab den Artikel über dich und Jordan und den hier gesehen –« Sie deutet auf Jake. »Ich hab mir schon so was gedacht.«

Ich schaue sie an und beiße mir auf die Lippe. »Sie hat unser Gespräch belauscht.«

Cassandra nickt. »Ja.«

Ihr ruhiger, fester Blick sagt mir, dass sie Bescheid weiß. Sie weiß, dass ich sie verdächtigt habe. Aber wir brauchen nicht darüber zu reden. Genauso wenig wie ich noch irgendjemandem das mit meiner Schwester zu erzählen brauche. Was geschehen ist, ist geschehen.

»Sie war ja schon immer ziemlich egoistisch«, sagt Jake. »Aber das ist echt das Sahnehäubchen.«

»Apropos Sahnehäubchen«, sagt Cassandra. »Meint ihr, wir können auch mal egoistisch sein und uns vorab ein paar ordentliche Stücke Torte vom Buffet klauen?«

»Anstatt die nächsten zwei Stunden im Garten zu sitzen und auf das glückliche Paar anzustoßen?«

Cassandras Augen funkeln. »Genau«, sagt sie.

»Ich denke, das lässt sich machen.«

Wir stehlen uns ins Wohnzimmer, wo der Hochzeitskuchen aufbewahrt wird. Es ist ein riesiges weißes Monstrum, über und über mit Blumen dekoriert. Ich schneide ein großes Viereck aus der untersten Schicht und stecke die Rosen wieder hinein, um das Loch zu kaschieren. Es klappt nicht ganz – sie werden es vermutlich merken –, aber ich kann nicht behaupten, dass mir das übermäßig leidtut.

Anschließend nehme ich drei Plastikgabeln und führe unsere kleine Prozession auf mein Zimmer. Wir setzen uns auf den Boden und machen uns über die Torte her. Jake findet, dass sie wie Zuckerwatte schmeckt.

»Synthetisch köstlich«, sagt Cassandra.

Ich schnipse etwas Buttercreme in ihre Richtung. Sie wischt sie sich von der Nase und leckt den Finger ab.

»Ekelhaft«, sagt Jake.

»Unglaublich, dass du derart viel raffinierten Zucker zu dir nimmst«, sage ich kauend.

»Genau, mach ihm ein schlechtes Gewissen«, sagt Cassandra und wirft den Kopf zurück. »Dann bleibt mehr für uns.«

Jake umfasst Cassandras Gesicht und gibt ihr einen dicken, zuckersüßen Kuss. Es bringt mich zum Lachen. Es ist komisch, dass es überhaupt nicht komisch ist. Es wäre viel seltsamer, wenn sie sich trennen würden.

Cassandra schubst Jake weg. »Was wollen wir machen?«, fragt sie.

Ich lege meine Gabel auf den Teller. »Wollen wir was spielen? *Chutes and Ladders* vielleicht?«

Als wir drei noch jünger waren, haben wir uns stundenlang mit Brettspielen die Zeit vertrieben. Mit *Monopoly* oder *Candy Land*. *Chutes and Ladders* war immer Cassandras Lieblingsspiel.

Ihre Augen beginnen zu leuchten. »Ja!«, ruft sie. Sie geht an meinen Schrank, den sie gut kennt, stellt sich auf die Zehenspitzen und holt die Schachtel vom obersten Brett herunter. Der Deckel ist verstaubt, aber darin liegen, unverändert, unsere alten Sachen. Das Regelbuch der *Drei Musketiere*, auch Bob genannt, in Cassandras geschwungener Handschrift geschrieben. Alte Briefe. Ein altes Basecap mit unseren Initialen auf der Innenseite. Fotos, Valentinskarten und unsere Brettspiele.

Cassandra nimmt *Chutes and Ladders* heraus und baut es neben der Torte auf dem Boden auf. »Während ich euch zwei schlage, möchte ich sämtliche Neuigkeiten hören«, sagt sie.

Ich stelle die Figuren ins Startfeld und stöhne. »Sagen wir's mal so, die traurige Tatsache, dass ich gerade absichtlich die Hochzeit meiner Schwester verpasse, ist nichts im Vergleich zu dem Drama in L. A.«

Cassandra schaut zu Jake und dann wieder zu mir. »Was ist passiert?«

Ich hole tief Luft und die nächste Stunde erzähle ich ihnen alles. Über die Nacht der Awards, die Trennung, Jordan und mich in Tokio. Wie schrecklich ich mir sowohl Jordan als auch Rayner gegenüber vorkomme, wie leid es mir um ihre Freundschaft tut. Es ist ein so gutes Gefühl, endlich alles herauszulassen, jede Einzelheit.

»Es ist wirklich zu blöd, dass deine Schwester unten gerade ihre Hochzeit feiert«, sagt Cassandra, als ich innehalte, um weiter Torte zu essen. »Denn diese Story bringt bestimmt weit mehr als zehntausend.«

Jake verpasst ihr einen Rippenstoß. »Was Cassandra damit sagen will: Geht's dir einigermaßen gut?«

Ich schaue ihn an. Das wurde ich ständig gefragt. Aber aus

Jakes Mund klingt es zum ersten Mal so, als wolle jemand wirklich eine ehrliche Antwort. Also gebe ich sie ihm.

»Ich weiß es nicht«, sage ich. »Ich versuche gerade herauszufinden, wie meine neue Normalität aussehen könnte. Ich denke die ganze Zeit, dass sich die Antwort irgendwann ergibt, aber jedes Mal, wenn ich glaube, jetzt ist es so weit, kommt wieder etwas Neues dazu und ich stehe wieder ganz am Anfang.«

»Und Rayner und Jordan?«

»Nein«, sage ich und schüttle den Kopf. »Es geht nicht um sie, sondern um mich. Manchmal weiß ich einfach kaum noch, wer ich bin. Ich weiß nicht, wem ich glauben soll.«

»Uns«, sagt Cassandra, ohne jeden Sarkasmus.

»Und vor allem dir selbst«, sagt Jake und wirft einen Blick zu Cassandra. »Man kann vieles gleichzeitig sein.« Jakes Blick wandert zu mir. »Du kannst das Mädchen aus Portland sein und der Filmstar. Das Leben ist nicht statisch – es ist in ständiger Bewegung. Schau dir doch bloß uns drei an. Früher haben du und ich rumgeknutscht.«

»Jake!«, sage ich. Ich schaue verstohlen zu Cassandra; sie hält die Hand vor den Mund und kneift die Augen zusammen. Sie lacht.

»War so«, sagt er. »Und es ist kein Problem für uns. Aber das konnten wir damals nicht ahnen.«

»Worauf willst du hinaus?«

»Dass sich das Leben ändert und es für nichts eine Garantie gibt. Manchmal kann man nur das tun, was einen gerade glücklich macht, genau in diesem Moment.«

»Aber was, wenn das, was mich gerade glücklich macht,

dafür sorgt, dass es mir auf lange Sicht mies geht? Woher soll ich das wissen?«

»Kannst du nicht«, sagt Jake. »Man weiß nie, was kommt. Ich gehe jede Woche zu einer Demo. Ich hoffe, dass es irgendwann dazu führt, die weltweite Umweltverschmutzung aufzuhalten und gentechnisch modifizierte Organismen zu verbieten, aber ich tue es nicht für irgendwann in der Zukunft, sondern für heute. Ich will etwas tun und nicht einfach passiv zusehen. Und genau das macht mich glücklich.«

Cassandra hat aufgehört zu lachen. Sie betrachtet Jake mit einer Mischung aus Neugier und Bewunderung, die dafür sorgt, dass ich einen Kloß im Hals spüre.

»Statt dir Sorgen darüber zu machen, was in Zukunft passieren wird, mach dir lieber Gedanken darüber, was du gerade tust. Denn was immer es ist, es scheint dich nicht besonders glücklich zu machen.«

»Seit wann bist du so scharfsinnig?«, frage ich.

Jake lächelt Cassandra an. »Seit ich mit ihr zusammen bin«, sagt er und schaut wieder mich an. »Man kann immer nur versuchen, jeden Tag das Beste zu tun. Den Rest hat man, wie man so schön sagt, nicht in der Hand. Du schuldest der Welt nichts, Paige. Ich weiß, dass du das Gegenteil denkst, aber das ist ein Fehler.«

»Ich habe mich in so vielen Punkten getäuscht«, sage ich. »Ich habe es vermasselt.«

»Willkommen im Club«, sagt Cassandra. »Wir haben alle was vermasselt. Jake und ich hätten dir erzählen sollen, dass wir zusammen sind. Deine Schwester, oh Mann, hätte ihre große Klappe halten sollen.« Sie holt mit dem Arm aus. Der endgültige Schlussstrich. »Und Rayner und Jordan hätten nicht alles Mögliche zwischen ihre Freundschaft kommen lassen sollen.« Ich öffne den Mund, um etwas zu erwidern, aber Cassandra hält die Hand hoch. »Aber das lässt sich nicht ändern. Man kann nur versuchen, damit klarzukommen, wie Jake sagte, heute.«

»Heute.«

»Ja«, sagt Cassandra. »Heute. Also, was willst du damit jetzt tun?«

Ich atme aus. »Ehrlich gesagt«, sage ich. »Ich habe Lust, mit meinen besten Freunden zu tanzen.«

Cassandra lacht und zieht die Nase kraus. »Das lässt sich einrichten. Komm.«

Sie zieht Jake und mich hoch. Unten essen wir etwas und dann fängt die Band an, alte Songs zu spielen – von den Supremes und Michael Jackson –, und wir gehen auf die Tanzfläche. Jake wirbelt uns beide herum und so verbringen wir den Rest des Abends – glücklich und satt und schwindlig. Zusammen.

KAPITEL 15

»Paige? Hörst du mich?«

Sandys Stimme kommt aus dem Telefon, noch bevor ich die Augen vollständig geöffnet habe. Mir dreht sich der Kopf von dem ganzen Sekt und Zucker gestern Abend. Wir können auch nicht vor vier Uhr morgens im Bett gewesen sein. Cassandra liegt wie eine Katze eingerollt neben mir; ich hebe vorsichtig den Kopf vom Kissen und halte das Telefon ans Ohr.

»Alles in Ordnung?«

»Ich weiß, dass du diese Woche zu Hause verbringen wolltest«, sagt sie. »Aber du musst nach L. A. zurückkommen. Alfonso möchte sich mit dir treffen und der Zeitplan ist superknapp.«

Alfonso ist unser neuer Regisseur. Es hat sich bewahrheitet: Wyatt gibt den Film ab. Ich habe gehört, dass Alfonso strikt nach Vorlage arbeitet. Es gibt verbindliche Regeln, in den Szenen kommt nichts vor, was nicht im Drehbuch steht. Ich bin nervös.

»Jetzt?«

»Heute.«

Ich blicke mich im Zimmer um – das verstreute Spiel, überall Kleidungsstücke. Jake schläft in meinem Sessel.

»Wann?«

»Wir buchen dich auf den Flug um drei«, sagt Sandy.

»Was ist mit Jordan und Rayner?«

Sandy schweigt einen Moment. »Ich weiß nicht, wie ihr drei gerade zueinander steht, aber mein Rat wäre, das so bald wie möglich in Ordnung zu bringen. Alfonso wird es nicht auf die leichte Schulter nehmen. Wyatt wäre da nicht anders gewesen. Ihr wart früher befreundet, oder?«

Ich fahre mit der Hand durch meine wirren Haare. Freunde. »Ja«, antworte ich.

»Na ja, das ist vielleicht eine ganz gute Basis«, sagt Sandy. »Pack deine Sachen und fahr zum Flughafen.«

Mir kommt ein Gedanke. *Closer to Heaven.* »Gibt es schon etwas Neues vom *Closer*-Vorsprechen?«, frage ich sie.

Sandy seufzt. »Ich glaube, Billy hat sich aus dem Projekt zurückgezogen«, sagt sie. »Ich kenne den Stand der Dinge nicht. Wir werden abwarten müssen.«

»Ich will das Projekt nicht verlieren.«

»Alles hat seinen Preis, Schätzchen. Im Moment heißt das, deinen schnuckligen Hintern rechtzeitig zum Flughafen zu bewegen.«

Wir beenden das Gespräch und Cassandra regt sich. »Was ist denn?«, fragt sie. Sie dreht sich zu mir und schaut auf den Wecker. »Es ist acht Uhr morgens.«

»Ich weiß«, flüstere ich. »Aber ich muss heute nach L.A. zurück.«

Cassandra setzt sich auf. Sie reibt sich die Augen. »Heute? Aber du wolltest doch die Woche hierbleiben. Wir wollten nach Nob Hill.«

Ich setze mich neben sie. »Ich weiß, aber ich muss mich mit dem neuen Regisseur treffen.«

»Wie ätzend.«

Ich nicke. Jake schnarcht im Sessel, aber er öffnet die Augen nicht.

»Sehr romantisch«, sagt Cassandra.

»Hey, du bist mit mir im Bett gelandet.«

Sie lächelt ein träges, schläfriges Lächeln. »Ich habe dich doch gerade erst zurückgekriegt«, sagt sie.

»Ich weiß. Kannst du mich besuchen kommen?«

»Ja. Aber dieses Mal ist Jake nicht eingeladen. Das wird ein Mädchending.«

»Auf jeden Fall. Und wir haben immer noch Mexiko«, sage ich.

Cassandra schiebt die Decke weg und streckt sich. »Ich würde es verstehen, wenn du es nicht schaffst.«

»Niemals. Versprochen. Ich bin dabei. Der Film kann warten.« Aber schon in dem Moment, in dem ich es sage, wissen wir beide, dass es nicht stimmt. Der Film kann nicht warten. Ich kann keine solchen Versprechen geben. Nicht im Moment. Vielleicht nie mehr.

Cassandra fasst mich an den Schultern. »Hör zu«, sagt sie. »Ich weiß, dass wir total unterschiedliche Leben führen. Und sie werden immer unterschiedlicher werden. Aber du darfst niemals denken, dass ich Dinge nicht verstehen kann, nur weil ich nicht weiß, wie es ist.«

Ich will sie umarmen, aber sie springt aus dem Bett. »Putz dir die Zähne«, sagt sie. Sie kniet sich neben Jake und küsst ihn auf die Wange. »Raus aus den Federn!«

Jake bewegt sich und brummt etwas. »Du hast in einer Dreiviertelstunde eine Demo im Pearl District, schöner Mann«, sagt sie. »Der Gemeinschaftsgarten wird sich nicht von selbst retten.«

Jake fährt hoch. Er dreht den Hals hin und her, dann steht er auf und nimmt Cassandras Hand. »Wir müssen los«, sagt er. »Bis demnächst, Pat.«

Ich werfe Cassandra ihr Kleid zu. Sie trägt alte Boxershorts und ein T-Shirt von mir. »Hab dich lieb!«, ruft sie mir über die Schulter zu.

Ich ziehe mich an und gehe nach unten. Joanna und Bill sind gestern Abend abgereist. Meine Eltern sitzen in der Küche und trinken Kaffee.

»Hey«, sage ich.

Meine Mutter blickt auf und zuckt zusammen. »Nicht so laut«, sagt sie.

»Deine Mutter erlebt gerade ihren zweiten Kater in einem Vierteljahrhundert«, sagt mein Vater, erhebt sich und überlässt mir seinen Platz. »Du musst ihr ihre blendende Laune nachsehen.«

Meine Mutter lächelt mich matt an.

»Es war ein schöner Abend«, sage ich zu ihr. »Du hast das großartig organisiert.«

Sie presst eine Hand an die Schläfe. »Ich glaube, es hat ihnen gefallen.«

Mein Vater drückt mir eine Tasse Kaffee in die Hand und küsst meine Mutter auf den Kopf. »Sie fanden es toll«, sagt er.

»Ich habe schlechte Nachrichten«, sage ich.

Meine Eltern schauen mich an. »Ich muss heute Nachmittag nach L. A. zurück, um mich mit Alfonso zu treffen. Ich habe gerade mit Sandy telefoniert.«

Meine Mutter nickt. »Ich weiß – sie hat uns angerufen.«

»Wie?«

»Sandy hat mit *ihrem* Telefon *unser* Telefon angerufen.« Meine Mutter macht Pantomime. »Jeff, sind hier drinnen vierzig Grad oder liegt das bloß an mir?«

Mein Vater kichert und steht auf, vermutlich, um auf dem Thermostat nachzusehen oder Eiswasser zu holen.

»Sie ruft dich an?«

»Natürlich ruft sie mich an«, sagt Mom. »Ich bin deine Mutter.«

»Ich wusste nicht, dass ihr telefoniert.«

Meine Mutter streckt die Hand aus und streicht zärtlich über meine Wange. »Wegen der Sache mit dem Zurück-nach-Hause-Kommen: Das habe ich bloß gesagt, weil ich dich manchmal gern hier hätte, wo ich dich beschützen kann. Es ist einfach schwieriger, wenn du unterwegs bist –« Sie macht eine ausladende Handbewegung. »Aber ich möchte, dass du etwas weißt: Nur weil ich nicht bei dir bin, heißt das nicht, dass ich nicht alles für dich tue, was in meiner Macht steht.« Sie tippt mir mit dem Zeigefinger auf die Nase. »Egal, wie weit weg du bist, ich bin immer noch deine Mutter.«

Ich erwidere nichts, sondern schmiege mich einfach an sie. »Aua«, sagt sie. »Vorsicht mit meinem Kopf.«

Ich richte mich auf und ziehe eine Augenbraue hoch. »Dann fährt mich vermutlich Dad?«

Meine Mutter lehnt sich zurück und schließt die Augen. »Wehe, wenn er den Motor auch nur laut *anlässt.* Dann lasse ich mich scheiden, so wahr mir Gott helfe.«

Dad setzt mich ab. »Pass auf dich auf«, sagt er.

»Mach ich.«

»Lass dir von niemandem erzählen, wer du bist, okay? Aber das weißt du ja alles. Das hat dir deine Mutter schließlich beigebracht.«

Ich lächle ihn an. »Du hast deinen Job auch nicht übel gemacht.«

»Vielleicht nicht«, sagt er und drückt mich.

Als ich zum Check-in gehe, winke ich ihm noch einmal zu. Auf dem Flughafen herrscht längst nicht so ein Gedränge wie in L. A. und ich gehe relativ entspannt an Bord. Ein paar Schnappschüsse von Handykameras, aber irgendwann bin ich allein. Ich trage das Basecap, das ich gestern in der *Drei Musketiere*-Schachtel gefunden habe, und ziehe es wie gewohnt über die Augen.

Ich schlafe die ganze Strecke nach Los Angeles. Da Cassandra um sich tritt und Jake schnarcht, war die letzte Nacht alles andere als erholsam. Ich bin erschöpft und wache erst auf, als die Räder auf der Landebahn aufsetzen.

Am nächsten Morgen steht mein Treffen mit Alfonso an. Um acht Uhr holt mich ein Wagen ab. Zu meiner Überraschung und Freude ist Alexis im Studio, als ich ankomme. Sie sitzt gemütlich mit Meredith, einer der Studiochefinnen, im Büro.

»Paige«, begrüßt sie mich. »Es tut mir leid, dass du vorzeitig zurückkommen musstest.«

»Musstest du ja auch«, sage ich. »War Georgina sauer?« Ich denke an ihre gemeinsamen Pläne für die Upfronts.

Alexis verdreht die Augen. »Sie ist wieder auf Wolke sieben mit Blake; sie hat meine Anwesenheit kaum zur Kenntnis genommen, und dass ich abgereist bin, schon gar nicht.« Alexis schlingt ihre Arme um mich. »Außerdem nehme ich an, dass du mich gerade nötiger brauchst als sie.«

»Hey, Paige.« Meredith winkt mir von ihrem Schreibtisch aus zu. Ich löse mich von Alexis.

»Hey, wie geht's?«

Meredith seufzt. »Diese Twiggy hier gibt mir gerade Fitnesstipps. Damit ist alles gesagt, oder?« Sie zwinkert mir zu.

»Das Wichtigste ist immer die Mitte«, sagt Alexis, setzt ihren Akzent noch ein bisschen mehr als sonst ein und hebt ihr hauchdünnes weißes Tanktop.

»Will ich gar nicht sehen«, sage ich. »Ich hatte noch nicht mal Kaffee.«

»Das lässt sich ändern«, sagt Meredith. Sie ruft ihre Assistentin herein, die fünf Minuten später ein paar Starbucks-Becher balancierend zurückkommt.

»Alfonso wartet schon im Konferenzraum«, sagt sie.

Wir nehmen unsere Becher und folgen Meredith den Gang hinunter. Sie öffnet die Tür, ich sehe Alfonso und links und rechts von ihm Jordan und Rayner.

»Paige«, begrüßt mich Alfonso, steht auf und streckt mir die Hand entgegen. »Ich freue mich, dich kennenzulernen. Alexis, dich habe ich, glaube ich, seit *Mountain Rain* nicht mehr gesehen.«

Alexis strahlt.

»Bitte nehmen Sie Platz, meine Damen.«

Wir setzen uns. Ich höre mein Herz klopfen. *Hier geht es um die Arbeit*, rufe ich mir in Erinnerung. *Benimm dich verdammt noch mal wie ein Profi.*

»Ich freue mich, dass wir alle hier sind«, sagt Alfonso. »Ich treffe mich immer gern mit den Leuten, bevor wir an den Drehort fahren. Bloß um ein Gefühl füreinander zu bekommen.« Alfonso faltet die Hände auf dem Tisch. »Ich gehe davon aus, dass die Dynamik in diesem Film eine andere sein wird. Wir haben einen straffen Drehplan. Ich habe gerade den Jungs hier erklärt –« er deutet nach links und rechts –, »dass wir weniger Drehtage haben als beim ersten Mal und mehr Drehorte. Ich verlasse mich darauf, dass ihr am Set alle in Form seid. Und euch voll auf die Arbeit konzentriert.«

Er sieht keinen von uns an, als er das sagt, aber der tiefere Sinn seiner Worte ist jedem von uns klar.

Meredith sitzt neben uns. »Alfonso hat sich überlegt, dass wir, wenn wir schon mal hier sind, einen ersten Lesedurchlauf machen könnten.«

Ich werfe Rayner einen Blick zu. Er sieht mich an und nickt mir leicht zu. »Geht klar von meiner Seite«, sagt er. »Ich habe heute keine Termine.«

»Ja, kein Problem«, sagt Jordan.

Merediths Assistentin teilt Drehbücher aus, danach verlassen die beiden den Raum, und Jordan, Rayner, Alexis und ich sind allein mit Alfonso.

Wir beginnen zu lesen. Ich versetze mich sofort wieder in Augustine. Vielleicht ist es weniger ein In-sich-Hineinversetzen, vielleicht lasse ich sie einfach zu Wort kommen. Vielleicht ist sie jetzt einfach in mir. Früher hatte ich immer das Gefühl, die Rolle nicht verdient zu haben. Augustine zu werden war etwas, das Zeit und Mühe und den Glauben an mich selbst und meine Fähigkeiten erforderte, von denen ich nicht sicher war, ob ich sie überhaupt besaß. Früher glaubte ich immer, sie nicht zu verstehen. Früher dachte ich, es ergäbe keinen Sinn – diese übertriebene Dramatisierung, für wen sie sich entscheidet. Mein Gott, sie ist siebzehn! Aber als ich mit den beiden am Tisch sitze und wir unseren Text lesen, habe ich unwillkürlich das Gefühl, dass es hier gerade um mehr geht als unsere Rollen.

Buch zwei beginnt damit, dass Augustine wieder mit Ed zu Hause ist. Sie versucht, einen Weg für sich zu finden, mit Noah abzuschließen. Ohne ihn zu leben. Ed möchte sie zurückerobern, Maggie ist schwierig und Augustine nicht mehr die, die sie vor der Reise auf die Insel war.

Wir lesen die Szene mit Ed, Augustine und Maggie (Alexis) in Augustines Küche. Augustine beginnt zu ahnen, dass ihr Freund und ihre Schwester etwas miteinander hatten, während sie mit Noah auf der Insel war.

»Mir wird gleich schlecht«, sagt Alexis. Maggie hat Ed und Augustine gerade dabei überrascht, wie sie sich in der Küche geküsst haben.

»Schon mal was von Anklopfen gehört?«, frage ich und blättere um.

Jordan gibt ein Geräusch von sich, das sich zwischen Lachen und Schnauben bewegt. »Hab dich nicht so«, sagt er. »Ich weiß ziemlich genau, dass dein Magen nicht so empfindlich ist.«

»Falls du auf die Sache mit dem Taco anspielst, spare ich mir jeden Kommentar.« Alexis wirft Jordan einen Blick zu.

»Die Sache mit dem Taco?«, frage ich.

Jordan runzelt die Augenbrauen. »Ach, nichts«, antwortet er.

»Erzähl«, fordere ich Alexis auf.

»Es war nichts Wichtiges«, sagt sie. »Wir hatten bloß ein bisschen Spaß. Du weißt schon, Sachen, die wir früher gemacht haben, bevor du –«

»Bevor ich was?«

»Maggie ...« Jordans Stimme hat etwas Warnendes.

»Bevor du zurückgekommen bist und ihn wieder unglücklich gemacht hast«, beendet sie den Satz.

Danach tritt Maggie ab; Alexis lehnt sich auf ihrem Stuhl zurück.

»Hör nicht auf sie«, sagt Jordan zu mir. »Sie versucht bloß, mit der Situation klarzukommen.«

»Genau wie ich.« Ich rede nicht weiter, sondern sehe Jordan an. »Ich habe das Gefühl, dass ich alles vermasselt habe, seit ich wieder hier bin. Darf ich dich etwas fragen?«

»Jederzeit.«

»Warst du glücklicher?«, frage ich. »Also, bevor du mich wiedergefunden hast?«

»Spinnst du?«, fragt Jordan. Er sieht nicht bloß auf sein Script, sondern hin und her, nach oben und unten. Zu mir und auf die Seite. »Ich konnte nicht atmen, als du weg warst. Es war, als hätte mein Leben in diesen anderthalb Monaten einfach aufgehört. Ich hatte nicht mal mehr das *Gefühl*, am Leben zu sein.«

Rayner rutscht neben Jordan auf seinem Stuhl herum.

»Worauf hat Maggie vorhin angespielt?«, frage ich. Ich

fummle am Rand meines Scripts herum und spüre, wie mein Gesicht heiß wird.

»Wir lieben dich alle«, sagt Jordan. »Es ist schwer zu verkraften, einen geliebten Menschen zu verlieren. Sie dachte, sie würde dich nie wieder sehen. Du musst ihr nur Zeit geben, das ist alles. Wir brauchen alle bloß Zeit.«

Wir lesen weiter. Als Meredith den Kopf hereinsteckt, sind wir fast durch.

»Sorry, dass ich euch unterbreche, aber ich brauche Alfonso.«

»In Ordnung, wir sind sowieso fast fertig«, sagt er.

Ich fühle mich orientierungslos, als würde ich gerade aus einem Traum erwachen. Ich blinzle und sehe, dass Jordan mich anschaut.

»Ich habe noch nie eine Besetzung erlebt, bei der die Chemie so gestimmt hat«, erklärt uns Alfonso. »Das nächste Mal sehe ich euch auf Hawaii.«

»Alfonso fliegt morgen«, sagt Meredith und nimmt ihren Kaffeebecher. »Ihr kommt, soweit ich weiß, alle erst übernächste Woche?«

»Ja, bis auf sie«, Jordan deutet auf Alexis.

»Ich muss hierbleiben, um einen *Do Something*-Event zu moderieren«, erklärt Alexis stolz. »Ihr werdet übrigens über Skype dabei sein.« Sie wendet sich zu mir. »Und dir bringe ich später ein T-Shirt vorbei. Ich möchte, dass du ein Foto machst, auf dem du es trägst, und es bei Instagram einstellst.«

»Sie hat keinen Account«, sagt Rayner.

»Klar hat sie einen«, kontert Alexis.

Rayner sieht mich an. Ich zucke die Achseln. »Hat sie eingerichtet«, sage ich. »Ich hab allerdings nur eine dunkle Ahnung, wie es funktioniert.«

»Okay«, sagt Alfonso, er hat offenbar genug von unserem Geplänkel über soziale Netzwerke. »Wir sehen uns bald. Macht euch darauf gefasst zu arbeiten.«

Rayner schüttelt Alfonso die Hand. »Wir freuen uns wirklich darauf.«

»Ganz meine Meinung«, sagt Alexis. Sie erhebt sich ebenfalls.

Alfonso folgt Meredith zur Tür hinaus. »Wir schicken euch einen Wagen«, kündigt sie an. »Ihr könnt aber auch gern bleiben und Mittagessen bestellen. Ella wird euch bei allem behilflich sein.« Sie deutet nach draußen, wo ihre Assistentin sitzt. »Wir sind gespannt!«

Die Tür fällt hinter ihr zu und dann wird es still im Raum.

»Ich überlege gerade, was wir hier klauen könnten«, meldet sich Alexis.

Rayner lacht. »Kein Bargeld jedenfalls. Und das ganze gute Zeug steht im Konferenzraum nebenan.« Er deutet mit dem Daumen in die Richtung.

Ich denke daran, wie oft Rayner schon in diesen Büros war. Wo sein Vater wohl steckt? Ob Rayner ihn im letzten Monat gesehen hat? Es gibt so vieles, was ich von seinem Leben nicht mehr weiß.

»Ich muss los«, sagt Jordan und steht auf. »Wir sehen uns auf Maui.«

Alexis steuert auf die Tür zu. »Kannst du mich mitnehmen? Brit hat mich abgesetzt und den Wagen mitgenommen.« Alexis wirft mir einen Blick zu. »Sorry«, sagt sie. »Wir sind bloß ...«

Ich winke ab. »Ich ruf dich später an«, sage ich.

Jordan hält Alexis die Tür auf, sie verschwinden auf dem Gang und lassen Rayner und mich allein.

»Wollen wir zu Mittag essen?«, fragt er mich.

Mein Magen rumort. Ich habe heute Morgen nicht gefrühstückt und auch gestern Abend nichts gegessen, meine letzte Mahlzeit war ein Tortenrest bei meinen Eltern. Aber das ist in Anbetracht der Tatsache, dass Rayner Zeit mit mir verbringen will, nicht mehr wichtig. Es ist etwas, das er seit den Movie Awards nicht mehr getan hat. »Ja«, sage ich. »Ich sterbe vor Hunger.«

»Dann lass uns gehen.«

Wir verlassen den Konferenzraum, fahren mit dem Aufzug hinunter und laufen zum Parkplatz. Er hält mir die Tür des wohlbekannten Range Rovers auf.

»Worauf hast du Lust?«, fragt er beim Losfahren.

Ich zucke die Achseln. »Irgendwas, wo wir nicht erkannt werden.«

»Alles klar.«

Wir essen im Drive-through von In-N-Out Burger. Rayner wählt einen Cheeseburger mit Salatblättern statt Brötchen und ich nehme dasselbe. Wir einigen uns auf Pommes dazu. »Wir werden sie teilen«, schlage ich vor, als Rayner darauf hinweist, dass wir in wenigen Wochen wieder halb nackt vor der Kamera stehen werden.

Wir essen auf dem Parkplatz. Ich verputze meinen Burger in knapp drei Minuten. Er ist köstlich. Es kommt mir verrückt vor, dass ich während der ganzen Zeit in L. A. noch keinen einzigen gegessen habe.

»Danke, dass du mich vorm Verhungern gerettet hast«, sage ich.

»Keine Ursache.« Er sieht mich an. »Und jetzt nach Hause?«

Ich nicke. Ich würde ihm gern noch etwas anderes sagen. Ihm sagen ... was, genau? Dass es schön ist, mit ihm zusammen zu sein? Dass es mir leidtut? Dass ich hoffe, er wird irgendwann an den Punkt kommen, an dem er mir wieder vertrauen kann?

Schließlich sage ich: »Können wir nach Bel Air fahren und einfach ein bisschen Zeit miteinander verbringen?«

»Ja«, sagt er. »Würde ich gut finden.«

KAPITEL 16

Wir biegen vom Sunset Boulevard ab und fahren die gewundene Straße zum Haus hoch. Als wir durch das Tor und in die Garage rollen, sind nirgendwo Fotografen zu sehen. Rayner läuft um den Wagen, hält mir die Tür auf und hilft mir beim Aussteigen.

Das Haus wirkt unverändert und mir wird warm ums Herz, als ich daran denke, wie wir hier zusammengelebt haben. Ob er Dinge verändert hat, seit ich ausgezogen bin? Ich frage mich, ob er die Möbel im Wohnzimmer umgestellt hat. Doch als ich die Tür öffne, sehe ich, dass alles noch so ist wie früher. Nichts hat sich verändert. Abgesehen von der Tatsache, dass Britney Drake, Rayners Ex, auf seinem Sofa sitzt.

»Was machst du denn hier?«, frage ich unwillkürlich. Meine Augen wandern von Britney, die auf dem Sofa thront, zu Rayner, der hinter mir steht, aber er wirkt ebenso ratlos, wie ich mich fühle.

»Ich dachte, wir könnten heute mal wieder Zeit miteinander verbringen, Rayn.« Sie lässt einen Schlüssel von ihrem Zeigefinger baumeln. »Das Tor stand offen und du bewahrst ihn immer noch unter der Matte auf. Manche Dinge ändern sich anscheinend nie.«

Rayner schließt die Tür und steht mit verschränkten Armen da. »Das ist gerade kein günstiger Zeitpunkt.«

»Also laut Alexis und *der ganzen Welt*«, sagt Britney und verdreht die Augen, »habt ihr zwei euch getrennt. Mein Fehler.«

»Was willst du?«, frage ich sie.

Britney lacht. Ein kindliches, mädchenhaftes Lachen, bei dem sich mein Inneres wie fauliges Obst anfühlt. »Dein Liebster ist mein Freund«, erklärt sie. »Hat er dir nicht erzählt, dass wir uns getroffen haben?«

Ich werfe einen Blick zu Rayner, der unbehaglich von einem Fuß auf den anderen tritt. »Es ist nicht das, was du denkst«, sagt er.

»Oh, nein«, sagt Britney aufgesetzt ernsthaft. »Wir sind einfach nur *Freunde*. Du weißt schon, so wie du und Jordan.«

»Es reicht«, sagt Rayner. »Britney, du solltest besser gehen. Jetzt.«

»Nur noch einen Moment«, sagt Britney und legt die Füße hoch. »Es kommt so selten vor, dass ich Paige mal unter vier Augen sprechen kann.«

Ich schnaube. Rayner läuft auf die Couch zu. »Britney, komm. Nicht jetzt.«

»Doch, ich finde, genau jetzt«, erwidert Britney. »Rayner, es tut mir leid, aber ich denke, deine Freundin hat die Wahrheit verdient.«

»Die Wahrheit worüber?«

»Britney«, sagt Rayner mit zusammengebissenen Zähnen. »Ich bitte dich ein letztes Mal zu gehen.«

Britney geht stumm auf Rayner zu. Sie berührt seine Wange. Meine Augen werden immer größer, Rayners immer schmaler.

»Paige«, sagt Britney, die Hand nach wie vor auf Rayners Wange. »Warum entscheidest nicht du? Möchtest du die wahre Geschichte über Rayner und dich erfahren? Oder soll ich gehen?«

»Wovon redest du?«, frage ich. Meine Stimme zittert. Etwas an Rayners verstörtem Blick sorgt dafür, dass sich meine Füße anfühlen, als hätten sie Wurzeln geschlagen. Ich kann mich nicht von der Stelle rühren.

Britney wendet sich von ihm zu mir. Ihre Bewegungen erinnern mich an einen Puma. Als könne sie sich jeden Augenblick auf mich stürzen. »Es war süß, oder?«, fragt sie. »Wie ihr beide zusammengekommen seid? Er hat sich auf Hawaii in dich verliebt. Der strahlendste aufstrebende Hollywood-Star trunken vor Liebe für irgendein durchschnittliches junges Mädchen.«

»Hör auf!«, brüllt Rayner.

»Worauf willst du hinaus?«, frage ich.

Ihre Augen funkeln. »Hast du dir die Frage nie gestellt?«

»Welche Frage?«

»Ich werde es dir erklären, Schätzchen.« Sie steht fast vor mir. Ich kann ihr Parfüm riechen. Herb süßlich. »Rayner hat sich nicht in dich verliebt. Sein reizender alter Daddy hat ihm befohlen, etwas mit dir anzufangen, und er hat bloß den Befehl ausgeführt.«

Ich lache fast. »Das meinst du nicht ernst.«

Britney erwidert nichts. Sie sieht mich nur starr an.

»Glaubst du wirklich, dass ich dir das abnehme?«

»Er hat dich umworben, bis du Ja gesagt hast, oder?«, fragt Britney. »Merkwürdiges Timing, findest du nicht? Dass er deine Antwort, ob du bei ihm bleiben würdest, genau vor der großen Premiere haben wollte?«

»Wie kannst du …«

Britney streicht sich die Haare glatt. »PG, ich glaube, du bist die Einzige, die nicht Bescheid weiß.«

Ich denke an die ersten Wochen auf Maui. Wie Rayner sofort für mich da war. Wie er sich den ganzen Tag darum gekümmert hat, dass ich mich sicher und glücklich und gut fühlte. Ich denke daran, wie er sich danach um mich bemüht hat. Und ich mir nicht sicher war, ob wir einfach nur Freunde waren, bis er deutlich machte – dass er mit mir zusammen sein wollte.

Aber was, wenn …

Was, wenn Greg vor den Dreharbeiten mit ihm gesprochen hat? Was, wenn er ihm erklärt hat, dass, je mehr Presse ein Paar bekommt, umso besser? Was, wenn er ihm gesagt hat, dass es die Traumwelt von *Locked* glaubhafter machen würde, wenn wir auch im wirklichen Leben zusammen wären?

»Warum erzählst du mir das?«, frage ich.

Britneys Augen funkeln. »Ich an deiner Stelle«, sagt sie, »würde es wissen wollen.«

»Britney«, sagt Rayner. »Geh.«

»Gerne«, erwidert sie und nimmt ihre Handtasche. »Ich überlasse euch zwei eurer Geschichte. Mehr habt ihr ja wohl nicht mehr.«

Als sie weg ist, drehe ich mich zu Rayner. Er starrt zu Boden. »Hat dein Vater …« Ich bekomme die Worte kaum heraus. »Hat dir dein Vater befohlen, etwas mit mir anzufangen?«

Er schüttelt bloß den Kopf.

Ich spüre, wie mein Blutdruck steigt. »Sag es mir«, wiederhole ich. »Du hast mich gebeten, ehrlich zu dir zu sein, und ich war es. Rayner, hat dir dein Vater befohlen, etwas mit mir anzufangen?«

Als er mich ansieht, weiß ich mit herzzerreißender und absoluter Sicherheit die Antwort auf meine Frage.

»Oh, mein Gott«, sage ich. »Die ganze Zeit ...«

Rayner schüttelt erneut den Kopf. Er kommt auf mich zu und will meinen Arm berühren, aber ich schüttle ihn ab. »Scheiße«, sagt er. »Nein. Paige –«

»Doch!«

»Nein. Paige, hör mir zu.«

Ich fühle mich wie jemand anders, als würde ich eine Rolle spielen. Irgendeinen durchgeknallten Filmstar, der in den Hollywood Hills in eine Affäre verwickelt ist. Eigentlich sollte ich in der einen Hand eine Zigarettenspitze halten und in der anderen einen Martini. »Was könntest du noch zu sagen haben?«

Ich kämpfe mich durch den Nebel. Die Bilder von uns auf der Insel. Lange Nächte. Wie wir unseren Text geübt haben. Unser Ausflug nach Paia. Abendessen bei Longhi's. Die Versprechen, die wir uns gegeben haben. Alles war eine Lüge.

»Bitte«, sagt er. »Bitte, lass es mich einfach erklären.« Rayner fährt sich mit der Hand durch die Haare. Er geht noch einen Schritt auf mich zu. Ich weiche einen zurück.

»Ich kann es nicht glauben«, sage ich. »Ich kann nicht –«

»Paige ...« Seine Stimme klingt flehentlich.

»Ich habe dir vertraut«, sage ich. »Ich habe mein Leben nach dir gerichtet. Ich habe mich für dich und nicht für Jordan entschieden.«

An dieser Stelle hält Rayner die Hände hoch. »Mein Gott, muss sich denn immer alles um Jordan drehen?«

»Jordan?« Ich schaue ihn ungläubig an. »Ist das wichtig für dich? War dir das jemals wichtig? Oder hat das zu der ganzen Nummer gehört? Spiel dich ruhig auf wie ein verlassener Liebhaber …« Ich kann nicht weitersprechen. Ich lasse die Arme hängen, meine Hände sind zu Fäusten geballt. »Nach allem, was wir durchgestanden haben. Hast du mich überhaupt –«

»Geliebt? Natürlich liebe ich dich.«

Da ist das Wort wieder: Liebe. Es lässt mich innehalten. Ihn ebenfalls. Wir blicken uns über einen Abgrund hinweg an, der sich gleichzeitig unermesslich groß und unermesslich klein anfühlt. Und ich weiß, dass wir beide dasselbe denken, dass uns beiden klar ist, dass er sich zwischen uns befindet – ob er uns nun zusammenschweißen oder für immer trennen wird.

Rayner lässt sich auf die Couch fallen. Er stützt den Kopf in die Hände. »Setz dich«, sagt er. Ich gehorche.

Er schweigt einen Moment, dann beginnt er zu reden. »Ich mochte dich sofort«, sagt er sanft. »Du warst herzlich und ahnungslos und so naiv. Du warst so rein und ich wollte – ich wollte dein Freund sein. Aber dann –« Er atmet aus. »Dann erklärte mir mein Vater, dass es super für die Filme wäre, wenn wir eine Beziehung hätten. Er hat gesagt, ich solle dich besser kennenlernen und schauen, was ich fühle, mehr nicht.«

Ich rühre mich nicht. Mein Körper fühlt sich an, als hätte er sich in Blei verwandelt.

»Aber dann habe ich dich richtig kennengelernt und –« Er räuspert sich. »Ich habe mich in dich verliebt.«

»Rayner …«

»Es ist die Wahrheit, Paige. Als ich dir auf Maui gesagt habe, dass ich mit dir zusammen sein will, habe ich es ehrlich gemeint.

Es war nicht gespielt. Denk doch mal an alles, was passiert ist. Hältst du das für eine Lüge?«

»Ich weiß nicht, was ich denken soll.« Nichts ist wirklich. Nichts ist das, was es zu sein scheint. Die letzten Monate hatte ich ständig das Gefühl, als müsste ich dafür kämpfen, mehr als nur die Geschichten zu sein, die über mich geschrieben wurden. Aber offenbar kannte ich nicht einmal den wahren Kern meines Lebens.

Rayner war das einzig Beständige, was ich hatte. Der einzige Mensch, auf den ich während dieser ganzen Zeit zählen konnte. Er war das Einzige, was sich wirklich und wahrhaftig real anfühlte. Und jetzt weiß ich, dass alles genauso gespielt war wie unsere Filmfiguren. Verliebt, vor den Augen der Welt. »Ich muss gehen«, sage ich. Ich stehe auf.

»Warte.« Er streckt die Hand nach mir aus. »Bleib. Lass uns darüber reden.«

»Ich will nicht reden«, sage ich und gehe auf die Tür zu. »Ich will einfach nur allein sein.«

Plötzlich fällt mir ein, dass ich ohne Wagen hier bin. Ich stehe in der Tür, Rayner hinter mir. »Ich muss mir ein Taxi rufen«, sage ich.

Ich drehe mich zu Rayner um. Ich erwarte, dass er zu einer weiteren flehentlichen Bitte ansetzen wird, aber offenbar sieht er etwas in meinem Gesicht, das ihn zur Arbeitsfläche gehen und die Schlüssel des Range Rovers aus der Schale herausnehmen lässt. »Nimm den Wagen. Ich lasse ihn morgen von Sandy abholen.«

Ich nehme die Schlüssel wortlos entgegen.

»Paige, es tut mir so leid«, sagt er. »Wenn ich es irgendwie wiedergutmachen kann, werde ich das tun. Bitte sag es mir einfach.«

Ich schaue ihn an. Sein schönes Gesicht ist tränennass. »Ich weiß es nicht«, sage ich. »Das ist das Problem.«

Ich fahre wie benommen nach Hause. Ich parke auf der Rückseite, gehe durch den Garten und schließe die Tür auf. Ich lasse mich aufs Sofa fallen, stütze den Kopf in die Hände. Meine Gedanken drehen sich zu schnell, um noch hinterherzukommen. Ich will gerade nach oben gehen, als ich ein Klopfen am Fenster höre. Als ich durch die Scheibe blicke, sehe ich Jordan auf der anderen Seite winken.

Ich ziehe die Tür auf.

»Alexis hat mich gebeten, dir das vorbeizubringen.« Er hält eine Tüte hoch. Ich gehe einen Schritt auf ihn zu und nehme sie ihm ab. Es ist das *Do Something*-Shirt und ein iPhone. Für Instagram, richtig. »Außerdem ist es ziemlich leicht, in deinen Garten zu kommen. Vielleicht solltest du dich darum kümmern.« Er lächelt mich schief an.

»Ach ja, danke«, sage ich. »Ich hätte es auch abholen können.«

Jordan zuckt mit den Achseln. »Du kennst doch Alexis; Geduld ist nicht gerade ihre Stärke.«

»Ja.«

»Ist ja nicht schlimm. Ich werde mal ... Alles in Ordnung mit dir?« Er mustert mein Gesicht und wirkt mit einem Mal besorgt.

»Alles gut«, erwidere ich. Ich trete einen Schritt zurück, aber Jordan folgt mir ins Haus.

»Du klingst aber nicht so. Was ist los?« Jordan nimmt mir die Tüte aus der Hand und legt sie aufs Sofa. »Rede mit mir.«

Ich schüttle den Kopf. »Rayner hat mich angelogen«, sage ich. »Sein Vater hat ihm befohlen, etwas mit mir anzufangen. Die ganze Sache war inszeniert.«

»Oh Mann«, sagt er. »Wie hast du –«

»Britney hat mir gerade alles erzählt und Rayner hat es bestätigt.« Ich blinzle die Tränen weg. »Nichts davon war echt.«

Jordan sieht mich an. Sein Blick ist zurückhaltend. »Glaubst du das wirklich?«

»Er hat es zugegeben!«

Jordan schüttelt den Kopf. »Dass nichts davon echt war? Komm schon, Paige, er liebt dich. Das wissen wir beide.«

»Du stellst dich auf seine Seite? Jordan, geh einfach.« Ich presse die Hände auf die Augen, in denen Tränen brennen.

Aber Jordan geht nicht. Vielmehr schlingt er die Arme um mich und hält mich fest. Ich vergrabe mein Gesicht in dem kühlen Stoff seines Shirts. Ich atme ihn ein. Er riecht wie immer – nach Erde und Meer. Nach Hawaii. Und dann trifft es mich plötzlich wie ein Schlag. Mein Inneres fühlt sich heiß und stickig an, als mir klar wird: Jordan ist nicht überrascht.

Die vergangenen Monate fügen sich zusammen, als würde jemand einen unordentlichen Raum mit einem Zauberstab wieder in seinen ordnungsgemäßen Zustand versetzen. Mit einem Mal sehr ich alles klar vor mir. Den Streit, den Jordan und Greg vor der Premiere hatten. Dabei ging es genau darum. Jordan wusste, was Greg getan hatte, und sie stritten meinetwegen.

Ich löse mich von ihm. »Du wusstest Bescheid.«

Jordan rührt sich nicht.

»Du wusstest Bescheid und hast es mir nie gesagt.«

»Ich wusste es nicht«, sagt er. »Am Anfang hatte ich den Verdacht. Ich kenne Greg. Aber dann –«

»Hast du eine Vorstellung davon, wie anders dann alles gelaufen wäre? Die Pressekonferenz hätte niemals stattgefunden. Ich hätte mich nicht für Rayner entschieden. Wir hätten zusammen sein können, Jordan.«

Jordan sieht mich an, als hätte ich den Verstand verloren. »Und dann was? Wärst du aus Mangel an Alternativen mit mir zusammen gewesen? Tut mir leid, Paige, wenn das für mich nicht besonders verlockend klingt.«

Ich starre ihn bloß an. »Welche Bedeutung hätte das gehabt, wenn wir zusammen gewesen wären?«

»Diese«, sagt er und hält die Hände hoch. »Ich will nicht deine zweite Wahl sein. Ich will nicht der Typ sein, mit dem du zusammen bist, weil es mit Rayner nicht funktioniert hat. Ich will nicht deine Reserve sein.«

»Du bist nicht –«, setze ich an, kann aber nicht weitersprechen. Es ist alles zu viel. »Ich kann nicht so weitermachen«, sage ich.

Jordan nickt. »Ganz meine Meinung.«

Wir stehen uns mit wütender Miene gegenüber.

»Was in Tokio passiert ist, tut mir leid«, fährt Jordan fort. »Ich hätte dich nicht in eine solche Lage bringen dürfen.«

»Es tut dir leid?«

»Ja«, sagt er. »Tut es.« Er sieht mich an und ich erkenne alles unter seiner Wut – tausend Dinge, die er bedauert und von denen wir nicht wissen, wie wir sie in Ordnung bringen können. »Wir sehen uns am Set«, sagt er. Damit öffnet er die Tür und ist weg.

KAPITEL
17

Die nächsten zwei Wochen bestehen aus unzähligen Besprechungen, Fototerminen und Stunden mit einem Personal Trainer, die ähnlich schmerzhaft sind wie Joannas Wehen. Ich habe kaum Zeit zu schlafen, dann kommt schon der nächste Anruf von Sandy. Alles für *Locked. Closer to Heaven* scheint in weiterer Ferne als je zuvor. Sandy erklärt mir, es sei an der Zeit, es einfach laufen zu lassen und mich auf das zu konzentrieren, was vor uns liegt. Aber wie bei so vielem in meinem Leben stellt sich heraus, dass es leichter gesagt ist als getan.

Am Abend vor meiner Abreise bin ich bei Alexis und sehe ihr dabei zu, wie sie im Wohnzimmer Seidenpapier und Bikinihöschen auf dem Boden verteilt. Sie scheint noch nicht ganz begriffen zu haben, dass wir zwar nach Hawaii fliegen, aber nicht, um Urlaub zu machen. Sie hat für mich eingekauft und nun verlangt sie, dass ich bei ihr packe, damit sie ein Auge auf mich haben kann. »Außerdem«, sagt sie, »musst du mir unbedingt alles mal ausleihen.«

»Siehst du? Ich habe dir doch gesagt, dass du Einzelteile mixen kannst«, sagt sie. Sie hält irgendwas hoch ... Unterteil? Oberteil? Es ist nicht zu erkennen.

»Kaufst du nicht schon genug für *dich* ein?«, frage ich sie. »Warum musst du jetzt auch noch mit *mir* anfangen?«

»Weil du es nicht tust«, erwidert sie.

»Ich wünschte, du würdest morgen mitkommen«, sage ich.

Alexis nickt. »Aber es ist doch bloß eine Woche. Und wir werden uns auf Skype sehen!«

»Stimmt.«

Sie schleudert ein weißes Kleid in den Koffer und wirft die Arme hoch, als sie trifft. »Und dann komme ich, um deine Angsthasenseele aufzupäppeln.«

»Ich bin kein Angsthase«, sage ich und halte einen Schuh mit Keilabsatz hoch.

»Und ob du das bist, Schätzchen.« Sie wirft mir einen komischen Blick zu und beginnt ein paar strassbesetzte Jeans-Hotpants zu falten. »Hast du Lust, heute Abend mitzukommen?«, fragt sie. »Georgina macht ein Barbecue am Strand.«

Ein Essen bei Georgina klingt wie eine gute Idee. Außerdem kann es nicht schaden, ein paar andere Gesichter zu sehen, bevor wir uns zu Liebesdreieck, Teil zwei aufmachen.

»Gern.«

»Großartig. Wir werden grillen. Nur wir und Tailor.« Sie schneidet eine Grimasse.

»Sie ist gar nicht so schlimm«, sage ich.

»Da bin ich anderer Meinung.« Alexis steht auf und geht zu ihrem Schrank. Sie holt ein blaues Kleid heraus. »Ja?«

Ich will gerade ablehnen, als ich höre, wie die Haustür geöffnet wird. Alexis erstarrt von einem Moment zum anderen. »Mist«, sagt sie.

Ich drehe mich um und sehe, worauf sie starrt. Es ist Britney.

Ich bin stinksauer. Sämtliche Gefühle von ihrem Überfall bei Rayner kommen an die Oberfläche. Ich würde am liebsten loskotzen.

»Das ist nicht dein Ernst«, sagt Britney. Sie hat eine Tüte vom Bioladen unterm Arm, die sie auf die Arbeitsfläche stellt.

»Ich dachte, du wolltest dich heute Nachmittag mit Sebastian treffen«, sagt Alexis. »Und kämst später nach Hause.«

Britney lässt mich nicht aus den Augen. »Er hat unsere Stunde vorverlegt.«

Sie trägt von Kopf bis Fuß Sportsachen von Lululemon. Ihre Haare sind zu einem Pferdeschwanz hochgebunden.

»Nach Hause?«, frage ich. »Wohnt sie jetzt hier?«

»Was geht dich das an?«, sagt Britney.

Ich mache eine abwehrende Geste. »Ich verschwinde dann mal.« Ich stehe auf, gehe ins Schlafzimmer und hole die restlichen Einkaufstüten. Alexis läuft mir hinterher.

»Tut mir leid«, sagt sie. »Ich habe nicht erwartet, dass sie so früh zurückkommt. Sie schläft bloß eine Weile bei mir.«

Ich schnappe mir die Tüte von Kitson und stecke einen auf dem Boden herumliegenden Pullover in eine weitere von Reiss. »Kein Problem«, sage ich. »Sie ist deine Freundin.«

»Sie hat im Moment niemand anderen«, fährt Alexis fort. »Sie ist ...«

Ich schaue Alexis an. Ihr Gesichtsausdruck enthält eine Botschaft, aber ich kann sie nicht deuten.

»Das hat sie sich selbst zuzuschreiben«, sage ich und packe weiter. »Du hättest miterleben sollen, wie sie mir das mit Rayner unter die Nase gerieben hat. Sie war *entzückt*. Sie hat sich förmlich daran geweidet, mir eine reinzuwürgen.«

Alexis mustert mich. »Ich weiß, ich weiß. Das hast du mir schon zehn Mal erzählt, trotzdem hat sie eine Menge durchgemacht. Sie ist kein schlechter Mensch. Sie ist –«

Ich nehme die letzte Tüte und werfe das Seidenpapier ein wenig zu aggressiv auf den Boden. »Aber auch kein besonders guter? Tut mir leid, Alexis, aber dieses Mädchen macht allen nur Ärger. Ich verstehe nicht, warum du das nicht siehst.«

»Lass es ruhig raus.«

Als ich aufblicke, sehe ich Britney in der Tür stehen. »Du hast meine Beziehung zerstört«, sage ich. »Ich hoffe, das freut dich.«

»Ich habe überhaupt nichts zerstört«, widerspricht Britney. »Diese Beziehung war schon lange kaputt, bevor ich aufgetaucht bin. Und ich habe dir bloß reinen Wein eingeschenkt.«

Ich lasse die Tüten auf den Boden fallen. »Warum hast du so einen Hass auf mich? Was hab ich dir getan? Es ist nicht meine Schuld, dass Jordan –«

»Dich wollte?« Britney lacht. »Also bitte. Glaubst du, das macht mir was aus?«

»Jordan hat mir erzählt, dass du an dem Abend zu ihm gekommen bist«, sage ich. »Er hat mir erzählt, dass du ihn geküsst hast.«

Britneys Augen funkeln. »Mein Gott, du bist echt ein Kind«, sagt sie. »Ich wollte nichts von Jordan. Ich hab ihn geküsst – na und? Hast du dich noch nie einen Moment vergessen?« Als sie mich anschaut, habe ich das Gefühl, sie sieht *meine* Momente mit Jordan. Jenen Tag am Strand, unsere Nacht in Tokio. »Es hat nichts bedeutet«, schließt sie. »Es ging immer nur um Rayner.«

»Deshalb hast du es mir also erzählt?«, frage ich. »Um ihn zurückzugewinnen? Selbst um den Preis, dass du ihn verletzt?«

»Ihn verletzt?« Britney starrt mich an. »Hast du einen blassen Schimmer, was ich hinter mir habe? Hast du einen blassen Schimmer, wie es ist, wenn der Vater des Mannes, den du liebst, über dich herfällt?«

»Okay.« Alexis geht zwischen uns und hebt die Hand. »Kommen wir alle mal ein bisschen runter.« Sie sieht mich hilflos an, aber ich wende den Blick nicht von Britney ab. Mit einem Mal gefriert mir das Blut in den Adern. Ich höre jedes Geräusch, meine Sinne nehmen alles wahr. Den Rasenmäher des Nachbarn, den Verkehr draußen.

»Nein«, sage ich. »Habe ich nicht.«

Britney steht bloß da. Sie sieht todtraurig aus.

»Es tut mir leid, dass Greg dir das angetan hat«, sage ich.

Ihr fällt eine Haarsträhne ins Gesicht, aber sie schiebt sie nicht zurück. »Ich habe deinen Blick bei den MTV Awards mitbekommen«, sagt sie, ihre Stimme klingt ein wenig sanfter. »Und ich weiß, was du von mir hältst. Ich brauche dein Mitleid nicht; ich weiß, dass du mich hasst.«

Ich schüttle den Kopf. »Nein«, sage ich. »Ich hasse dich nicht.« Es fühlt sich wahr an. »Ich glaube, du hast viel gelitten«, fahre ich fort. »Bis es mir auch passiert ist, konnte ich mir nicht vorstellen, wie es sich anfühlt – die Presse, die Lügen, der ganze Hype.«

»Es ist nicht dasselbe.«

»Da hast du Recht«, sage ich. »Das ist es nicht.«

Was immer mir auch passiert ist, ihre Erlebnisse sind tausendmal schlimmer. Es war meine Entscheidung, Jordan anzurufen. Ich habe entschieden, meinen Gefühlen freien Lauf zu lassen. Aber Britney? Britney hat keine dieser Entscheidungen getroffen. Weder darüber, dass es passiert ist, noch, wie die Geschichte dargestellt wurde oder wie sie sich immer noch auswirkt. Sie war ein Opfer. Wir wollten dasselbe: die Chance, unsere Geschichte selbst zu schreiben. Aber ich habe genau das gemacht, was die Presse uns beiden angetan hat – ich habe sie für sie erzählt und das war nicht fair.

Britney kaut auf ihrer Unterlippe herum. Bei ihr wirkt diese Geste merkwürdig verletzlich. »Greg hat Rayner befohlen, etwas mit dir anzufangen«, sagt sie.

»Ja«, sage ich. »Das hast du bereits erwähnt.«

»Aber das ist nicht der Grund, warum er mit dir zusammen ist.« Sie blinzelt und wendet sich ab. Alexis tritt neben uns von einem Fuß auf den anderen. »Er liebt dich«, sagt Britney.

Das Herz schlägt mir bis zum Hals. Mir fällt keine andere Erwiderung ein als die Wahrheit. »Ich liebe ihn auch«, flüstere ich.

Einen Moment lang sagt keiner von uns etwas, dann meldet sich Alexis zu Wort. »Brit«, sagt sie sanft. »Ich glaube, wir müssen uns auf den Weg zu Georgina machen.«

Britney nickt und wendet sich zum Gehen, aber ich halte sie fest.

»Ich würde mir einen Neuanfang wünschen«, sage ich. »Ich denke, wir haben beide eine Menge Mutmaßungen angestellt. Das würde ich gern ändern.« Sie dreht sich zu mir um und für einen Moment trifft sich unser Blick. Ich erkenne etwas Vertrautes in ihren Augen. Etwas, das mich sehr an mich selbst erinnert.

»So etwas wie Neuanfang gibt es nicht«, sagt sie. Dann verlässt sie das Schlafzimmer. Ich höre, wie sich die Haustür öffnet und hinter ihr zufällt.

KAPITEL 18

Britney hat Recht. So etwas wie Neuanfang gibt es nicht. Aber nach Hawaii zurückzukehren, zu landen und die reine Luft und den schwachen Duft von Frangipani einzuatmen, den die milde Inselbrise heranweht, lässt mich darüber nachdenken, ob weiterzumachen vielleicht auch etwas mit nach Hause kommen zu tun hat.

Denn sobald ich erschöpft aus dem Flugzeug steige, den Gang hinunterlaufe und durch die Glasschiebetüren nach draußen gehe und die Luft spüre, fühle ich es. Ich habe das Gefühl, zu Hause zu sein.

Die Nacht schmeckt nach Blüten und Meersalz – die Mischung ist belebend und besänftigend zugleich.

Hier beachtet mich niemand. Oder man zeigt es zumindest nicht. Ich nehme mein Basecap ab und schüttle die Haare. Ich ziehe den Trageriemen meiner Reisetasche höher auf die Schulter und schlage den vertrauten Weg nach links und die Treppe hinunter zur Gepäckausgabe ein.

Auf dem Treppenabsatz bleibe ich stehen und halte nach dem Fahrer Ausschau, den Sandy mir schicken wollte. Stattdessen entdecke ich Rayner.

Er sieht ein bisschen müde aus, aber ich weiß, das fällt nur mir auf. Er ist noch immer dieser superattraktive Filmstar und hält ein Schild hoch, auf dem groß und mit pinkfarbenem Marker PG geschrieben steht.

Ich gehe langsam die Treppe hinunter. Kurz vor Rayner bleibe ich stehen. »Ich dachte, sie wollten einen Wagen schicken«, sage ich.

Er zuckt die Achseln. »Schien mir nicht die passende Begrüßung.«

Wir sehen uns an.

»Sollen wir deine Taschen holen?«

»Ja, danke.«

Wir laufen zum Gepäckband. Ich habe bloß einen Seesack dabei, randvoll mit Sachen, von denen ich sicher bin, dass sie am Ende in Alexis' Zimmer landen werden.

Ich deute auf ihn und Rayner hängt sich den Sack über die Schulter. »Nach dir«, sagt er.

Kahului Airport ist an vielen Stellen nicht überdacht und als wir zum Parkplatz hinübergehen, wo Rayners neonblaues Cabrio steht, schaue ich zu den sich wiegenden Palmen und den funkelnden Sternen über uns hoch. Es genügt fast, um zu vergessen, was zwischen Rayner und mir ist und wie wir an diesen Punkt gekommen sind. Fast.

»Nichts hat sich verändert«, flüstere ich.

»Nein«, sagt Rayner. »Hat es nicht.«

Aber *wir* haben uns verändert. Wir fahren schweigend, das Verdeck ist heruntergelassen. Von Zeit zu Zeit ist die vertraute Landschaft zu erkennen. Ich kann es kaum erwarten, morgen alles bei Licht zu sehen.

Wir fahren vor dem Hotel vor. Wir haben dieselben Unterkünfte gemietet wie beim letzten Mal. Direkt in Wailea, direkt am Meer.

Mein Schlüssel ist am Empfang hinterlegt, außerdem wartet ein viel zu großer Strauß von Amanda auf mich. »Sollen wir die Blumen auf Ihr Zimmer bringen?«, fragt das Mädchen an der Rezeption.

»Nein«, sage ich. »Die sind für Sie.«

Wir gehen zu meinem Apartment, Rayner trägt mir immer noch den Seesack hinterher. Er bleibt vor der Tür stehen, während ich die Zimmerkarte heraushole, einschiebe und auf das Klicken warte. Er folgt mir hinein.

»Wo soll ich ihn hinstellen?«, fragt er.

»Irgendwo«, sage ich. »Ist egal.«

Ich schaue mich um. Das Schlafzimmer geht rechts vom Flur ab, geradeaus ist das Wohnzimmer und dahinter die Terrasse. Durch die hochgezogenen Jalousien und die offenen Schiebetüren weht ein leichter Luftzug. Meine Schritte auf dem Holzboden fühlen sich kühl und sicher an.

Rayner stellt die Tasche im Schlafzimmer ab und kommt zu mir.

Diese Wohnung birgt so viele Erinnerungen. Wie wir morgens auf der Terrasse Kaffee getrunken haben, wie wir Sushi bestellt oder unseren Text auf dem Sofa geübt haben. Ich denke an uns, wie gut wir es hatten. Oder wie gut wir es *scheinbar* hatten.

Ich spüre, wie Rayner mich sanft zwischen den Schulterblättern berührt. »Ich muss dir etwas sagen«, erklärt er mir.

»Ich weiß«, antworte ich. »Aber zuerst muss ich *dir* etwas

sagen.« Ich lasse ihn stehen und gehe zum Sofa. Er kommt hinterher.

»Okay«, sagt er. »Schieß los.«

Ich setze mich im Schneidersitz auf die Couch. Rayner legt eine Hand auf die Rückenlehne. Ich hole tief Luft. »Rayner, ich weiß, dass das, was wir hatten, echt war – ich bin nicht blöd. Ich war schließlich auch dabei. Ich weiß, dass du mich liebst, so wie ich dich liebe.« Ich sehe Erleichterung in seinen Augen. Sie leuchtet so hell, dass ich mir fast schon Sorgen mache. »Aber das ändert nichts an dem, was passiert ist. Du hast mich angelogen. Du hast dich nicht um mich bemüht, weil du Gefühle für mich hattest, sondern weil es dir befohlen wurde. Was sagt das über uns, über unsere Beziehung, dass du nicht einmal ehrlich zu mir sein konntest?«

»Ich hielt es nicht für wichtig«, sagt Rayner. »Was hat es noch für eine Bedeutung, wie wir zusammengekommen sind?«

»Es *ist* wichtig«, sage ich. »Unser Leben ist kein Spiel. Wir sind keine Schachfiguren, die nach dem Willen von anderen herumgeschoben werden. Ich möchte nicht, dass mein Privatleben irgendeine Fantasie des Publikums ist.«

»Das ist es nicht. Und das sind wir nicht.«

»Ich glaube, wir sind es. Als ich mit dir zusammen war, habe ich mich beschützt gefühlt, aber es hat mir auch Angst gemacht. Und ich sage das nicht, um dir wehzutun, sondern weil es die Wahrheit ist. Es hängt so viel daran. Zu viel, Rayner. Wenn ich mit dir zusammen war, wenn wir dieses Paar waren, hatte ich manchmal nicht mehr das Gefühl, ich selbst zu sein.«

Rayner reibt mit der Handfläche über die Sofalehne.

»Diese letzten Monate ohne dich – es hat mir Angst gemacht,

aber es hat sich auch gut angefühlt. Ich möchte in der Lage sein, selbstständig Dinge zu tun, und nicht das Gefühl haben, dich an meiner Seite zu brauchen. Ich möchte nicht, dass wir zusammen sind, weil wir einander brauchen. Ich möchte, dass wir zusammen sind, weil wir einander wollen. Als Rayner und Paige, nicht als Noah und Augustine.«

Rayner nickt. Er erwidert nichts.

»Ich habe mich dir gegenüber nicht fair verhalten«, sage ich. »Ich habe dich dafür bestraft, dass du mich gegängelt und mir nicht zugetraut hast, allein zurechtzukommen, aber dazu habe ich dir auch keinen Anlass gegeben. Ich habe keine Verantwortung für mich übernommen. Ich habe alles dir überlassen. Dieses Mädchen möchte ich nicht mehr sein.«

Ich rede nicht weiter und Rayner mustert forschend mein Gesicht. »Darf ich jetzt etwas sagen?«, fragt er.

Ich nicke.

»Ich habe einen Fehler gemacht«, sagt er. »Aber nicht, indem ich den Rat meines Vaters befolgt habe. Ganz ehrlich, Paige, mir zu raten, etwas mit dir anzufangen, war vermutlich das einzig Gute, was mein Vater je getan hat. Ich lag falsch, als ich dachte, du müsstest beschützt werden. Ich hatte gerade gesehen, wie Ruhm Menschen zerstört. Und ich wollte nicht, dass du so endest wie Britney. Ich wollte nicht, dass du stolperst, ohne dass ich dich auffangen kann.« Rayner schluckt. »Aber du bist stärker, als ich gedacht habe, und ich möchte auch, dass du das bist. Was wäre ich für ein Typ, wenn ich verhindern wollte, dass du alles sein kannst, was du willst? Weißt du, Paige, ich will nicht alles noch schwerer für dich machen. Wenn du sagst, dass wir miteinander fertig sind, dann ist das deine Entscheidung und ich werde sie respektieren. Aber du sollst auch wissen, dass ich dich noch nicht aufgegeben habe.«

Ich schaue ihn an. Seine blauen Augen sind so klar und leuchtend. Die Hoffnung schmerzt. Brennt sich in mein Herz.

»Ich möchte immer noch mit dir zusammen sein«, sagt er einfach. »Aber jetzt nach unseren eigenen Vorstellungen. Ich möchte bloß, dass du das weißt.«

Er sieht mich an und lächelt. Mit diesem umwerfenden Filmstarlächeln. Und dann küsst er mich. Es geschieht im Bruchteil einer Sekunde. Ehe ich weiß, wie mir geschieht, liegen seine Lippen auf meinen.

Es ist so lange her, dass wir uns geküsst haben, aber ich weiß noch genau, wie er sich anfühlt. Er ist mir hier in diesem Moment so vertraut – wieder auf Maui, wo wir wissen, wie wir zusammen sein können. Mein Körper erinnert sich an ihn. Er legt sanft eine Hand auf meinen Hinterkopf und schiebt die Finger in meine Haare. Und dann, so unvermittelt, wie er mich berührt hat, weicht er zurück und drückt seine Stirn an meine. »Das fühlt sich richtig an«, sagt er. Ich spüre seinen Atem auf meiner Wange. Seine Wimpern kitzeln mein Gesicht.

»Ich weiß«, flüstere ich.

Ich denke an diesen Ratschlag, den man immer bekommt – *folge deinem Herzen.* Was die Leute dabei unterschlagen, ist, dass das Herz viele Dinge gleichzeitig wollen kann. Es kann Liebe und Romantik und Freundschaft wollen. Es kann sich betrogen und verpflichtet fühlen. Es kann sich voll und gebrochen fühlen. Unsere Herzen sind groß. In ihnen ist Platz für Vieles. In ihnen ist Platz für zwei Menschen.

Wir stürzen uns sofort in die Proben. Von frühmorgens bis spätabends. Wir arbeiten mit Greenscreens und Gurtsystemen und ferngesteuerten Roboterpflanzen. Wir haben dafür trainiert, aber es gibt immer noch viel zu lernen hier am Set. Wir werden aus fünfzehn Metern an Seilen heruntergelassen. Es ist beängstigend, aber auch ziemlich cool. Unsere Stunts in *Locked* waren schon hart, aber wie bei jedem guten Sequel wird immer noch eins draufgelegt.

Alfonso stellt hohe Anforderungen. Fehler sind nicht eingeplant. Jede Sekunde ist durchgetaktet. Wyatt war leidenschaftlich, unglaublich fordernd, Alfonsos Ansatz ist jedoch völlig anders. Er lässt uns mehr Freiraum. Er spricht die Szenen nicht mit uns durch; er erwartet einfach, dass wir sie spielen. Die meiste Zeit ist es auch so, aber manchmal vermisse ich Wyatts Anweisungen. Auch wenn er sie die meiste Zeit gebrüllt hat.

Rayner und Jordan scheint es ebenso zu gehen.

Wir drei versuchen unser Bestes, aber mir kommt es vor, als wären wir drei Planeten, die umeinander kreisen, ohne je wirklich in Berührung zu kommen. Alfonso unterstützt eine »absolut professionelle« Atmosphäre, weshalb ihm die Anspannung zwischen Rayner und Jordan die meiste Zeit nicht auffällt und er sie als Method Acting für ihre Rollen als Ed und Noah abtut.

Wir proben vier Tage lang eine Prügelei. Ed und Noah tragen ihren Streit aus. Im Buch kommt die Szene später, fast am Ende, aber wir drehen sie gleich am Anfang. Alfonso ist mit uns auf der Studiobühne, Jessica steht neben ihm. Ich bin davon ausgegangen, dass sie Wyatt zu seinem nächsten Projekt folgen würde, aber sie ist wieder bei uns. Als ich sie nach dem Grund fragte, zuckte sie nur mit den Achseln und meinte, der Film sei etwas, bei dem sie das Gefühl habe, es bis zum Ende verfolgen zu müssen. Es ist schön, sie hier zu haben. So fühlt sich alles am Set viel normaler an.

»Ich habe dir vertraut«, sagt Jordan. »Und du hast mich hintergangen.«

»Du hast mich vor Jahren auch hintergangen, Ed«, sagt Rayner. »Als du mir gesagt hast, ich dürfe nicht mit ihr zusammen sein, sie gehöre dir. Ich habe auf dich gehört. Du hast immer nur an deine eigenen Bedürfnisse gedacht.«

»Nein«, erwidert Jordan. »An ihre.«

Die Presse berichtet mit Vorliebe darüber, wie unser reales Leben die Geschichte nachahmt, wie sehr wir zu den Figuren geworden sind, die wir darstellen, und aus diesem Dreiecksverhältnis nicht mehr herauskommen. Ich denke, irgendwie haben wir das auch geglaubt. Rayner war nicht der Einzige, der im wirklichen Leben die Fiktion nachahmen wollte. Das kann man jedem von uns vorwerfen.

Beim ersten Film hatte ich Angst, Augustine nicht spielen zu können. Nachdem *Locked* herauskam, hatte ich Angst davor, nicht Paige der Filmstar sein zu können. Die Erwartungen nicht zu erfüllen, die alle an mich hatten. Aber wenn ich hier auf der Bühne stehe und Rayner und Jordan zusehe, wird mir langsam klar, dass wir viel zu leichtgläubig waren. Wir sind nicht unsere Rollen. Jordan ist nicht Ed und Rayner ist nicht Noah. Nicht mal ansatzweise.

Und vielleicht am allerwichtigsten: Ich bin nicht Augustine.

Ich bin Paige Townsen. Und ich entscheide mich nicht für den Rest meines Lebens zwischen Rayner und Jordan, ich bin nämlich erst achtzehn. Und ich besitze keine übernatürlichen

Fähigkeiten. Ich bin ein Mensch. Höchstwahrscheinlich verliebe ich mich irgendwann wieder, vielleicht sogar mehrmals. Augustine denkt, dass die Entscheidung zwischen Ed und Noah die letzte ist, die sie je fällen wird. Es ist für die Ewigkeit. Aber bei uns geht es nicht um die Ewigkeit. Jake hatte Recht – bei uns geht es um das *Jetzt.* Und im Moment will ich nicht, dass diese Geschichte unsere Realität ist. Nicht mehr.

Alfonso verkündet eine Pause und Jordan geht sein Telefon holen. Er schaut zu Rayner und mir und kommt auf uns zugelaufen.

»Hey, wir müssen uns auf Skype einwählen«, sagt er.

Rayner trinkt einen Schluck Wasser aus der Rettet-die-Wale-Trinkflasche, die Jake ihm geschenkt hat. »Wie?«

»Alexis hat gerade ihren Schulauftritt für *Do Something*«, erinnere ich ihn. »Wir haben ihr versprochen anzurufen.«

»Ach, richtig«, sagt Rayner. »Worum geht es dabei noch mal?«

»Sie ist Botschafterin gegen Mobbing«, sagt Jordan.

»Okay«, sagt Rayner, mehr zu mir. Er klingt genervt und ich merke, wie mein Puls schneller wird. Ein Streit ist so ziemlich das Letzte, was wir gebrauchen können, bevor wir uns vor einem Millionenpublikum in einen Livestream einklinken.

»Komm schon«, sage ich. »Wir haben es ihr versprochen.«

»Alle drei?«, fragt Rayner.

Jordan wirft mir einen Blick zu. »Ja. Es dauert nur zehn Minuten.«

Rayner dreht seine Wasserflasche zu. »Für Alexis, klar.«

Ich folge ihnen zum Hotel, aber statt in der Lobby nach links zu gehen, wenden wir uns nach rechts. Ich war noch nie zuvor auf dieser Seite des Gebäudes. Ich war noch nie zuvor in Jordans Zimmer.

Er führt uns ein Treppenhaus hoch und dann nach links. Er stößt die Tür auf und ich gehe hinein, Rayner ist direkt hinter mir.

Jordans Apartment geht auf der einen Seite zum Meer, auf der anderen zu den Bergen. Man sieht bis zu den Ausläufern – die, wie ich weiß, sich bis zum Vulkan Haleakala erstrecken.

Rayner lässt sich auf die Couch fallen. Jordan schaltet seinen Laptop ein. Ich setze mich auf den Beistelltisch, den beiden gegenüber.

»Ich rufe jetzt an«, sagt Jordan.

Beide sehen mich an. »Okay«, sage ich.

Rayner deutet auf den Platz zwischen sich und Jordan. »Vielleicht solltest du dich besser hierher setzen.«

Ich streiche die Haare glatt. »Ja«, sage ich. »Klar.« Die Couch ist nicht übermäßig breit und mein Knie berührt Jordans. Ich lege die Hände auf die Oberschenkel und lasse sie dort liegen.

Wir drei erscheinen auf dem Bildschirm. Ich schaue auf das kleine Fenster mit unserem Bild und dann taucht das Gesicht von Alexis auf.

»Oh«, sagt sie. »Ihr werdet nie glauben, wer sich gerade zugeschaltet hat.«

Sie tritt einen Schritt zurück, man sieht eine überfüllte Aula, die Jugendlichen fangen an zu toben. Sie johlen und schreien.

»Wir rufen von Hawaii an«, sagt Rayner. Er winkt und legt einen Arm auf die Rückenlehne. »Du fehlst uns, Alexis!«

Alexis steht an einem Rednerpult auf der Bühne, sie trägt

dasselbe T-Shirt, das sie mir gegeben hat, aber es ist leicht abgeändert und sieht absolut fantastisch an ihr aus. Sie winkt uns zu. »Hey, Freunde!«

»Wie geht's dir?«, fragt Jordan. Sie strahlt ihn an. »Wir können es kaum erwarten, dass du herkommst.«

»Ist noch jemand neidisch, dass die drei den ganzen Tag am Strand waren?«, fragt Alexis die Schüler.

»Wir arbeiten«, sage ich.

Alexis zwinkert mir zu. »Wollt ihr euch vielleicht ein bisschen ausruhen, während ich rede?«

Noch mehr Gejohle. Rayner beugt sich vor. »Wenn ihr aufhört zu schreien, bleiben wir dran!«

Die Schüler johlen nur noch lauter und mir fällt wieder ein, welche Wirkung Rayner auf andere Menschen hat. Selbst hier in Jordans Wohnzimmer, aus Tausenden Kilometern Entfernung, frisst ihm das Publikum aus der Hand.

»Lasst euch nicht stören«, sage ich. »Wir laufen nicht weg.«

Alexis sieht uns an und aus dem Augenwinkel nehme ich wahr, dass Jordan kurz den Daumen hochhält. Sie holt tief Luft. Selbst über den Bildschirm kann ich ihre Energie spüren. Sie wirkt nervös. Und ich habe Alexis noch nie zuvor nervös gesehen.

»Ich bin heute hier, um über Mobbing zu sprechen. Ich habe mich *Do Something* vor einem halben Jahr angeschlossen und wollte heute eigentlich wie schon oft über Freundlichkeit sprechen und wie man andere in der Schule respektvoll behandelt. Ich wollte euch erzählen, dass nach der Highschool alles besser wird, und ihr sollt wissen, dass das kein leeres Gerede ist ... aber zuerst muss ich noch etwas sagen.«

Ich werfe einen verwirrten Blick zu Jordan, aber er starrt wie gebannt auf den Bildschirm.

»Ich bin lesbisch«, sagt Alexis.

Ich schließe kurz die Augen und spüre, wie Rayner neben mir auf dem Sofa hin und her rutscht. Ich weiß, dass wir beobachtet werden – nicht nur von den Schülern, sondern von der ganzen Welt. Dieses Video wird überall zu sehen sein. Ich darf nicht überrascht reagieren, weil es abschätzig rüberkommen könnte. Und ich könnte nie abschätzig von Alexis denken. In diesem Moment wird mir klar, dass sie tapferer und selbstloser ist, als ich je gedacht hätte.

Sie starrt auf das Pult und ich sehe, wie sie sich mit der Hand über den Hinterkopf fährt. Ich möchte durch den Bildschirm greifen und ihre Hand halten. Ihr beistehen. Jetzt verstehe ich, warum sie wollte, dass wir anrufen. Sie wollte, dass wir dabei sind, und allein diese Tatsache löst eine heftige, innige Liebe für sie in mir aus.

Alexis holt Luft und will weitersprechen, aber sie kommt nicht dazu. Denn der gesamte Saal ist in Geschrei und Jubel und Applaus ausgebrochen. Es ist ohrenbetäubender als alles, was ich je gehört habe. Lauter als bei unserer Premiere. Aber es fühlt sich nicht beängstigend oder belastend an, es erzeugt auch keine Panik in mir. Dieser gemeinsame Gefühlsausbruch fühlt sich wie Liebe an. Und ich weiß, dass Alexis es auch spürt, denn plötzlich hebt sie den Kopf und strahlt.

»Ja«, sagt sie und nickt. »Ich bin eine lesbische Frau.« Noch mehr Geschrei. Es klingt so verdammt gut, dass ich selbst anfange zu schreien.

»Danke«, sagt sie. Sie hält die Hand hoch, um die Menge zum

Schweigen zu bringen. »Ich hatte gar nicht vor, darüber zu sprechen. Ich war nicht sicher, ob ich mich jemals zu meiner Homosexualität bekennen würde. Ich lebe so ein öffentliches Leben und ganz ehrlich, eigentlich finde ich, dass meine Sexualität niemanden etwas angeht. Sie hat nichts mit meinem Job zu tun.«

Die Leute klatschen wie verrückt.

»Aber.« Alexis wirft die Haare zurück. Sie redet weiter auf die Menge ein. »Mir wurde bewusst, dass ich eine Lüge lebe. Und ich möchte nicht, dass einer von euch denkt, es sei falsch, offen und stolz der Mensch zu sein, der man ist.«

An diesem Punkt kriegen sich die Zuschauer überhaupt nicht mehr ein. Rayner und Jordan neben mir johlen und klatschen. Ich merke, dass mir Tränen über die Wangen laufen.

»Das dort sind meine Freunde«, sagt Alexis. »Und ich versichere euch, ihnen ist vollkommen egal, mit wem ich eine Beziehung habe.«

Sie schaut uns an und Rayner beugt sich vor. »Das stimmt nicht«, sagt er über den Bildschirm zu ihr. »Natürlich ist es uns nicht egal, schließlich wollen wir, dass du glücklich bist. Und, weißt du, was, Alexis? Verdammt, wir sind stolz auf dich!«

Ich sehe Jordan an. Er hat Tränen in den Augen. »Ich hab dich lieb, A«, sagt er.

»Ich dich auch.«

Obwohl wir auf Skype sind, weiß ich, dass sie mich anschaut. Sie ist so tapfer gewesen. Und irgendwie habe ich das Gefühl, dass sie mich fragend ansieht, als wolle sie mich herausfordern, ihrem Beispiel zu folgen.

Ich hauche ihr einen Kuss zu. Sie wendet sich wieder zu den Zuschauern. Und dann spricht sie weiter. Sie redet über Wahrheit und Integrität und Freundlichkeit. Und dass man sich von seinem Herzen leiten lassen soll – ganz gleich »wie weit ab vom Weg« es einen führen mag.

»Die Sache mit dem Leben ist folgende«, sagt sie. »Manchmal liegen auf den Straßen, die unpassierbar scheinen, einfach nur ein paar Steine im Weg. Es sind keine Felsbrocken, sondern einfach nur Steine. Du kannst sie zur Seite räumen. Du bist stark genug.« Sie beendet ihre Rede mit dem Satz: »Ich werde euch helfen, diese Steine anzuheben.«

Wir beenden das Gespräch mit dem Versprechen, sie bald zu sehen. Das Schlussbild zeigt Alexis, die von Schülern umarmt wird.

Sobald wir den Computer zugeklappt haben, verfallen wir drei in Schweigen. Keiner rührt sich. Und mit einem Mal wird mir bewusst, dass es nicht ihre Aufgabe ist, etwas zu sagen – sondern meine. Alexis hat sich vor die Welt gestellt und uns erklärt, wer sie ist. Sie hat die Wahrheit gesagt. Nun bin ich an der Reihe.

Ich setze mich auf den Beistelltisch, damit ich sie beide anschauen kann. Jordan starrt auf den Boden, aber Rayner sieht mir ins Gesicht.

»Sie ist unglaublich«, sage ich.

Sie nicken beide.

»Sie hat erwähnt, dass sie vielleicht –«, sagt Jordan. »Ganz schön beeindruckend.«

»Seit wann wusstest du es?«, frage ich Jordan.

Er zuckt die Achseln. »Vermutlich schon immer. Aber ich bin trotzdem auf sie abgefahren.«

Um meine Überraschung noch größer zu machen, lacht Rayner. Auch Jordans Lippen deuten ein Lächeln an.

»Ich muss euch beiden etwas sagen«, erkläre ich.

Rayner lehnt sich zurück und legt einen Fuß übers Knie. Jordan weicht meinem Blick weiter aus.

»Ich weiß, dass ich egoistisch war, und zwar unentschuldbar egoistisch. Du hattest Recht, Rayner. Das hier ist nicht fair. Es tut mir leid, was ich euch beiden zugemutet habe.« Ich hole tief Luft. Ich sage es einfach. »Und genau aus diesem Grund werde ich auch keine Entscheidung treffen.«

Als ich das sage, schauen mich sowohl Rayner als auch Jordan an. Ich sehe so viele verschiedene Gefühle, dass mir schwindlig wird.

»Denn wenn eine Entscheidung bedeutet, dass ich einen von euch aufgeben muss und dass ihr eure Freundschaft aufgebt, dann werde ich sie nicht treffen.«

Jordan schaut Rayner an, beide schweigen. Rayner beugt sich vor. »Paige«, sagt er sanft. »Niemand wird irgendjemanden aufgeben.«

»Das stimmt nicht«, sage ich. »Das alles hier« – ich deute aufs Zimmer, auf den Abstand zwischen uns – »ist nicht, wie es sein sollte. Ich will nicht, dass es schwierig oder traurig zwischen euch ist. Es ist meine Schuld, dass –«

Rayner schüttelt den Kopf. »Es ist nicht deine Schuld«, sagt er. »Aber du kannst auch nicht erwarten, dass alles plötzlich wieder normal ist. So funktioniert das nicht im Leben.«

»Wie sollte normal überhaupt aussehen?«, frage ich. Ich habe überhaupt keine Vorstellung mehr davon. Nichts ist mehr wie früher, am allerwenigsten ich selbst. Ich bin nicht mehr Paige Townsen, Angestellte von Trinkets & Things. Ich bin Paige Townsen, der Star von *Locked*. Und ich liebe diese beiden

Jungs. Jeden auf seine Art. Als ich letztes Jahr in jenem Raum vorgesprochen habe, hätte ich mir niemals träumen lassen, dass sich mein Leben so sehr verändern könnte. Aber genau das ist der Punkt – es ist passiert. Ob es mir gefällt oder nicht, so ist es nun mal. Aber ob ich bereit bin, mich dem zu stellen, worauf ich zusteuere, weiß ich noch nicht genau.

Rayner fährt sich mit der Hand über die Stirn. »Wir beide müssen zurück an den Set«, sagt er und deutet auf Jordan. »Wir müssen noch ein bisschen um Augustine kämpfen.« Er versucht zu lächeln.

Sie stehen auf. Ich komme mit zur Tür, wo Jordan stehen bleibt und sich gegen den Türrahmen lehnt.

Es wird allmählich dunkel, die Gesichter der beiden liegen im Schatten. »Was passiert ist, ist passiert«, sagt Jordan. »Daran können wir nichts mehr ändern.«

»Ich weiß.«

»Aber wir können auch nicht so weitermachen.« Er atmet aus. »Du glaubst, du rettest uns, indem du keine Entscheidung triffst, aber das ist ein Irrtum. So bleibt alles, wie es ist. Ich weiß, wir sollten jetzt sagen, dass wir geduldig warten werden; ich habe die Filme gesehen –« Jordan redet nicht weiter und schüttelt den Kopf. »Aber solange du nicht handelst, Paige, wird keiner von uns einen Schritt vorankommen. Und ich muss mir einfach überlegen ... na ja ... das willst du doch nicht, oder?«

»Los, komm«, sagt Rayner. Er sieht ihn fragend an und Jordan löst sich vom Türrahmen. Sie laufen den Gang hinunter.

Ich sehe sie um die Ecke biegen und als sie weg sind, überkommt mich ein überwältigendes, tiefes Gefühl von Verlust. Zum ersten Mal wird mir klar, dass ich überhaupt keine Ahnung von der Liebe habe. Ich dachte, Liebe bedeute Opfer zu bringen. Ich dachte, mich zu Rayner zu bekennen, als er mich gebraucht hat, eine Entscheidung zu verweigern, Jordan gehen zu lassen, das sei Liebe. Aber vielleicht geht es bei der Liebe nicht darum, etwas aufzugeben. Vielleicht ist Liebe das, was bleibt – wenn alles andere verschwunden ist.

KAPITEL 19

Am nächsten Morgen quäle ich mich um fünf aus dem Bett. Ich ziehe mir, noch im Halbschlaf, einen Badeanzug an, schnappe mir ein Handtuch und schlüpfe in Sandalen. Mein morgendliches Maui-Ritual.

Ich tappe den Pfad zum Strand hinunter und wie immer überkommt mich am Ufer die gewohnte Ruhe. Das Wasser plätschert sanft, der Mond geht langsam unter.

Ich streife die Schuhe ab und lasse das Handtuch fallen. Sobald ich die Füße in den Sand bohre, bin ich ruhig und entspannt. Das Wasser ist kühl, aber nicht zu kalt. Es ist früh und die Sonne macht sich bereit aufzugehen – wie eine leuchtende Kugel Sorbet. Beim Schwimmen werden meine Gedanken weit wie der Himmel.

Ich habe das Gefühl, mit mir ins Reine zu kommen. Als würde ich das letzte halbe Jahr abwaschen. Mit jedem Zug lasse ich es ein wenig mehr los. Ich übergebe es an das Wasser. Gregs berechnende Einmischung, ich lasse sie von mir abgleiten. Den Verrat meiner Schwester, ich schicke ihn ganz tief auf den Meeresgrund. Den Skandal mit Jordan – er treibt auf einer Welle davon. Die Fotos und Paparazzi und endlosen Klatschgeschichten sind hier draußen nicht mehr als Wassertropfen. Sie kommen mir albern, vulgär vor. Unser Leben, die vielen kleinen Einzelheiten unseres Berühmtseins sind bloß ein Echosignal auf dem Radar der Menschheit. Sie sind bedeutungslos. Ob ich mit Rayner zusammen bin oder mit Jordan oder ob ich nach Portland zurückgehe und etwas mit einem Kunden von Trinkets & Things anfange – es ist völlig irrelevant. Wir sind unbedeutend, jeder von uns. Nichts weiter als ein Pünktchen auf der Oberfläche eines winzigen Planeten. Und während ich hier wie ein Hund im Pazifik paddle, fühle ich mich so frei wie noch nie zuvor, meine eigene Bedeutungslosigkeit wird mir bewusst. Ich merke, wie das Gewicht zusammen mit dem Wasser von meinen Schultern gleitet. Ich bin bloß ein Mädchen. Ich kann unmöglich für all die Dinge verantwortlich sein, für die ich mich verantwortlich fühle. Die Erwartungen von Fremden zu erfüllen, steht nicht in meiner Jobbeschreibung. Man kann nicht die ganze Welt zufriedenstellen. Es ist einfach nicht möglich. Verantwortung zu übernehmen hat nichts damit zu tun, anderen zu gefallen – sondern damit, alles zu tun, um wirklich man selbst zu sein und anderen genau das zu zeigen.

Ich habe solche Angst gehabt, zu versagen, Menschen zu enttäuschen, dass ich den größten Fehler überhaupt begangen habe: Ich habe nicht im Augenblick gelebt. Ich war nicht aufmerksam. Sonst wäre ich nicht so beschäftigt damit gewesen, Panik zu haben wegen der Presse und meiner Beziehung und wie es sich auf mein Image auswirkt, sondern ich hätte mitbekommen, was die ganze Zeit unmittelbar vor mir passiert ist. Ich hätte es gefühlt.

Als ich wieder an Land schwimme, entdecke ich Jordan am

Strand. Auch er kommt jeden Morgen hierher. Um zu schwimmen, manchmal um zu surfen.

Ich kehre ans Ufer zurück und schüttle das Wasser aus meinen Ohren. Er sitzt ein Stück weiter den Strand hinunter. Ich wickle mein Handtuch um mich, bevor ich zu ihm gehe.

Er starrt, die Ellbogen auf die Knie gestützt, auf den erwachenden Horizont. Er ist nicht nass; er war noch nicht im Wasser.

»Hey«, begrüße ich ihn.

Er blickt überrascht auf, dann ändert sich sein Gesichtsausdruck. »Guten Morgen.«

»Entschuldigung«, sage ich. »Ich wollte dich nicht stören.«

»Tust du nicht.«

Er deutet neben sich auf den Sand. Ich ziehe mein Handtuch unter meinen Po und setze mich.

»Das hat mir gefehlt«, sage ich. Jordan lehnt sich zu mir herüber und stößt mich mit der Schulter an.

»Mir auch«, sagt er.

»Du hattest Recht«, sage ich.

Ich höre Jordan neben mir atmen.

»Ich habe in letzter Zeit viele widersprüchliche Ansichten vertreten und sie leider auch peinlich oft geäußert. Du musst schon ein wenig konkreter werden.« Er schließt ein Auge und mustert mich. Sein Blick lässt alles aus mir heraussprudeln.

»Gestern«, sage ich. »Als du sagtest, so würde keiner von uns einen Schritt vorankommen.«

»Ah.« Er lehnt sich zurück und stützt sich mit den Händen ab. »Findest du?«

»Ja.«

Jordan nickt. »Okay. Aber ich hätte noch etwas hinzufügen sollen.« Er beugt sich zu mir und nimmt eine nasse Haarsträhne. Er hält sie zwischen Daumen und Zeigefinger.

»Und das wäre?«, frage ich.

»Du wirst mich nicht verlieren«, sagt er. »Wenn du zu Rayner zurückgehst oder, verdammt, selbst wenn du wieder nach Portland zurückziehst. Du wirst mich nicht verlieren.«

Als er die Haare hinter mein Ohr schiebt, halte ich seine Hand fest.

»Und wenn ich hierbleiben, mir eine Strandhütte kaufen und Fischerin werden würde?«

»Dann schon gar nicht«, sagt er und streicht mit dem Daumen über meinen. Er schaut mich an und ich sehe seine Augen – schwarz und strahlend. Wie Kometen am Nachthimmel.

»Wäre das nicht fantastisch?«, frage ich ihn.

»Hier zu bleiben?«

»Ja. Einfach am Meer zu leben.«

»Möglich wäre es«, sagt er. Er schiebt seine Finger durch meine. »Wir könnten ein kleines Häuschen renovieren.«

»Wir haben Geld«, erinnere ich ihn. »Warum kein großes Haus?«

»Dir ist wohl der Erfolg zu Kopf gestiegen«, sagt er lächelnd. »Okay, dann also ein Haus.«

»Ich richte es mit Treibholz und Muscheln ein, alles wäre weiß und die Fenster würden immer offen stehen.«

»Es gäbe keine Türen«, sagt er. »Nur Leinenvorhänge.«

Ich stelle mir dieses Haus vor. Dieses Häuschen am Meer. Jordan und mich, wie wir unsere Tage in sonnendurchfluteter Glückseligkeit verbringen. Uns mit Fisch und Früchten und

Gemüse vollstopfen. Lesen und schlafen und für immer unter den Sternen leben.

»Kommt mir irgendwie bekannt vor«, sage ich.

Jordan sieht mich fragend an. *»Locked?«*

»Genau.«

Er lässt meine Hand los und reibt die Handflächen aneinander. Sand rieselt herunter. »Ich habe in letzter Zeit oft darüber nachgedacht, dass ich aufhören muss zu glauben, das Paradies sei ein geheimer Ort. Und dass ich nur glücklich sein kann, wenn ich irgendwo bin, wo mich niemand sieht.«

»Versuchst du, dir die Einsichten von Festland-Ed zu Nutze zu machen?«, witzle ich.

»Vielleicht«, erwidert er. Er denkt einen Augenblick nach. »Ich habe beobachtet, wie sehr du dich weiterentwickelt hast«, sagt er. »Du fühlst dich in dieser Welt mittlerweile wesentlich wohler als früher. Du hast keine Angst mehr.«

»Da bin ich nicht sicher«, sage ich. »Aber ich arbeite daran.«

Er lächelt mich an. »Da will ich auch hin.«

»Das wünsche ich dir auch.«

»Es tut mir leid, wenn ich dir das Gefühl gegeben habe, es sei niveauvoller, sich zu verstecken.« Jordan schluckt. »Ich wusste es einfach nicht besser. Aber jetzt ...«

»Ja?«

Wir sehen uns an. So allein am Strand sind nur unser flacher Atem und die ans Ufer schlagenden Wellen zu hören. »Glaube ich das nicht mehr.«

»Was hat sich verändert?«, flüstere ich.

»Weißt du das wirklich nicht?«

Ich spüre, wie mein Herz zu summen beginnt. Es schlägt, als

würde es nicht nur meinen Körper antreiben, sondern das ganze verflixte Universum.

»Du«, erklärt er mir. »Du hast alles verändert. Absolut alles.«

»Paige!« Ich höre jemanden meinen Namen rufen und als ich mich umdrehe, sehe ich Jessica im Laufschritt den Strand hinunterkommen.

Ich rücke sofort von Jordan ab und stehe auf, meine Beine sind wie Pudding. »Nicht so schnell!«, rufe ich ihr zu.

»Geht nicht«, sagt sie. Sie bleibt vor uns stehen und stützt die Hände auf die Knie. »Proben. Fangen. Früher. An«, keucht sie. Sie richtet sich auf und streckt den Rücken durch. »Schlimm, wie kurzatmig ich mittlerweile bin.«

»Ich brauche nur fünf Minuten«, erkläre ich. Ich schaue Jordan an. Er begegnet meinem Blick und ich würde ihm gern sagen, dass er für mich auch alles verändert hat. Dass die Welt eine völlig andere ist, weil er darin lebt, und dass ich alles aus der falschen Perspektive betrachtet habe und das nun ändern will. Und dass ich es kann.

»Du bist schon zehn Minuten zu spät«, sagt Jessica. »Wir müssen los. Jordan, du bist erst für neun Uhr vorgesehen.«

»Danke, Jess«, sagt er. »Bis später, ihr zwei.«

Ich will schon Jessica hinterhereilen, da spüre ich, wie Jordan seinen kleinen Finger durch meinen schiebt. Ich muss an die Premiere denken – als er mich genauso festgehalten hat. Damals war es unser Abschied, aber nun fühlt es sich völlig anders an. Wie ein Versprechen vielleicht.

Dann nimmt er sein Surfbrett und geht zum Wasser und ich laufe den Pfad zum Apartmenthaus hoch.

Für den Rest des Tages arbeite ich größtenteils allein und bin eine Stunde nach Rayner mit Drehen fertig. Jordan ist immer noch auf der Studiobühne und probt mit Alfonso eine Szene.

Auf dem Rückweg zum Apartmenthaus klingelt mein Telefon. Es ist Alexis. »Schätzchen«, begrüßt sie mich, bevor ich Gelegenheit habe, etwas zu sagen. »Ich nehme einen früheren Flieger.«

»Alexis – ich kann noch gar nicht glauben –«

»Wir werden jede Menge Zeit haben«, sagt sie. Sie klingt, als würde sie eine Freisprecheinrichtung benutzen, im Hintergrund sind Verkehrsgeräusche zu hören. »Sag Rayner und Jordan, sie sollen um zwanzig nach zehn mit dir am Flughafen sein.«

»Alexis, wir lieben dich, aber ich bezweifle, dass wir drei freiwillig zusammen in ein Auto steigen werden.«

»Ich habe gerade der ganzen Welt erzählt, dass ich lesbisch bin«, sagt sie. »Da wirst du wohl zwanzig Minuten mit den beiden im Auto sitzen können.«

»Du wirst das echt ausnutzen, was?«, frage ich.

»Bis es nicht mehr geht. Erklär ihnen, wenn sie nicht kommen, gebe ich eine Pressekonferenz und verrate alle ihre Geheimnisse.«

»Ich glaube, die sind sowieso schon bekannt.«

»Schätzchen«, sagt sie. »Ich bin seit zehn Jahren mit diesen Jungs in Hollywood. Du bist bloß die Spitze des Eisbergs.«

»Wir werden da sein«, sage ich.

»Ich weiß.«

Wie versprochen sorge ich dafür, dass wir drei am Flughafen sind. Ich erkläre Rayner, Alexis habe verlangt, dass wir sie alle zusammen abholen, und zu meiner Überraschung zieht er mit. Als wir in die Lobby kommen, wartet Jordan bereits auf uns. »Sie hat mich angerufen«, sagt er. »Wollen wir?«

Rayners neonblaues Cabrio wird vorgefahren und wir steigen ein. Rayner sitzt am Steuer, Jordan auf dem Beifahrersitz und ich klettere auf die Rückbank.

Ich beuge mich vor und drücke am Radio herum und als Katy Perry kommt, lasse ich das Lied laufen. Jordan versucht, mich deswegen aufzuziehen, aber Rayner stellt es einfach lauter. Ich begegne seinem Blick im Rückspiegel und er zwinkert mir zu.

Rayner hat eine Blumenkette mitgebracht, die er mir beim Aussteigen gibt. »Die solltest du ihr umhängen«, erklärt er.

Die Kette duftet nach Zucker und Sonnenlicht. Diese wundervollen gelben und weißen Blüten. Frangipani und arabischer Jasmin. Meine hawaiianischen Lieblingsgerüche.

Ich hänge mir die Kette über den Arm und laufe hinter Rayner und Jordan her. Jordan deutet auf einen alten gelben Cadillac, der vor der Gepäckausgabe parkt. »Da drüben steht Rhonda«, sagt er zu Rayner.

Rayner schüttelt den Kopf und lacht. »Mann, weißt du noch, was für eine Scheißkarre das war?«

»Wir haben ihr aber auch einiges abverlangt«, sagt Jordan.

»Da hast du Recht.«

Die beiden wechseln einen Blick, ich sage nichts und bleibe hinter ihnen. Ihre gemeinsame Geschichte ist, wie Alexis mir in Erinnerung gerufen hat, umfangreich. Vielleicht weiß sie einen Weg, um die beiden miteinander zu versöhnen, von dem ich keine Ahnung habe.

Wir warten an der Stelle auf Alexis, wo Rayner nur wenige Tage zuvor auf mich gewartet hat. Zehn Minuten später kommt sie die Treppe heruntergesprungen, sie hat als Erste den Flieger verlassen.

Sie wirft sich in Jordans Arme. »Wilder«, sagt sie. »Du hast mir gefehlt.«

»Du hast mir auch gefehlt«, erwidert er.

Sie sieht strahlend aus in löchrigen Jeans, einem locker sitzenden weißen Pullover mit V-Ausschnitt und Strohhut.

Alexis lässt einen Arm um Jordan, den anderen schlingt sie um Rayner. Sie zieht sie an sich, so dass sich alle berühren.

»Jungs«, sagt sie. »Ich habe euch beide gebeten, mich abzuholen, um euch darüber in Kenntnis zu setzen, dass euer Zwist vorbei ist. Das ist ein Befehl.«

Rayner löst sich ein wenig und sieht sie fragend an.

»Keine Diskussion«, sagt Alexis. »Es ist die harte Realität. Diese ständige Anspannung langweilt mich. Außerdem hat keiner von euch jemals so um *mich* gekämpft, was ich ehrlich gesagt als ziemliche Beleidigung empfinde.«

»Es wäre ja sowieso aussichtslos gewesen«, sagt Rayner.

»Stimmt«, sagt Alexis. Sie drückt Jordans Schulter. »Lasst es einfach sein«, sagt sie. »Und zwar jetzt. Das Leben ist zu kurz, um Leute auszuschließen, die man liebt.«

Ich sehe Jordan nicken. »Du bist unmöglich«, erklärt er ihr.

»Nichts ist unmöglich«, sagt sie und lässt die beiden los. »Genau darum geht es.«

Rayner und Jordan wechseln einen verschwörerischen Blick.

»Und jetzt holt mein Gepäck«, sagt sie. »Ich muss mit Paige reden.«

Jordan lacht und geht mit Rayner zum Gepäckband. »Schön, dass du wieder hier bist, A«, sagt Jordan.

»Vergiss es nicht.«

Ich staune, wie sie dort nebeneinanderstehen und auf Alexis' Koffer warten. Sie reden tatsächlich miteinander. Sie scheinen zu lachen.

»Wie hast du das denn angestellt?«, frage ich Alexis. »Bist du eine Hexe?«

»So was in der Art«, sagt sie. »Paige.« Sie schiebt ihren Arm durch meinen. »Es tut mir leid, dass ich dir nicht die Wahrheit sagen konnte. Du hattest schon so viel am Hals, es war einfach nicht der richtige Zeitpunkt.«

Ich nehme ihre Hand. »Du brauchst für nichts um Verzeihung zu bitten. Du warst mir keine Erklärung schuldig und du bist es auch jetzt nicht.«

Sie schüttelt den Kopf. »Ich habe mir über die falschen Sachen Gedanken gemacht – was es für mein Image und meine Karriere bedeuten würde.«

»Hey, ich bin hetero«, sage ich. »Und habe es trotzdem geschafft, mein Image ordentlich zu beschädigen.« Sie verpasst mir einen Rippenstoß und wir lachen beide.

»Es ist einfach an der Zeit, reinen Tisch zu machen«, sagt sie und lässt mich dabei nicht aus den Augen.

»Ich weiß«, sage ich.

Sie nickt. »Gut.«

Die Jungs winken uns vom Gepäckband aus zu. »Ich nehme an, diese riesigen Vuitton-Schrankkoffer sind deine?«, ruft Rayner.

Alexis hält den Daumen hoch.

Sie wuchten gemeinsam die Koffer vom Band, jeder von ihnen rollt einen zu uns herüber. »Das ist genug Krempel für eine ganze Armee, aber ich glaube, wir haben alles.«

Alexis überprüft das Gepäck. »Na, dann los.«

Wir gehen zum Parkplatz. Der Cadillac steht noch dort und Rayner und Jordan lassen ein weiteres Mal ihr verlängertes Wochenende mit »Rhonda« in Vegas aufleben.

»Ich hab dir doch gesagt, dass wir irgendwann wirklich Freundinnen sein werden«, sagt Alexis zu mir und schmiegt sich an mich.

»Das habe ich nie bezweifelt«, sage ich.

»Oh doch«, sagt sie. »Aber heute ist die Nacht, in der alles verziehen wird.«

Ich drücke ihren Arm. »Danke.«

»Wofür?«

Ich deute auf die Jungs. »Das hier.«

»Das hier«, wiederholt sie und rückt ihre Reisetasche zurecht, »hat nichts mit dir zu tun. Hatte es nie. Sie mussten nur mal wieder daran erinnert werden.«

Ich helfe Rayner und Jordan beim Einladen der Koffer. Wir lachen, als Alexis uns dirigieren will. »Was hast du alles eingepackt?«, fragt Jordan.

»Geht dich überhaupt nichts an«, sagt Alexis.

Rayner hält uns die Tür auf, wir klettern auf den Rücksitz, Jordan setzt sich nach vorn. Wenn wir in diesem Moment gefilmt würden, sähe man uns vier herumalbern und auf der Fahrt Taylor Swift mitsingen. Und es gäbe keine Möglichkeit, diese Wahrheit irgendwie zu verdrehen: vier Freunde auf Hawaii, die sich erzählen, was alles passiert ist, und den nächsten Schritt machen.

KAPITEL 20

Wir bringen Alexis in ihr Apartment. Jordan bleibt bei ihr; Rayner und ich gehen auf unsere Seite des Gebäudes zurück. Das Letzte, was ich höre, bevor die Tür zuschlägt, ist Alexis, die Jordan fragt, ob er weiß, wo er um diese Zeit Frozen Yoghurt für sie bekommt.

»Das hier ist nicht New York City, A«, antwortet Jordan.

»Ach komm«, sagt Alexis. »Seit wann schaffst du es nicht mehr, alles rund um die Uhr aufzutreiben? Das ist nicht der Wilder, den ich kenne und liebe.«

»Okay«, sagt er. »Aber dann bist du mir was schuldig.«

Als die Tür zuklappt, schüttelt Rayner den Kopf. »Soll ich dich zu deinem Apartment bringen?«

Doch Rayners kommt zuerst und als wir vor seiner Tür stehen, fragt er, ob ich noch hereinkommen möchte.

»Ja«, sage ich. Ich bin noch immer aufgedreht von dem Abend und dass Alexis hier ist. Ich bin überhaupt nicht müde.

Rayner hält mir die Tür auf und kommt hinterher. Ich gehe ins Wohnzimmer. Unsere Wohnungen sind fast identisch, aber seinen Ausblick fand ich schon immer besser. Ich schiebe die Türen zur Seite und trete auf die Terrasse.

Die kühle Meeresbrise schlägt mir entgegen, ich beuge mich über das Geländer und schließe die Augen. »Heute war ein ziemlich toller Tag«, sage ich.

»Das haben wir Alexis zu verdanken«, sagt Rayner hinter mir. »Du hattest übrigens Recht, was Jordan und mich betrifft.«

»Womit denn?«

»Vermutlich mit allem. Er ist mir wirklich wichtig.«

»Das freut mich«, sage ich.

»Er hat sich verändert, weißt du.« Er räuspert sich. »Er ist jetzt anders. Ich weiß, dass vieles davon mit dir zu tun hat.«

»Ich habe nichts –«, setze ich an.

»Doch«, sagt er. Er sieht mich an. »Hast du.«

Ich löse mich vom Geländer und gehe ins Wohnzimmer. Rayner dreht sich um, damit er mich sehen kann. Ich setze mich auf die Couch, auf der wir so viel Zeit verbracht haben – ich auf seinem Schoß, wenn wir unseren Text gelesen und uns geküsst haben und wurden, was wir sind.

»Ich denke immer noch, dass alles irgendwann einen Sinn ergeben wird«, sage ich. »Dass ich irgendwann die Antwort wissen werde.«

»Vielleicht geht es gar nicht darum«, sagt er. Er lehnt an der Schiebetür, das Mondlicht strahlt ihn von hinten an und wieder einmal macht mich seine Schönheit sprachlos. »Liebe muss keinen Sinn ergeben.«

Ich schaue ihn an. »Setzt du dich zu mir?«

Er kommt zu mir aufs Sofa.

Ich nehme seine Hand.

»Du bedeutest mir so viel«, sage ich. »In mancher Hinsicht mehr als jeder andere Mensch in meinem Leben. Rayner, ich habe dir alles zu verdanken. Ich weiß nicht, wer ich ohne dich an meiner Seite in dieser Welt bin.«

Rayner drückt meine Hand. »Das stimmt nicht mehr«, sagt er. »Und das wissen wir beide.«

Ich hole tief Luft. »Vielleicht, vielleicht nicht. Aber ich weiß auch, dass wir beide noch einiges klären müssen. Ich habe das Gefühl, dass wir schon ewig in dieser Warteschleife hängen. Und ich glaube, keiner von uns will dort noch länger sein. Du bist so geduldig mit mir gewesen, Rayner, aber das sollst du nicht sein.« Ich hole Luft und stoße die nächsten Worte hervor. »Du musst mich loslassen.«

Rayner hält meine Hand fest. Seine Stimme ist sanft, ohne eine Spur Bitterkeit. »Dann hast du also deine Wahl getroffen.«

»Hier geht es nicht um Jordan«, sage ich. »Sondern um uns. Dich und mich.«

»Ich fand es schön, als es dich und mich gab.« Er lächelt mich an, es ist ein schwaches, trauriges Lächeln, aber trotzdem strahlend. Immer noch er.

»Ich auch«, sage ich. »Und das kann es immer noch sein. Nur nicht so wie –«

»Ich will.«

»Ich wollte sagen: Wie es früher war. Rayner, du warst so wundervoll zu mir. Du warst der beste Freund, den man haben kann.«

Er gibt ein Schnauben von sich. »Meine Mädchenstatistik ist da anderer Meinung.«

»Stimmt nicht. Ohne dich wäre ich nie, wo ich jetzt bin. Und Britney auch nicht.«

Er schaut mich an, erwidert aber nichts.

»Ich weiß, dass du dich für sie verantwortlich fühlst. Aber du kannst nichts für die Dinge, die sich dein Vater hat zu Schulden kommen lassen. Du kannst nicht die ganze Welt retten, Rayner. Du bist nicht Superman.«

»Also, eigentlich schon«, sagt er.

»Aber nur im Film. Hier geht es um die Realität, Rayner.«

»Ach so, die.« Er zuckt die Achseln.

»Du darfst dir keine Vorwürfe für das machen, was passiert ist«, sage ich.

Er atmet aus. Als er spricht, klingt er ruhig und zurückhaltend. »Ich glaube, genau das kann ich nicht.«

»Du wirst es lernen«, sage ich. »Ich werde dir helfen.«

Er blickt auf und sieht mich an. »Morgen ist unser erster Drehtag«, sagt er.

Alexis' Ankunft hat mich das völlig vergessen lassen. Er hat Recht. Wir fangen morgen mit *Locked in Love* an.

»Danke, dass du mein Noah bist«, sage ich.

»Gern.«

Wir sitzen schweigend nebeneinander. Ich höre die Wellen brechen – unregelmäßig, unvorhersehbar und trotzdem immer noch ewig. Nichts kann die Gezeiten aufhalten, ihren Sog. Es ist eine Kraft, die größer ist als alles, was wir begreifen oder kontrollieren können. Vielleicht ist es mit der Liebe genauso. Vielleicht hat Rayner Recht – Liebe muss keinen Sinn ergeben. Das Einzige, was ich über die Liebe weiß, ist, dass sie nicht stirbt. Das weiß ich, weil ich versucht habe, sie zu töten. Ich habe es versucht und bin gescheitert.

Ich berühre die Kaurischnecke um meinen Hals, die Rayner mir vor vielen Monaten geschenkt hat. Damals, als er mich gefragt hat, ob ich mit ihm zusammen sein möchte. Und ich weiß, dass ich das auf eine Art immer sein werde. Wir sind Augustine und Noah. Er ist derjenige, für den sie sich entscheidet. Ihre Geschichte wird uns überdauern. Irgendwo werden wir für immer zusammen sein.

Am nächsten Morgen um fünf gehe ich in die Maske hinunter. Sandy ist letzte Nacht angekommen, ich treffe sie unterwegs in der Lobby. Sie gähnt und winkt mir mit ihrem Starbucks-Becher zu. Ich winke zurück. Ich fühle mich gut und ruhig an diesem Morgen. Die Welt scheint wieder im Lot. Zwischen uns ist alles in Ordnung. Ich hoffe, dass sich vor allem eine Sache nicht geändert hat. Und als ich die Tür aufstoße, stelle ich fest, dass mein Wunsch in Erfüllung gegangen ist.

»Wird aber auch Zeit, Zuckerpüppchen«, sagt Lillianna. Sie steht nicht auf, sondern streckt mir einfach die Arme entgegen und ich stürze mich hinein.

»Du bist hier!«, rufe ich.

»Aber natürlich, Schätzchen«, sagt Lillianna. »Ich lasse dich doch nicht im Stich.«

Lillianna macht bei Filmproduktionen auf Hawaii seit fast fünfzig Jahren die Maske. Bei den Dreharbeiten von *Locked* war ich jeden Tag mit ihr zusammen. Ich habe sie so vermisst.

Sie klopft auf den Stuhl. »Setz dich hierher«, sagt sie. »Wir haben heute viel Arbeit vor uns. Hast du jemals eine Haarbürste benutzt, seit du diese Insel verlassen hast?«

»Selten.«

Lillianna zwinkert mir zu. »Ich weiß. Ich habe die Bilder gesehen. Jordan und du, was?«

Ich schüttle den Kopf. »Du willst also gleich den ganzen Klatsch und Tratsch hören?«

»Schätzchen, wenn man nicht zum Frühstück bleibt, zählt es nicht.«

Ich denke daran, dass mich meine Schwester an die Boulevardpresse verraten hat, und im tiefsten Inneren meines Herzens weiß ich, dass Lillianna so etwas niemals tun würde. Aber ich bringe es auch nicht über mich, ihr zu erzählen, was heute Nacht zwischen Rayner und mir passiert ist. Es fühlt sich kostbar an und besonders – es gehört nur uns. Ich erinnere mich an das, was Jordan mir vor so vielen Monaten am Strand gesagt hat. Dass dieses Leben hart ist, dass die Medien versuchen werden, alles herauszufinden, was sie nur können. Dass man persönliche Dinge unbedingt für sich behalten muss, weil sie heilig sind.

Lillianna beäugt mich, als ich nichts erwidere. »Na ja, wenn du nichts rauslässt, dann erzähl mir wenigstens, wie es ist, Amerikas Sweetheart zu sein.«

»Ich bin wohl kaum das Sweetheart, das wissen wir beide.«

Lillianna grummelt hinter mir und dreht meine Haare um einen Lockenstab. »Daran bist du selbst schuld«, sagt sie. »Warum lächelst du nicht einfach mal in die Kamera?«

Ich drehe mich zu ihr um. Sie greift mir unters Kinn. »Lilliana, wenn du mir weiter unaufgefordert Paparazzi-Ratschläge gibst, komme ich zu spät an den Set.«

»Wäre ja auch nicht das erste Mal«, sagt sie. Aber sie öffnet ihre Schminktasche und trägt mit einem kleinen feuchten Pinsel die Grundierung auf.

»Hab ich dir je erzählt, wie Mr Fred Astaire um meine Gunst geworben hat?«, fragt sie mich. »Wenn du schon nicht über *dein*

Liebesleben redest, können wir doch zumindest über meins plaudern.«

Ich lache. Ich weiß nie, ob Lilliannas alte Hollywood-Geschichten stimmen oder nicht, aber eigentlich ist das auch egal. Wenn ich ihrer vertrauten rauen Stimme zuhöre, die mich über ihre verflossenen Liebschaften aufklärt, überkommt mich unwillkürlich ein Gefühl von Frieden. An diesem Morgen ist eine Last von mir abgefallen. Zum ersten Mal seit langer Zeit fühle ich mich frei. Als würde mein Leben mir ganz allein gehören.

Als ich bei Lillianna fertig bin, mache ich mich zur Studiobühne auf. Rayner wartet schon, als ich ankomme. Am Ende dieses Films ist er ein anderer Noah – im Reinen mit sich, verändert – und als ich ihn ansehe, ist es beinahe, als würde ich jemand völlig anderen sehen, jemand Neuen.

»Guten Morgen«, sagt er.

»Hey.«

Sein zaghaftes Lächeln scheint alles zu enthalten, was ich vielleicht von ihm hören will: *Alles wird gut.*

Jessica kommt einen Moment später dazu und hält ihm eine Tasse Kaffee hin. »Du bist ein Schatz«, sagt er, als er sie ihr abnimmt. Sie grinst ihn an, spricht etwas in ihr Headset und eilt weiter.

Ich schaue von Jessica zu Rayner. Dann dränge ich mich an ihm vorbei und folge ihr zum Cateringtisch.

»Möchtest du auch Tee?«, fragt sie und wirft einen Beutel in eine Tasse.

Ich schüttle den Kopf. »Jessica«, sage ich. »Wyatt wird diesen Film nicht mehr machen.«

Sie blickt aufgeregt um sich, bevor sie mich angrinst. »Ach, wirklich?«

»Wir lieben dich alle«, sage ich, »und wir sind so froh, dass du hier bist. Aber es muss doch irgendeinen Grund haben, warum du nicht bei Wyatts neuem Projekt dabei bist.« Ich denke an Jessica bei unseren Presseauftritten, Jessica in Tokio. Jessica nun wieder hier.

Sie wird rot. »Ich stehe total auf diese Filme«, sagt sie und streicht sich die Haare glatt. »Das weißt du doch.«

Als ich einen Blick über die Schulter werfe, sehe ich Rayner mit den Tontechnikern herumalbern. Ich lächle. Ich habe es geahnt.

»Ja«, sage ich. »Das weiß ich.«

»Arbeitet hier eigentlich auch jemand?« Als ich mich umdrehe, steht Sandy neben uns. Sie trägt – wer hätte das gedacht – doch tatsächlich ein bedrucktes Sommerkleid. Blaue Blumen und so. Farbe. Ich bin so platt, dass ich kein Wort herausbringe.

»Worum geht es denn gerade?«, fragt sie.

»Um unseren ehemaligen Regisseur«, antworte ich schnell.

»Ach, Wyatt«, sagt Sandy. »Ich ziehe es vor, nicht an ihn als Ehemaligen, sondern als Zukünftigen zu denken.«

»Kommt jetzt etwas Persönliches?«, frage ich sie. Wird sie endlich zugeben, dass zwischen Wyatt und ihr etwas läuft?

»Für dich vielleicht.« Sie verschränkt die Arme. »Rate mal, wer gerade für *Closer to Heaven* unterschrieben hat und dich in der Hauptrolle sehen möchte?«

Ich starre sie mit offenem Mund an. »Ist das dein Ernst?«

»Mein Todernst. Du fängst sofort nach Abschluss der Dreharbeiten von *Locked* an. Glückwunsch, PG.«

Ich mache einen Luftsprung und falle ihr um den Hals. Jessica neben mir klatscht. »Juhu!«, ruft sie und wippt auf den Zehen.

»Was ist denn hier los?«, fragt Rayner und kommt auf uns zu.

»Ich habe die Rolle in *Closer* und Wyatt wird Regie führen«, kläre ich ihn auf.

Über sein Gesicht zieht sich ein breites Lächeln. »Genial«, sagt er. Wir stehen uns gegenüber und grinsen uns an, bis Alfonso auf die Studiobühne kommt und uns auffordert anzufangen.

Beim ersten Mal hatte ich mich hier so fehl am Platz gefühlt. Ich hatte Angst, eine falsche Bewegung könne mich sofort nach Portland zurückkatapultieren. Aber das ist vorbei. Mittlerweile hat mein Leben als Schauspielerin eine solide Basis. Greifbar und stabil und standhaft.

Hier gehöre ich her. Und so wie ich es ohne Rayner schaffe, werde ich es auch ohne Wyatt schaffen. Ich begreife Augustine. Sie ist ein Teil von mir. Ich weiß, wie ich sie spielen muss.

Alexis und Jordan gesellen sich am Set zu uns und Alfonso geht mit uns die erste Szene durch. Wie bei den Proben ist er sehr genau, aber auch freundlich. Seine Aufmerksamkeit für Details hat nichts mit Kontrollwahn zu tun, sondern mit einer wirklichen Vision für diesen Film. Er will, was wir alle wollen: etwas Spektakuläres erschaffen.

Alfonso fordert mehr von uns, weil wir ihm mehr geben können. Wir sind mittlerweile älter. Wir sind nicht mehr diejenigen, die wir waren, als wir vor über einem Jahr an diesen Set kamen.

Wir sind bei den MTV Movie Awards gewesen. Wir sind um die Welt gereist. Wir haben uns verliebt und es überstanden. Und, vielleicht am allerwichtigsten, wir haben diese Geschichten verstanden. Wir wissen jetzt, wie sie enden. Wen Augustine wählt. Ich glaube, am Ende hat sie das Richtige getan. Vielleicht wird das bei mir auch so sein.

KAPITEL 21

Der Monat vergeht wie im Flug. Es macht so viel Spaß mit Alexis am Set. Sie kann kindisch und albern sein, aber sie ist vor allem eine tolle Schauspielerin. Wir übertreffen uns gegenseitig und, hey, es ist echt ein nettes Gefühl, keine Anfängerin mehr zu sein. Es gefällt mir, diejenige zu sein, die jemand anderem durch diese Riesenproduktion hilft.

Es gefällt mir, dass ich weiß, um welche Zeit die Sonne aufgeht und wie ich Leilani vom Catering dazu bringe, die leckeren klebrig-süßen Brötchen zu holen (ich besteche sie damit, dass sie Zeit mit Rayner verbringen darf). Es gefällt mir, dass ich weiß, wo sich der Schneideraum befindet, wie ich mich bei Gillian beliebt machen kann, und dass man nie weiß, ob es regnen wird oder nicht. Es ist großartig, dass ich Rayners und Jordans Verhalten deuten kann. Dass Rayner am Set herumwuselt, wenn er nervös ist oder wir eine wichtige Szene drehen. Dass Jordan dann ruhig und verschlossen wird. Dass Schweigen bei ihm bedeutet, dass er nachdenkt und einfach in Ruhe gelassen werden möchte.

Alfonso ist unglaublich talentiert und je besser wir ihn kennenlernen, umso mehr kommt eine Wärme zum Vorschein, die Wyatt, sosehr ich ihn schätze, nie hatte. Alfonso arbeitet mit uns zusammen. Ich verstehe mittlerweile, dass seine Weigerung, uns genau vorzuschreiben, was wir tun sollen, zum Teil damit zu tun hat, dass er diesen Film ebenso als unseren wie als seinen betrachtet.

Leider dauert es nur einen Monat. Dann packen wir schon wieder zusammen. Rayner und Alexis kehren nach L. A. zurück, Jordan und ich fliegen nach Seattle weiter. Sie werden immer wieder zu den Dreharbeiten dazustoßen, aber die meiste Zeit sind es nur Jordan und ich.

»Ich kann nicht glauben, dass wir schon wieder abreisen«, sage ich am letzten Abend beim Essen. Wir sind zu viert ausgegangen. Touristen halten ihre Handykameras in unsere Richtung, aber vielleicht fotografieren sie von unserem Lieblingstisch bei Longhi's aus auch bloß das Meer. Es ist der Ecktisch, an dem Rayner und ich vor so langer Zeit saßen. »Es kommt mir vor, als wären wir gerade wieder hier angekommen.«

»Es gibt ja immerhin noch den dritten Film«, sagt Jordan.

Rayner lehnt sich auf seinen Ellenbogen vor. »Gleicher Ort, anderer Film.«

»Ich will einfach nur hierbleiben«, sagt Alexis. Sie trägt ein langes weißes Kleid (das sie für mich gekauft hat, aber nun ständig selbst trägt) und hat die Beine untergeschlagen. Ich bewundere ihren Mut mehr, als ich ihr je sagen könnte. Die Welt da draußen ist allerdings in unser kleines Inselparadies eingedrungen. Die Presseberichte über Alexis sind sowohl begeistert als auch verurteilend gewesen. Die Journalisten haben ihren Mut gelobt, aber auch ihre angebliche Beziehung mit Jordan kritisiert. Jordan wird, wie abzusehen war, als beziehungsunfähiger Draufgänger dargestellt, verschmäht sowohl von Alexis als auch von mir, ganz zu schweigen von den ganzen Britney-Theorien, die sich hartnäckig halten; Greg und Rayner liefern sich weiterhin täglich Scharmützel. Ironischerweise habe ich von uns vieren im Moment das beste Image. Alles ist eben in ständiger Bewegung.

»Ist vermutlich an der Zeit, sich der Sache zu stellen«, sagt Alexis.

Rayner legt ihr eine Hand auf die Schulter. »Ich bin dabei.«

Jordan schaut mich an. Wahrscheinlich zum hunderttausendsten Mal seit dem Tag am Strand spüre ich Vorfreude in mir aufsteigen, wie Bläschen in einer Champagnerflasche. Bereit herauszusprudeln. Vorfreude auf alles, was noch kommen wird. Auf alles, was wir noch nicht ausgesprochen haben. Darauf, wie es sein wird, wenn wir nur noch zu zweit sind. Es fühlt sich an, als hätte ich schon immer darauf gewartet.

Rayner blickt auf sein Telefon. »Ich muss mich beeilen«, sagt er. Er trinkt noch einen Schluck Wasser und winkt den Kellner heran. »Das geht auf mich«, sagt er. »Tut mir leid, dass ich losmuss.«

»Musst du noch packen?«, frage ich.

Ich weiß, dass Rayner darin eine totale Niete ist. Auf der Pressetour habe meistens ich es für ihn gemacht.

Er verzieht den Mund. »Nee. Das kommt morgen dran. Ich habe Jessica versprochen, dass wir noch etwas trinken gehen.« Er sieht mich an. In seinem Blick liegt so viel. Zärtlichkeit. Verzeihen. Freundschaft. Auch Liebe.

Ich lächle. »Alles klar.«

Er beugt sich herunter und küsst mich auf die Wange, und einen Moment lang existieren Jordan und Alexis nicht. Es sind nur Rayner und ich, die sich neu erfinden, ihre Beziehung neu ausloten, und wieder irgendwo dort ankommen, wo wir angefangen haben.

»Jessica also?«, fragt Alexis, als er weg ist.

Ich trinke einen Schluck Eistee. »Ja«, sage ich. »Jessica.« Es schmerzt ein bisschen, aber was soll's. So ist es eben. Vermutlich hören Gefühle nicht von einem Tag auf den anderen auf, wenn man mal mit jemandem zusammen war. Das Entscheidende ist, sich auf die wichtigen Gefühle zu konzentrieren. Zum Beispiel sich für ihn zu freuen. Ich nehme mir vor, diesem Gefühl mehr Gewicht zu geben. Außerdem ist sie gut für ihn. Er ist ruhiger, glücklicher, mehr er selbst. Er ist authentischer. Mit ihr muss er kein Filmstar sein, und ich glaube, genau das braucht er. Jordan und ich haben die ganze Zeit nach einem Weg gesucht, um mit unserem Platz im Scheinwerferlicht klarzukommen; Rayner hingegen musste herausfinden, wie er sich ohne gut fühlen kann.

Alexis streckt sich. »Okay, ihr zwei«, sagt sie. »Dieses Leben hat seinen Preis. Ich brauche dringend Schlaf.«

Ich stehe auf und nehme sie in den Arm. »Wir sehen uns in L. A.«, sage ich.

»Lass deinen Badeanzug gleich in der Tasche. Wir werden die ganze Zeit in Malibu sein.«

Ich verdrehe die Augen. »Die Umstände ändern sich«, sage ich.

»Aber die Strandhäuser der Colony bleiben.« Sie drückt sich an mich. »Nur Mut, kleiner Grünschnabel«, flüstert sie mir ins Ohr. Und zu Jordan sagt sie: »Vermiss mich jeden Tag.«

»Ich geb mein Bestes«, erwidert er.

Wir winken ihr zu. »Guten Flug«, ruft ihr Jordan hinterher, aber sie scheint schon zu weit weg zu sein. Jetzt sind es nur noch wir beide. Es liegt Spannung in der Luft. Es knistert. Ich schwöre, ich kann fast die Funken sprühen sehen.

»Hast du Lust auf einen Spaziergang?«, fragt er mich.

»Ja.«

Wir gehen zum Strand hinunter. Es ist dunkel, aber der Vollmond zeichnet ein silbernes Muster auf den Sand.

»Es ist so schön hier«, sage ich.

»Ja.«

Wir flüstern. Die Nacht ist so ruhig und still, lauter zu sprechen würde unsere Worte davontragen. Und das möchte ich nicht, nicht dieses Mal. Ich möchte, dass wir in diesem Moment genau hier sind.

»Komm«, sagt Jordan.

Wir laufen los. An der Stelle vorbei, an der ich Jordan zum ersten Mal gesehen habe, als er mir den Rücken zudrehte und auf den Ozean starrte. An dem Strandzelt vorbei, in dem er mich zum ersten Mal geküsst hat, an dem Streifen Meer, wo er mir das Leben rettete, als ich von der Strömung bei meiner morgendlichen Runde zu weit hinausgezogen wurde.

»Erinnerst du dich noch, was du damals am Strand zu mir gesagt hast?«, frage ich ihn.

»Als ich dich vorm Ertrinken gerettet habe?« Auf Jordans Gesicht liegt ein leises Lächeln. Ich kann seine Augen, seine Narbe und seine Lippen deutlich erkennen. Als wäre das Licht des Mondes nur auf uns gerichtet. »Nicht richtig. Hoffentlich irgendwas über Sicherheit im Wasser. Du hattest keine Ahnung vom Meer.«

»Nicht ganz«, sage ich. »Du hast mir erklärt, dass es Dinge in meinem Leben gibt, die mir die Presse wegzunehmen versuchen wird, und dass ich etwas dagegen unternehmen müsse. Du hast mir gesagt, ich müsse schützen, was mir heilig sei.«

Jordan bleibt stehen. Er dreht sich zu mir. »Das hat vermutlich nicht besonders gut funktioniert«, sagt er. »Sie haben dir Rayner genommen und deine Privatsphäre und –«

»Jordan.« Ich rücke näher an ihn heran. Ich sehe die goldenen Sprenkel in seinen Augen – sie ähneln Sternschnuppen in der Dunkelheit. »Ich wusste damals nicht, was mir heilig ist; das war das Problem. Aber jetzt weiß ich es.«

»Und was wäre das?«

»Du.«

Jordan sieht aus, als wolle er etwas sagen, aber ich halte die Hand hoch. Ich bin noch nicht fertig. Ich muss es aussprechen. Alles.

»Ich habe lange verdrängt, was ich für dich empfinde. Ich wollte Rayner nicht verletzen, und ich wollte diese Vorstellung nicht zerstören, die wir über uns in die Welt gesetzt haben. Es kam mir zu hart vor. Aber wir verändern uns laufend und nur weil wir es vor so vielen Menschen tun, bedeutet das nicht, dass wir nicht dieselben Rechte haben wie alle anderen. Ich will keine Lüge mehr leben, Jordan. Vor allem nicht, wenn so viele Leute dabei zusehen. Ich will ehrlich sein, mir selbst und auch allen anderen gegenüber.« Ich hole tief Luft. »Die Wahrheit lautet, ich liebe dich. Ganz tief in mir drinnen liebe ich dich.«

»Du liebst mich?«

»Ja«, antworte ich. »Und das weißt du auch.«

Jordan fährt sich mit der Hand übers Kinn. »Dir ist klar, dass wir ständig von Kameracrews verfolgt werden würden. Man wird dir vorwerfen, dass du es nicht lange bei einem Typen aushältst, und mir, dass ich meinen besten Freund hintergangen habe ...«

»Und?«

Jordan lässt die Hand sinken. Er mustert mich mit diesem spöttischen Blick, den ich nur allzu gut kenne. Der leicht zum Lächeln verzogene Mundwinkel sagt mir alles, was ich wissen muss. Der Ausdruck auf seinem Gesicht bewirkt, dass sich mein Herz so lebendig anfühlt, als könne es jeden Moment aus meiner Brust springen. »Für die meisten wäre das Grund genug, nicht zusammen zu sein.«

»Wir sind aber nicht wie die meisten«, sage ich. »Ich habe keine Lust, mein Leben nach irgendwelchen Vorstellungen zu leben, die die Öffentlichkeit von mir hat. Ich möchte mein Leben so leben, wie ich es will. Und im Moment und eigentlich seit unserer ersten Begegnung heißt das mit dir, Jordan.«

»Verstehe.«

Ich verschränke die Arme. »Das ist alles? Verstehe? Mehr hast du nicht zu sagen?« Habe ich mir den ganzen letzten Monat etwas vorgemacht? Als ich dachte, wir würden auf etwas zusteuern und dass dieser Moment nur eine Frage der Zeit sei?

»Das ist alles, was ich zu sagen habe.«

Ich öffne den Mund und will noch einmal anfangen, mehr Gründe anführen, vielleicht schreien, aber meine Worte verstummen auf seinen Lippen. Er zieht mich an sich und küsst mich mit einer Heftigkeit, die mich abheben lässt. In seinen Armen fliege ich. Ich sehe den Strand unter uns. Die Millionen Sandkörner, die einmal Felsen gewesen sind, vor Milliarden von Jahren. In dem winzigen Raum, der mir für Gedanken noch bleibt, wenn Jordans Hände so in meinen Haaren wühlen, geht mir durch den Kopf, dass sich alles ändert, alles zu etwas anderem wird. Es ist nicht unsere Aufgabe, das zu sein, was wir waren – es ist unsere Aufgabe, zu sein, wer wir sind, in genau diesem Augenblick. Wenn wir uns diese unendliche Weiterentwicklung nicht zugestehen, ist das Leben sinnlos. Es gibt nur eine erstrebenswerte Richtung im Leben, und das ist vorwärts. Ich will einfach immer weitergehen.

»Ich liebe dich auch«, sagt er. »Und ich will mit dir zusammen sein. Solange du mich haben willst.«

Jordan nimmt mich an der Hand und führt mich zum Hotel zurück. Als er mich dieses Mal auszieht, gibt es nichts mehr, was uns trennt. Weder die Vergangenheit noch die Zukunft. Ich weiß, dass wir uns verändern werden. Ich weiß, dass wir uns vielleicht nicht immer fühlen werden wie in diesem Augenblick. Aber ich weiß auch, dass nichts davon wirklich zählt. Denn das Leben lässt sich nicht vorhersagen.

Hätte mir vor zwei Jahren jemand gesagt, dass ich Augustine sein und in *Locked* mitspielen, dass mein Gesicht auf *Vanity Fair* abgebildet und ich der am häufigsten gegoogelte Filmstar sein würde, hätte ich ihm kein Wort geglaubt. Aber so ist es eben. Das Leben ist nicht dazu da, glaubwürdig zu sein. Sondern magisch. Wie sagt man so schön? Die Wahrheit ist seltsamer als die Fiktion.

Danksagungen

Ein ganz besonderes Dankeschön an …

Meine unglaubliche Lektorin, Farrin Jacobs, die mich gedrängt hat, das bestmögliche Buch zu schreiben, und trotzdem weiterhin meine Vorstellung von Paige, Rayner und Jordan respektiert hat. Du bist die Allerklügste. Das ist doch mal ein Wort, oder?

Meine Agentin, Mollie Glick, die jede noch so hirnverbrannte Idee von mir mitträgt und dafür sorgt, dass ich mich die letzten Jahre auf diese fiktive Welt und ihre Bewohner konzentrieren konnte.

Meinen Freund und Manager, Dan Farah, für seine zahllosen SMS, Sprachnachrichten (meine) und Emojis (nur die gelassenen). Danke, dass du mich angestachelt hast, die Latte so unglaublich hoch zu legen, und dass du mir immer wieder versichert hast, dass alles gut ist … meistens.

Marlene King, die, aus Gründen, die ich immer noch nicht ganz nachvollziehen kann, beschlossen hat, diese Welt mit mir zu teilen. Danke, dass du Paiges Abenteuer größer gemacht hast, als ich es mir je vorstellen konnte. Ich bin so dankbar dafür, mit dir zu arbeiten und von dir zu lernen.

Tara Sonin, die mir beigebracht hat, die Zügel in der Hand zu halten; die sich um mich gekümmert und mir erlaubt hat, dafür anderen etwas zu geben, von dem ich immer geträumt habe und von dem ich wusste, dass ich es konnte. Tara, ich bin so stolz auf dich. Denk einfach dran: Gan Mao Ling.

Rachel Petty, meine wunderbare britische Lektorin, für ihren unaufhörlichen Enthusiasmus, ihre genialen Ratschläge und generelle Großartigkeit. Ich kann mich so glücklich schätzen, mit dir zu arbeiten.

Leila Sales, die jedes Bedürfnis stillt, das sich in meinem Leben auftut, ganz gleich wann. Ich hab dich lieb, verrücktes Huhn. Danke für deinen Rat und dein Vorbild und dass ich diesen sich ständig weiterentwickelnden Traum mit dir teilen darf.

Lexa Hillyer, die mich gelehrt hat, was es heißt eine Frau und eine Künstlerin zu sein. Lexa, ich bin stolz auf uns und wie viel wir erreicht haben. Auf dass wir uns weiter mit Freundlichkeit und Mitgefühl (und Prosecco) inspirieren.

Lisa Moraleda für ihre großartige Arbeit als PR-Managerin, die all meine verrückten Ideen umgesetzt hat – es macht so viel Spaß, diese Welt mit dir zu erkunden.

Tina McIntyre und Jane Lee, die Parker Witter online zum Leben erweckt haben. Auch wenn sie es nicht sagt, sie weiß es zu schätzen.

Leslie Shumate, die mitgeholfen hat, Paige auf dem Papier (und bei LB) bei der Stange zu halten.

Janet Ringwood, Freundin und PR-Managerin der Extraklasse. Danke, dass du immer für mich da warst, und für unsere weinbeflügelten Diskussionen über unser zukünftiges Leben. Und dass du mich daran erinnerst, zu lächeln und präsent zu sein.

Kat McKenna, britische Fee und Marketinggenie. Danke für deine Hilfe, dass *Famous in Love* so stilvoll gereist ist.

Hannah Brown Gordon, die immer noch die Allerbeste ist.

Liz Casal und Maggie Edkins, zwei der weltbesten Designerinnen, die dafür gesorgt haben, dass *Famous in Love* einfach umwerfend aussieht.

Brad Gendell, der jeden neuen Roman von mir immer ganz oben auf seinen Lesestapel packt. Was Schwäger anbelangt, habe ich definitiv den Jackpot gewonnen.

Guy, India und Fox Gendell, meine größten (und kleinsten) Lieblinge. Euch beim Wachsen zuzusehen gehört zu den Dingen, die mich am glücklichsten machen.

Und schließlich ein Dankeschön an meine Eltern – ich liebe euch heute mehr als gestern und weniger als morgen.

Glossar

Du kannst einfach nicht genug Hintergrundinformationen kriegen? Hier einige Begriffe, die in der Serie *Famous in Love* genannt werden:

IN HOLLYWOOD

Agent übernimmt für Schauspieler Vermittlung, Betreuung und finanzielle Abwicklung.

Mediencoach trainiert mit Schauspielern, sich bestmöglich in der Öffentlichkeit zu präsentieren.

PR-Manager zuständig für die Öffentlichkeitsarbeit, z. B. die Kommunikation mit der Presse.

Testvorführung vor dem offiziellen Erscheinungstermin wird getestet, wie der Film bei einem potenziellen Publikum ankommt. Dazu wird ein Testpublikum ausgewählt, das nach der Vorführung einen Fragebogen ausfüllt. Je nach Reaktion werden danach noch Änderungen am Film vorgenommen. Kostenintensiv, daher nur bei Blockbustern.

Upfronts sind eine große Veranstaltung in der dritten Maiwoche und sollen, wie der Name schon sagt, »vorab« einem ausgewählten Personenkreis die Möglichkeit geben, neue Serien und Formate der US-Networks zu begutachten.

BETEILIGTE AM FILM

Bühnenbildner zuständig für die optische Gestaltung des Sets, der Kulissen und deren nicht bewegliche Einrichtung.

Casting Director verantwortlich für die Auswahl der Schauspieler.

Catering zuständig für die Verpflegung am Set.

Cutter zuständig dafür, die gedrehten Einstellungen auszuwählen und im Schneideraum zum Gesamtfilm zusammenzuschneiden.

Director of Photography trägt die Gesamtverantwortung für die visuelle Gestaltung des Films.

Executive Producer geschäftsführender Producer, zuständig für die wirtschaftliche und organisatorische Überwachung der Filmproduktion.

Line Producer kaufmännischer Leiter, der über das Gesamtbudget verfügt.

Maskenbildner zuständig für das Schminken und Frisieren der Schauspieler.

Producer administrativer Leiter der Filmproduktion, z. B. zuständig für Finanzierung und Planung der Filmproduktion.

Produktionsassistent unterstützt die Executive Producer vor und nach dem Film, z. B. bei der Erstellung des Drehplans, der Betreuung der Schauspieler und der Organisation des Sets.

Regisseur kreativer Leiter der Filmproduktion, zuständig für die Umsetzung des Drehbuchs.

Requisite zuständig für alle beweglichen Gegenstände am Set.

Stuntkoordinator verantwortlich für die technische Ausführung der Stunts durch die Stuntmen.

Tonassistent zuständig dafür, ein möglichst direktes Tonsignal aufzunehmen, häufig mit Hilfe eines Stabmikrofons.

Tonmeister verantwortlich für die Erzeugung spezieller Geräusche sowie für die gesamte Tonspur des Films.

AM SET

Action! Kommando des Regisseurs: Beginn der Aufnahme, Kamera und Ton laufen bereits.

Cut! Kommando des Regisseurs: Ende der Aufnahme.

Drehbuch textliche Vorlage für die Filmproduktion, in der Dialoge, Handlungsanweisungen und Informationen zur Kulisse chronologisch festgehalten sind.

Drehfolge Zeitplan für die kommenden Tage, kurzfristige Änderungen sind noch möglich.

Drehplan vorläufiger Zeitplan für den gesamten Filmdreh, der sich allerdings häufig noch ändert.

Drehschluss Kommando des Regisseurs: Arbeitsende, mit dem Abbau des Sets kann begonnen werden.

Einstellung Folge von Einzelbildern ohne Unterbrechung, die im Filmschnitt allerdings noch geteilt werden können, um die Szene aus verschiedenen Perspektiven zu zeigen.

Geschlossener Set nur eine Handvoll Mitarbeiter darf am Set sein, z. B. bei Liebesszenen.

Greenscreen Technik im Bereich visueller Effekte: Eine Szene wird vor einem grünen Hintergrund aufgezeichnet, die grünen Flächen werden später durch entsprechende digitale Bilder ersetzt.

Kulisse natürlicher oder gebauter Hintergrund für eine Szene.

Rohaufnahmen ungeschnittenes und unbearbeitetes Filmmaterial.

Second Unit zweites Filmteam für parallel laufende Dreharbeiten.

Set der Drehort.

Spezialeffekte Effekte wie Schüsse, Feuer, Explosionen, Regen, Schnee und Nebel, die vor Ort am Set gedreht werden.

Studiobühne eine für den Dreh eingerichtete Bühne, meist in einer Halle, damit Licht- und Tonverhältnisse kontrolliert werden können.

Take Versuch, eine Einstellung zu drehen. Takes werden nummeriert, beim Schnitt wird dann pro Einstellung ein Take bzw. unterschiedliche Takes aus verschiedenen Perspektiven ausgewählt und zum Film zusammengeschnitten.

Visuelle Effekte Effekte, die nach dem Dreh am Computer erzeugt werden.